TOM KUMMER

NINA & TOM

Blumenbar

TOM KUMMER

NINA & TOM

ROMAN

Blumenbar

Für Henry und Jack

1

Der Morgen, als Nina zum letzten Mal in den Spiegel schaut. Ich bin erwacht. Wir liegen nebeneinander. Ich strecke meine Hände aus, um ihre Haut zu berühren. Noch ist es dunkel in unserem Zimmer. Durch die Jalousie ist ein blutroter Streifen am Horizont zu erkennen. Ich ertaste ihre Brust. Sie hebt und senkt sich weich. Jeder Atemzug aus Ninas geöffnetem Mund fühlt sich kostbar an. Jedes noch so seltsame Geräusch bedeutet Leben: Husten. Röcheln. Luftholen. Das Rascheln der mit Plastik überzogenen Matratze. Manchmal höre ich Wörter. Zusammenhangslose Wörter. Wie eine Botschaft aus einer fernen Galaxie. Ich liege dann einfach neben Nina und lausche.

Ich sehne mich nach Intimität. Ich will Nina berühren. Und lasse morgens immer öfter meine Hand zwischen ihre Beine gleiten. Vielleicht will ich nur testen, was ihre Leblosigkeit noch zulässt. Nina war unberechenbar. Früher bewies sie mir ständig ihre sexuelle Hemmungslosigkeit. Manchmal trank sie Unmengen heißer Schokolade mit Vanille, um sich zu stimulieren. Zucker machte sie wild. Dabei war sie war immer schlank. Dieses Ausgehungerte der Fotomodelle war ihr angeboren.
Nina tat nie, was ich wollte. Sie mochte es nicht, ihre Zunge einzusetzen. Ich glaube, sie hatte irgendwann keine Lust mehr

auf mein Sperma. Sie entschied, wann ich mich ausziehen und was ich mit ihr anstellen durfte. Beim Sex war sie nur an sich selbst interessiert. Meistens stieg die Geilheit wie ein Wahnsinn in ihr auf und löschte alle Vernunft. Ihr narzisstischer Jetzt-und-Alles-Terror konnte nur befriedigt werden, wenn man sie körperlich schockierte. Dabei ist Nina ein zerbrechliches Wesen.

Jetzt liegt sie einfach da. Speichel läuft aus ihrem Mundwinkel. Sie berührt meine Hand. Ich putze ihr Gesicht sauber, während hinter Downtown das Morgenlicht wie eine detonierende Napalmwand aufsteigt. Dann ziehe ich die Jalousie hoch. Eine riesige LED-Leuchtwerbung über dem Wilshire Boulevard verkündet die Botschaft von M&M's: *Melts in your Mouth, not in your Hand.* Ich höre mein iPhone vibrieren. Europa meldet sich bei uns zwischen 6:30 und 8:30 Uhr. Es sind besorgte Anrufe von Freunden. Ich nehme nicht mehr ab.

Ich schalte die Nachttischlampe an. Es ist das Signal für unsere Jungs, Jack und Henry, die am anderen Ende des Schlafzimmers in ihren Kajütenbetten liegen, aufzustehen. Unser gemeinsames Schlafzimmer ist zehn Meter lang und sieben Meter breit. Über unserem Bett hängt eine einäugige Puppe des Künstlers Mike Kelley, über Jacks Bett thront Mario Götze im Dress der Borussia Dortmund, Henrys Schlafstelle ziert ein Schal des FC Arsenal London. Dort, wo die Kajütenbetten stehen, lagen Henry und Jack als Babys in einer Krippe. An der Decke rotiert ein Ventilator. Während des Northridge-Erdbebens 1994 ist das schwere Ding auf unser Bett gefallen. Damals rettete ich Nina, indem ich sie rechtzeitig auf meine Seite zog.

Am Boden verstreut liegen Lego-Spielsteine, iPod, iPads, Verpackungen von Videospielen, Bücher, Kleider, eine »Glock«-

Luftpistole. Wir haben unsere verwilderte Wohnlandschaft irgendwann »Widerstandsnest« genannt und es aufgegeben, nach einem typisch amerikanischen Haus mit viel Platz und Vorgärtchen zu suchen. Nichts ist hier privat, nichts bleibt geheim. Keine Bewegung, keine Laune, kein Stöhnen.
Manchmal wirken unsere Räume klaustrophobisch, dann wieder wie ein warmes Nest. Manche Möbelstücke haben Schäden, die auf Gewalt verweisen. Es hängen alte Kinderzeichnungen an den Wänden. Auf dem Nachttisch neben Nina liegt »Love Story« von Erich Segal, das Buch zum großen Kinohit der siebziger Jahre mit Ali MacGraw und Ryan O'Neal. Nina hat es ihr Leben lang mit sich herumgetragen und mir war es immer schon unbegreiflich, was sie an dieser Schnulze gut findet: Bildschöne Studentin aus einfachen Verhältnissen trifft bildschönen Kommilitonen aus reichem Haus, verliebt sich, heiratet ihn trotz sozialer Widerstände, erkrankt an Blutkrebs und stirbt. Und jetzt liegt das Buch neben Ninas Bett. Als ob das der letzte Stoff wäre, den sie sich noch reinziehen will.
Auf dem Teppich sind Spuren unseres Lebens zu sehen, schwarze Schlieren, weiße und rote Flecken. Hier habe ich herausgefunden, dass Nina es mag, wenn ich ihren Hals würge, während ich von hinten in sie eindringe. Tatsächlich hat sie irgendwann zugegeben, dass sie beim Orgasmus spüren möchte, wie sie erstickt, eine Panik beim Kommen, vielleicht wie beim Sterben. Zärtlichkeit war nie ihr Ding.

Ich schiebe mich näher an Ninas Gesicht heran, studiere ihren Zustand. Unter den Augen sind dunkle Ringe, die Lider angeschwollen. Sie sieht schön aus mit diesen tieftraurigen, kranken Augen. Sehr ausdrucksstarke Augen, die mit zunehmender

Leblosigkeit wie ein Spiegel der Seele wirken. Aber was gäbe es da nach dreißig Jahren noch zu entdecken?
Ihre wächserne Haut ist durchscheinend. Die Lippen glänzen von zu vielen Schichten teurer Hautcreme gegen wütende Allergien. Nina ist fortwährend übel. Und wenn sie von Zeit zu Zeit mit aller Kraft versucht, sich aufzusetzen, so gelingt ihr das nicht. Also richte ich sie auf und schiebe ihr, wie jetzt, kleine Trockenfruchtstückchen in den Mund. Speichel tröpfelt an den Mundwinkeln hinunter, weil sie nicht schlucken kann oder nicht mehr will. Meistens reißt sie dann ihre Augen vor Entsetzen auf. Stummes Entsetzen.

In den letzten Wochen versuchte Nina, mir immer wieder zu erzählen, wie sie sich fühlt, mit hauchender Stimme, ganz langsam. Sie sagte, es sei, als ob ihre Augen aus den Höhlen zu springen drohten. Ich hatte mein Ohr an ihren Mund gepresst, um sie besser zu verstehen. Sie sagte, dass der Schmerz durch ihren Kopf schieße und in ihren Ohren und Schläfen steche. Der Körper brenne, werde manchmal starr, als würde er vor Anspannung zerspringen. Sie versuche dann, sich zu krümmen. Und ich massiere Nina, bis sie signalisiert, dass das überhaupt nicht helfe. Es fühle sich an, als würde jede einzelne Zelle ihres Körpers versengen, sämtliche Knochen gebrochen werden. Manchmal rieche sie Verbranntes. Das Brennen in den Augen sei das Schlimmste. Sie reibt sich auch heute minutenlang die Augen. Sie kratzt ihre Haut. Sie kratzt sich ständig.

Ich schiebe mich noch näher an sie heran. Sie keucht unregelmäßig. Ich streichle ihre Beine. Auf ihren Fingernägeln sind Spuren von rotem Nagellack zu sehen. Ich berühre ihre Nachtwin-

deln. Wir liegen jetzt in Löffelstellung aneinandergeschmiegt. Ich drücke mich gegen ihren Hintern. Ich rieche ihre Haut. Ich spüre Bewegung in Ninas Körper, als würde sie meine Nähe fordern. Ich küsse ihren Hals, der sich fettig anfühlt. Plötzlich rudert sie mit ihren Armen, schlägt ihre Hand gegen meinen Kopf. Sie stößt mich weg, mit letzter Kraft vielleicht. Sie will mich nicht spüren. Doch ich lege mein Ohr zurück an ihren Mund. Sie will schreien, schafft es aber nicht, auch nur einen Laut von sich zu geben. Also verharrt sie im Schmerz.
Der Sauerstoffmangel vermag nur langsam, Ninas Gehirn und ihre Gedanken zu vernebeln. Der Arzt hat es mir überlassen, zu entscheiden, wann sie Morphium bekommen soll. Ich weiß, dass das Morphium einen endgültigen Abschied bedeuten würde.

Jack steht neben dem Bett. Er studiert Ninas Gesichtszüge. Ihre Augen sind geschlossen, der Mund leicht geöffnet. Unser Sohn wirft mir einen fragenden Blick zu. Henry, der Ältere, schleicht kommentarlos vorbei. Henry ist sechzehn. Jack ist zehn. Henry ist der Empfindsame, Jack der Aufgeweckte. Henry hat sämtliche Selbstschutzjalousien heruntergefahren, Jack zieht sich alles ungefiltert rein. Henry findet es komisch, dass ich Nina nicht im Hospiz unterbringe. You're so weird, Dad. »Weird« ist sein Lieblingswort. Beide kennen den Ernst der Lage. Wir sprechen offen über alles. Sie schweigen meistens.
Jack und ich stehen minutenlang stumm vor Ninas Bett. Manchmal fühlt es sich an, als würden wir uns das stille Spektakel *Sterben* wie eine Reality-Show reinziehen. Nina ist jetzt in einen Halbschlaf gefallen. Wir konzentrieren uns auf ihr extrem schnelles Schnaufen.

Und ich muss dabei an das Jüngste Gericht denken. Das archaische Urbild des auf dem Sterbebett Ruhenden. Auch bei uns hat das Schlafzimmer eine neue Dimension bekommen. Unser Bett wirkt wie eine Bühne. Unser Bett hat sich zum Sterbebett gewandelt. Ich denke sehr klar. Ich kann nicht weinen.
Ich habe dieses Bett kürzlich bei einem jüdischen Matratzen-Experten am Pico Boulevard zum halben Preis bekommen, direkt ab Lager. Marke: *Simmons Beauty Sleep*. Unser medizinischer Versorger – *Kaiser Permanente* – hat uns längst kostenfrei ein Krankenhausbett mit allen technischen Spielereien angeboten, eine mobile Toilette wäre bei unserem Versicherungsplan auch dabei, dazu eine Gehhilfe aus Aluminium. Vor zwei Wochen hat eine Sozialhelferin uns ein fahrbares Gestell für das Atemgerät präsentiert. Ein anderes Gestell für Beutel mit hochkalorischer Nahrung. Einen Cough-Assist, der das Husten erleichtern soll. Nina ist zusammengebrochen, als ihr die Funktionalität dieser Geräte erklärt wurde. Dabei war sie immer superpositiv konditioniert, was den Kampf gegen ihre Krankheit angeht. Nichts verschwamm für Nina in nebulösem Schrecken. Doch der Besuch des Pflegedienstes war für sie unerträglich. Seitdem übernehme ich diese Gespräche.
Der Arzt hat Tabletten verschrieben, die Krankenschwester hat Morphium empfohlen, der seelische Fürsorger fragte nach, wie es den Kindern gehe. Und ob es für mich in Ordnung sei, Nina zu Hause zu pflegen. Ich habe erklärt, es gäbe für uns keine andere Lösung.
Ich mag diese Leute. Sie sind sehr nett. Aber Krankenhausgeräte kommen vorerst nicht in unser Schlafzimmer. Ich weiß nicht, wann Ninas Todeskampf genau beginnen wird. Und wie die Anzeichen für diesen letzten Kampf aussehen. Vielleicht hat

er schon begonnen, und wir merken es nicht. Und stehen blöd herum.

Jack verschwindet zu seinem Bruder ins Badezimmer. Ich bereite das Frühstück vor und kontrolliere Ninas Medikamentendöschen. Der Küchentisch ist übersät mit kleinen Schachteln. Ich führe eine Liste, auf der die Dosierungen vermerkt sind. Ich führe Buch über den Verbrauch, damit ich nachbestellen kann. Längst halte ich die vielen Tabletten nicht mehr für lebenswichtig. Fünfzehn Pillen wird Nina heute schlucken. Drei Pillen, die noch in der Experimentierphase stecken und den Krebs im Gehirn bekämpfen sollen. Sinnlos. Nina ist von vier metastasierenden Tumoren befallen, angefangen mit einem Tumor im Darm vor zwei Jahren, der überging in die Knochen, dann zur Lunge, und seit zwei Wochen: Hirntumor. Die Tagesration enthält vier Schmerztabletten. Sinnlos. Zwei Pillen gegen Magenkrämpfe. Sinnlos. Die Wirkung der restlichen Medizin ist mir schleierhaft.
Ich weiß längst, was Nina wirklich helfen wird: Morphium. Aber ich zögere.

Ich sitze mit den Jungs beim Frühstück in der Küche. Jeder ist in seinen Lieblingsteil der *Los Angeles Times* versunken. Jack schaut sich die Comic-Seite an. Henry die Sportseite. Ich lese ein Interview mit Sean Penn. Jack und Henry essen Cornflakes, sie halten dabei ihre Gesichter dicht über die Schalen und blicken nie hoch. In Henrys Ohren stecken Kopfhörer, es läuft gerade »All the rage back home« von Interpol, volle Lautstärke. Nina hätte den Jungs niemals erlaubt, beim Frühstück Kopfhörer zu tragen. »I keep falling, keep falling …«, dröhnt es aus den Kopfhörern. Ich mag den Song.

Ich löffle Birchermüsli und beobachte unsere Kinder. Sie wissen längst, dass das Leben in eine neue Phase übergegangen ist. Zwei Jahre lang hat sich Nina durch die Chemotherapie gekämpft, seit einem Jahr wissen wir, dass sie sterben wird. Aber wann genau? Diese Frage kann ich manchmal von den Gesichtern meiner Jungs ablesen. Sie wirken entspannt. Ich vermute sogar, dass sie von der Frage fasziniert sind, was mit einem Menschen so passiert, wenn er stirbt. Besonders, wenn man sich von diesem fremden Wesen im eigenen Schlafzimmer schon längst verabschiedet hat. Um sich selbst zu retten. Vielleicht hat die kühle Beherrschtheit von Jack und Henry auch damit zu tun, dass sie sich für so was wie Experten in Sachen »Tod« halten. Henrys Lieblingsfilme sind »28 Days Later« von Danny Boyle und »Magnolia« von Paul Thomas Anderson. Jack redet ständig von Zombies und einer fantastischen Zukunft im Jenseits. Er massakriert im Computerspiel »Fallout 4« täglich mehrere Dutzend Wesen.

Nina fühlte sich immer schon angezogen vom Makabren. Sie sammelte katholischen Jesuskitsch. Manchmal reiste sie am Tag der Toten nach Mexiko, obwohl wir nicht religiös sind. Sie sammelte Knochen toter Tiere. Ausgestopfte Tiere. Ich habe für sie 1990 von einer Rechercherreise für das SZ-Magazin bei den Tamile Tigers einen echten Menschenschädel mit einem Einschussloch an der Stirn nach Berlin geschmuggelt. Sie hatte einmal ein Collagen-Album entworfen, das sich mit dem Serienmörder Ted Bundy befasste. Dem Begriff »Romantik« traute sie nie. Für Nina war die Liebe dazu da, jeden Riss, jede Spaltung sichtbar zu machen. So kam es mir jedenfalls vor. Sie war stark in Krisensituationen. Ich bin zweifellos viel panischer als sie. Wieso soll Sterben so schwierig sein, hat sie irgendwann einmal gesagt. Vielleicht hatte die obsessive Faszination mit dem Tod damit zu tun, dass Nina als Teenager Heroin geschnupft hatte. Todeserfahrungen seien ihr nicht unbekannt, hatte sie mir erzählt, als wir uns kennenlernten. Gut dreißig Jahre sind seither vergangen.

Ich trete wieder vor das Bett. Nina zittert, schwitzt, röchelt. Ich werde sie gleich duschen müssen. Jack gibt ihr einen Abschiedskuss auf die Wange. Henry schultert seinen Schulrucksack. Dann gibt er Mama einen Kuss, wenn auch ein bisschen zögerlich. Nina öffnet kurz ihre Augen. Sie dreht ihr Gesicht in unsere Richtung. Sie haucht etwas Unverständliches. Dann verstehe ich es: Wann kommen die Jungs wieder nach Hause?, fragt Nina. Um vier Uhr, sage ich. Wie immer, um vier.

Als Jack und Henry die Wohnung verlassen, wird alles ganz still. Ich spüre plötzlich eine intensive Ruhe in unseren Räumen, die mir früher nie aufgefallen ist. Und das mitten in Los Angeles, zwei Meilen von Downtown entfernt, wie im Auge eines Wirbelsturms. Es gibt Eheberatungsliteratur, in der behauptet wird, nur in der Stille als Hort individueller Freiheit könnten sich Geistesmenschen erholen. Deshalb bräuchten gestresste Paare zu Hause, egal, ob sie zwei oder vier Kinder haben, immer einen Raum für sich, der für alle anderen tabu ist. Bullshit. Liebe werde stabiler, wenn es die Chance auf Stille gibt. Liebe müsse die Einsamkeit des anderen zulassen. Bullshit.
Bei uns gibt es keinen Raum, der für irgendjemanden tabu ist. Unsere Wohnung liegt im obersten Stock eines Art déco-Gebäudes aus den zwanziger Jahren. Die Räume sind hoch, wie in einem Loft, die Fenster erstrecken sich vom Fußboden bis zur

Decke. Die Jalousie ziehen wir tagsüber hoch. Außer an brutalen Hitzetagen wie diesen, wenn die Sonne mittags gnadenlos auf unser Haus brennt. Ich trage heute Basketball-Shorts der *Los Angeles Clippers* und ein weißes Unterhemd. Ich laufe jetzt an der großen Fensterfront entlang, hin und her, wie ein streunender Hund. Wie oft haben Nina und ich hier gestanden und auf die endlose Stadtfläche gestarrt. Wir haben stumm den Flugverkehr studiert, die seltenen Wolkengebilde, die hohen Giraffenpalmen, wie sie in der Ferne im Wind hin und her schwanken. Wenn es dunkel wurde, beobachteten wir die Polizeihubschrauber mit ihren Nachtsonnen am Himmel. Vielleicht haben wir Sterne gezählt, oder auch bloß elektrische Lichter. Der Ort wirkte auf uns wie abgehoben von dieser Welt. Unser Widerstandsnest.

Ich zünde ein paar Duftkerzen an. Die Stille wird intensiver. Der Deckenventilator rotiert. Ein zartblauer Himmel liegt über Los Angeles. Überbelichtung schon um halb acht. Die Pflanzen auf dem Fenstersims sind wie in glamouröses Hollywood-Licht gehüllt und leuchten frisch und supergrün. Ich sehe, wie der Wind mit hoher Geschwindigkeit eine Gruppe kleiner Wolken Richtung Pazifik treibt.

Dann plötzlich: ein Schrei. Nina hat meinen Namen gerufen. Wie lange habe ich es überhört? Erschrocken renne ich zurück zum Bett. Ich erkenne sofort, wie sie an ihren Worten würgt. Ich beuge mich ganz nahe über ihr Gesicht. Vielleicht kämpfte sie schon eine ganze Weile gegen ihre Blase und ihren Darm, und ich habe es nicht mitbekommen. Der Kopf ist auf ihre Brust gefallen.

Ich hebe ihn an, säubere ihr Gesicht und ziehe die Decke von

ihrem Körper. Sie liegt jetzt da, ganz zart, im süßen, weißen Nachtkleid. Und sie ringt weiter um Worte, die ich nie verstehen werde.
Ich umfasse ihren Oberkörper und helfe ihr hoch. Sie beugt sich ganz langsam aus dem Kissen vor. Sie schlingt die Arme um ihre Beine. Dann braucht sie eine Pause. Sie macht ihre Augen zu, legt den Kopf erschöpft auf die Knie und fängt an, hin und her zu schaukeln. Als würde sie Musik hören. Aber da ist keine Musik. Jedenfalls keine für mich wahrnehmbare.
Weißt du, was ich jetzt gerne hätte?, sage ich zu Nina, um sie abzulenken.
Sie hört auf zu schaukeln, öffnet die Augen und versucht den Kopf zu mir zu drehen. Ich würde gerne mit dir einen eisgekühlten Boba Vanilla Frapp Latte trinken.
Sie starrt mich an, während ich versuche zu lächeln.
Du bist doch jetzt wach?
Nina nickt wie in Zeitlupe.
Ich trage dich gleich ins Badezimmer, ok? Möchtest du duschen?
Sie antwortet nicht. Aber meine Stimme tut ihr sichtlich gut. Ich streichle ihre Schulter, bevor ich sie seitwärts schiebe, so dass ihre Beine über den Matratzenrand baumeln. Behutsam halte ich ihren Oberkörper aufrecht. Sie ist so zart, so blass, so zerbrechlich – ein Hauch von Mensch. Sie spreizt ihre Beine. Ich schiebe mich dazwischen, packe sie unter den Armen, drücke meinen Oberkörper an ihre Brüste, spüre ihre Hitze. Ihre Lunge hat die Kapazität einer Säuglingslunge, erklärte mir kürzlich der Arzt des Pflegedienstes. Nina ist 1,77 Meter groß. Ihr Gewicht bewegt sich auf die 45-Kilogramm-Marke zu. Sie besteht aus Haut und Knochen. Der Lungenmuskel ist ein gewaltiger Kalo-

rienfresser geworden. Er pumpt als würde sie ständig rennen. Pro Tag müsste Nina etwa viermal so viel Nahrung zu sich nehmen wie ein normaler Mensch. Mindestens 1000 Kalorien, was einer Hungerration entspricht, die sich Models auferlegen. Nina isst viel weniger.

Ich halte sie an den Hüften fest und schiebe sie behutsam ins Badezimmer. Vor ihren Lieblingsspiegel. Sie bewegt sich ganz langsam. Ich drücke mich gegen ihren Rücken, damit sie sich dagegenlehnen kann. Ich taste mit der Hand ihren Hintern ab, streichle ihre Oberschenkel und halte ihre skelettösen Hände fest. Sie zuckt leicht zusammen.
Dann steht sie vor dem Spiegel.
Sie schaut sich an. Mit zitterndem Zeigefinger berührt sie ihre Stirn, streicht über ihre auffallend männliche Nase. Als ich ihr im Herbst 1984 in Barcelona zum ersten Mal begegnet bin, dachte ich, sie sei ein vierzehnjähriger Junge. Sie erinnerte mich an den blondhaarigen Tadzio aus dem Film »Tod in Venedig«.
Nina entdeckt schwarze Flecken am Hals, rote Stellen, Ekzeme. Sie sagt etwas in einem Tonfall, der sich nur als ätzend beschreiben lässt. Ich kann es nicht verstehen, aber weiß, was es bedeutet. Sie klagt über ihr Aussehen. Ihre Haut.
Ich habe ihr über die letzten Jahre fast täglich gesagt, wie schön sie aussieht. Sie hat mir aber nicht geglaubt. Sie war neunzehn Jahre alt, als man ihr anbot, als Fotomodell zu arbeiten. Sie lehnte ab, weil sie sich nicht attraktiv genug fand. Sie hasste ihre Haut. Die Haut war ihr Feind. Nina und die Haut – das war so eine Art Krieg. Immer gab es eine Rötung, einen Ausschlag, einen Pickel, der bekämpft werden musste. Es gab Schatten unter den Augen, blaue Flecken vom Sex der letzten Nacht. Im-

mer wieder kam schlechte Laune auf, weil der Körper nicht so war, wie Nina ihn haben wollte. Aber wo beginnt eigentlich dein Körper?, habe ich dann aus Wut gefragt. Beim Gesicht? Bei Haut und Haaren? Bei den Knochen? Bei den einzelnen Organen? Bei der Zelle? Bei der DNS? In deiner verdammten Seele etwa?

Ihr Gesicht bewegt sich jetzt näher auf den Spiegel zu. Sie beugt sich über das Waschbecken. Nina hat blaue Augen, ihr Haar war zwanzig Jahre lang blond. Dann wurde es dunkelbraun. Heute sind weiße Strähnen sichtbar. Sie starrt sich lange an. Wir blicken beide in ihr Gesicht im Spiegel. Dieser Spiegel hat vieles verursacht: höchsten Genuss und Ekel. Manchmal, nach einem Orgasmus, ist Nina sofort ins Badezimmer gelaufen und hat sich angeschaut. Ich weiß nicht, wonach sie gesucht hat. Vielleicht steckten im Spiegel die Höhen und Tiefen ihrer Erlebnisfähigkeit. Nina hat die Selfie-Seuche nicht mehr mitgemacht. Der Spiegel war alles für sie. Er gab den Rhythmus ihres Lebens vor, der sie voranpeitschte, scheinbar unaufhörlich, und stürzen ließ. So kommt es mir jedenfalls vor, wenn ich jetzt darüber nachdenke.

Mit einer Hand streichle ich sanft über Ninas Rücken, während sie ihr Gesicht abtastet. Dann gleite ich unter ihr seidenes Nachthemd. Ich folge ihren Konturen, streiche den Rücken hinunter. Ich küsse ihren Nacken, fahre mit meiner Zunge seitlich über den Hals bis unter ihr Kinn. Mein sexueller Hunger, der sich über die letzten Jahre in mein Inneres zurückgezogen hat und sich tief im Körper staut, kriecht in den letzten Wochen immer öfter zurück an die Oberfläche, in meine Hände, zwischen meine Beine. Vielleicht hat sich wegen Ninas gnadenloser

Krankheit so etwas wie ein feuriger Kern in mir gebildet. Der darauf wartet, zu explodieren – vielleicht zum letzten Mal.

Die kleine Badezimmerlampe verbreitet ein schwaches Licht. Ich drücke meinen Unterleib an ihren Hintern. Ich nehme sie behutsam in die Arme und drehe sie um. Meine Hände gleiten um ihre Taille, und ich hebe ihren Körper leicht an. Meine Hände finden ihre Brüste unter dem Nachthemd. Ich streichle sie. Ich streife ihren schwarzen Slip über den Hintern. Dann die Beine entlang bis zu den Füßen. Ich hebe ihren rechten Fuß an, dann den linken, und befreie sie von ihrem Slip. Sie flucht in sich hinein.

Dann öffne ich den Toilettendeckel und setze sie behutsam auf die Brille.

Nina schaut zu mir hoch, während sie uriniert. Sie verzieht ihren Mund zu einer Art Lächeln. Ich stehe ganz dicht über ihr. Sie lässt ihr Gesicht nach vorne gegen meinen Unterleib fallen. Will sie vielleicht meine Härte spüren? Sie schaut zu mir hoch, öffnet ihren Mund und ihre Zunge wird sichtbar.

Ich hebe sie hoch und beginne sie abzuküssen, die Hände auf ihren Brüsten. Ihr Körper fühlt sich weich an, ein bisschen wie Watte. Sie hält sich an meinen Schultern fest. Ich schiebe sie zum Duschraum, drehe den Wasserhahn auf, helfe ihr unter den Strahl. Ich seife sie ein, halte sie mit einer Hand an der Hüfte fest, mit der anderen fahre ich über ihren ganzen Körper, als wollte ich auch den kleinsten Teil mit einer Berührung versorgen. Als meine Hand zwischen ihre Beine gleitet, zwischen ihre Pobacken und dann sanft ihre Schamlippen streichelt, fühlen sie sich schön weich an. Ich verweile dort ein wenig. Aber sie reagiert nicht. Ich streichle weiter über ihre Beine, fast wie im Traum, als hätten wir unendlich viel Zeit und könnten warten, warten, warten. Mein Mund gleitet über ihre Haut. Nina bleibt dabei völlig bewegungslos. Ihr Kopf hängt auf der Brust. Ihre Augen sind geschlossen. Ich möchte ihr in diesem Moment unzählige idiotische, einfache Fragen stellen, die unsere Liebe betreffen. Fragen, die womöglich für immer unbeantwortet bleiben.

2

Es ist Abend am Grenzübergang Portbou. In den Pyrenäen brennen Wälder. Über dem Asphalt fliegen Wirbel von weißer Asche. Die Landschaft versinkt in Düsternis.

Ein Grenzbeamter winkt uns zur Kontrolle auf einen Seitenstreifen. Er verlangt nach Ausweisen. Während er mich mustert, blicke ich auf die Pyrenäenausläufer, die hier im Mittelmeer enden. Steil und zerklüftet ist die Küste. Ich habe die Landkarte studiert. Falls sie uns stoppen, den Wagen konfiszieren und wir zu Fuß über die Grenze müssen, nehmen wir den Walter-Benjamin-Weg. Er beginnt im benachbarten Banyuls-sur-Mer, von dort geht es auf schmalem Pfad knapp sechshundert Meter hoch durch die einsame Berglandschaft auf spanisches Gebiet. Mal liegen alte Wachtürme, mal kleine romanische Kapellen am Weg. Walter Benjamin ist von hier aus vor den Nazis in die vermeintliche Freiheit geflüchtet. Doch seine Lage war aussichtslos. Er starb im Hotel de Francia in Portbou an einer Überdosis Morphium.

Unsere Lage ist anders, denke ich damals. Aber nicht viel anders.

Der Beamte starrt auf meinen roten Schweizer Pass. Er vergleicht mein Gesicht mit dem auf dem Passfoto. Mein Schädel

ist kahlgeschoren. Auf dem Foto sehe ich sympathischer aus. Es wurde vor zwei Jahren in Bern aufgenommen. Damals trug ich einen kurzen Afro und ein weißes Tennishemd. Das Bild zeigt mich mit einem scheuen Lächeln.
Der Beamte sagt, ich solle meinen Begleiter wecken.
Der Beamte bittet uns auszusteigen. Er studiert meine Erscheinung. Seine Augen gleiten über mein schwarzes T-Shirt mit der Aufschrift »Soldier of Fortune«, dann meine Beine entlang zu den Füßen. Ich trage eine Militärhose und weinrote Doc Martens. Über dem Schaft der Stiefel sind weiße Tennissocken zu erkennen. Meine Augenlider sind verkrustet. Ich habe mich seit drei Tagen nicht gewaschen. Mein Kopf tut weh, vielleicht vom Speed, das wir hinter der Schweizer Grenze geschnupft haben. Es ist ein Brennen vom Nacken über den Schädel bis zur Nase.
Der spanische Beamte wendet seine Aufmerksamkeit meinem Begleiter zu. Raffis Tränensäcke sind rosafarben, die Augen blutunterlaufen, ein schmutziger Film klebt auf seinem Gesicht. Auf der Stirn leuchtet eine Narbe. Er hat sie sich bei den 1.-Mai-Krawallen am Kottbusser Tor zugezogen.
Raffi macht ein verächtliches Gesicht. Aber Verachtung wird uns nicht weiterhelfen. Das habe ich ihm schon am Grenzübergang Weil am Rhein erklärt, als er sich darüber aufregte, dass ihn der Schweizer Zöllner in einer Isolationszelle bis aufs Arschloch gefilzt hatte.
Der Beamte studiert Raffis Bundeswehrjacke. Er trägt dazu eine Handwerkerhose, die er schwarz angemalt und mit Sicherheitsnadeln gespickt hat. Um seinen rechten Ärmel klebt ein Band auf dem Z-200 steht. Raffi bastelt seine Klamotten immer irgendwie selbst zusammen. Er bemalt Kleider oder klebt Bänder auf seine Jacken, wie dieses nazimäßige rote Ding: Z-200. Es ist

Verpackungsmaterial von Xerox. Raffi hat bei Xerox am Mehringdamm eine Weile als Aushilfe gearbeitet.

Der Beamte schiebt Raffis Reisepass über meinen Pass und blättert durch die leeren Seiten. Es ist ein dreckiger grüner Lappen mit einem Adler drauf. Er macht eine Bemerkung auf Spanisch, die so viel bedeuten könnte wie, dass Raffi sich vielleicht mal einen neuen Pass anschaffen sollte. Mein Spanisch ist nicht besonders gut.

Ein zweiter, scheinbar höherrangiger Grenzwächter ist an uns herangetreten. Er nimmt unsere Pässe mit und verschwindet in seinem Büro. Er wird die Fahndungslisten prüfen.

Weitere Beamte stehen inzwischen über den Kofferraum meines schrottreifen Mercedes 280 CE mit Berliner Kennzeichen gebeugt. Sie machen eine Bestandsaufnahme: Aus dem Kofferraum werden zwei volle Zehn-Liter-Benzinkanister gehoben. Ein Kasten mit leeren Flensburger Bierflaschen mit Bügelverschluss. Eine Kiste mit zwölf Stunden Super-8-Filmmaterial. Eine Tasche mit je zwei Super-8-Kameras, Marke »Nizo« und »Beaulieu«. Eine Schaufel. Ein Werkzeugkasten. Zwei Bowie-Messer. Eine Axt. Eine Leiter. Ein Baseballschläger. Zwei Armeerucksäcke. Ein Proviantsack mit Konservendosen. Ein Beutel voller Stofffetzen, mit denen man aus Flensburger Bierflaschen Molotowcocktails basteln kann. Es ist die gleiche Ausrüstung, die wir schon vor drei Wochen an der Berliner Mauer benutzt haben. Die Mauer loderte damals auf gut fünfzig Metern Länge. Ein grandioses Flammenmeer.

Die Gegend um den Potsdamer Platz und den Anhalter Bahnhof war unser bevorzugtes Einsatzgebiet. Wir nannten es unser »Narbengelände«. Manchmal sind wir nachts über Zäune geklettert und haben Fotos von toten Industrieanlagen gemacht. Und dazu Feuer gelegt. Der Mauerbrand war die aufwendigste unserer inszenierten Brandstiftungen. Die *Bild*-Zeitung berichtete, es handle sich um Einzelkämpferaktionen von DDR-Gegnern. Das war echt lustig.

Raffi sieht in mir einen Underdog, der zu allem bereit ist. Wie Robert de Niro in »Taxi Driver«. Gnadenlos. Konsequent. Selbstmörderisch. Aber das bin ich nicht. Mein ganzer Auftritt hat mehr mit Posing zu tun als mit ernsten Absichten. Mit Versprechen und Verrat.

Er kann nicht ahnen, dass ich in Barcelona weich werde.

Das Filzen in Portbou dauert zwei Stunden. Die Durchsuchungen ergeben nichts. Raffis Arschloch bleibt unberührt. Irgendwann lassen uns die Beamten einfach stehen. Wir sollen unser Gerümpel einpacken und weiterfahren.

Hinter den Hügeln, dort, wo wir Barcelona vermuten, steigt immer noch Rauch auf, wie ein Vorhang, der in nördlicher Richtung die Berge entlang nach Frankreich zieht. Am Rand der Autobahn parken Autos. Leute stehen im Gras oder sitzen auf ihren Motorhauben, blicken durch Ferngläser und machen Fotos. An den Hängen brennen dünne schwarze Bäume wie Kerzen. Wir beobachten einen Flammenschleier, der sich kilometerweit erstreckt und fast die Autobahn erreicht. Ich kann den Rauch durch die Lüftungsanlage riechen.

Nur langsam legt sich die Anspannung. Falls es mir gelingt, diesen letzten Vorhang aus dichtem Rauch zu durchqueren, dort, wo jetzt noch die Ascheschwaden wehen, kann uns nichts mehr aufhalten. Dann haben wir die alte Welt hinter uns gelassen.

Wie lange die Fahrt durch die verrauchte Landschaft gedauert hat, weiß ich nicht mehr. Raffi schläft wenig, und er schläft schlecht. Speichelblasen kommen aus seinem komisch gespitzten Mund. Er zuckt ständig zusammen, wie vom Blitz getroffen. Von der Seite, mit geschlossenen Augen, hat er ein wunderbar sanftes Gesicht. Wie ein zerkratzter Engel. Er stöhnt ganz leicht in hohem Ton wie ein Baby.

Raffi wird oft rot. Er wirkt auf mich wie ein eingeschüchtertes Kind, das jetzt, als Achtzehnjähriger, zurückschlagen muss. Er sammelt altes Kriegsmaterial, das er in der Berliner Landschaft aufstöbert und in seinem Zimmer stapelt. Sein Kronjuwel ist die Luger-Pistole eines deutschen Wehrmachtsoffiziers. Er kann sämtliche Feldzüge des Panzergenerals Guderian auswendig vortragen. Er ist beseelt von einem metafaschistischen Geist, obwohl er zum harten Kern der Hausbesetzerszene von Kreuzberg 36 gehört. Über Mädchen spricht er nie.

Im Wachzustand hält er ständig nervös den Rückspiegel im Blick. Doch das Einzige, was er sehen kann, ist wehende Asche im roten Rücklicht. Dann taucht plötzlich ein Lichtschein am Horizont auf. Er bemerkt ihn zuerst. Barcelona liegt vielleicht noch dreißig Kilometer entfernt.

Unser Ziel ist die Estació de França. Die Adresse meiner Kontaktperson lautet: Paseo de Picasso, Stadtteil El Born. Ich nenne ihn Jakob. Er kommt aus Bern wie ich. Er hatte mal dieselbe Liebhaberin wie ich: Barbara. Er ist acht Jahre älter als ich. Er schreibt für die *Neue Zürcher Zeitung*. Er übersetzt für den Diogenes-Verlag George Simenons »Maigret« ins Deutsche. Er kann Deutschland nicht ausstehen. Er trinkt gerne. Viel mehr weiß ich nicht über Jakob.

Auf Raffis Anraten verlasse ich jetzt die Autobahn. Wie viele

Stunden seit Portbou vergangen sind, weiß ich nicht mehr. Die Erschöpfung schlägt mir auf die Augen. Das Speed hat keine Wirkung mehr. Die letzten Kilometer sind wie eine Reise ans Ende der Nacht. Wir fahren durch eine massiv zugebaute Stadtgrenze. Wir gelangen an einen Fluss, der ins Meer mündet. Jenseits des Flusses steigen drei Hochkamine in den Himmel. In einer hochwassersicheren Betonwanne dümpelt eine Kloake. Vor uns liegt ein Zigeunerviertel, ein Elendsquartier gleich am Strand. Das ist Barcelona? Irgendwo sehe ich ein Schild, auf dem »Camp de la Bota« steht.

Raffi schweigt. Er schaut fasziniert auf die backsteinernen Schornsteine der Fabriken. Leere Avenidas in einer endlosen Industriezone, die offenbar noch aus der Franco-Zeit stammen.

Wir fahren langsamer. Es wirkt, als würde uns die wirkliche Stadt Barcelona irgendwo auflauern wie ein gefährliches Ungeheuer. Der Asphalt ist vom Regen klebrig geworden. Dunst hängt über den Straßen, getüncht von den Lichtern heruntergekommener Kaschemmen. Keine Spur von Menschen, von Touristen. Ich fahre mit offenem Fenster. Es riecht übel. Hinter bröckelnden Fassaden verfolgen uns verstohlene Blicke. Über allem liegt ein Staubschleier.

Das also ist Barcelona.

Wir halten an. Gelbliche Straßenbeleuchtung verbreitet eine gespenstische Atmosphäre. Ich sehe einen Zigeunerjungen, der sich an der Jacke seiner Mutter festhält. Die Kleidung des Jungen sieht versengt aus. Eines seiner Augen ist zugeschwollen. Seine Haare sind kurzgeschoren. Als das Paar an uns vorbeiläuft, senkt der Junge den Blick. Sie gehen direkt auf ein Friedhofstor zu. Die Schuhe des Jungen werden von Stromkabeln zusammengehalten. Die Mutter zieht ihn stumm hinter sich her. Er trägt eine zerrissene Adidas-Trainingshose, ein Hemd in den Farben des FC Barcelona, auf dem Rücken steht der Name *Bernd Schuster*, unter spanischen Fußballfans auch bekannt als der »Blonde Engel«. Dann verschwinden Mutter und Sohn hinter der Friedhofsmauer.

Ich will ihnen folgen. Raffi hält das für eine schlechte Idee, er bleibt zurück. Ich soll ihm ein eisgekühltes Bier besorgen, ruft er mir nach.

Ich tauche in einen Dschungel von Mausoleen, Engeln und Kreuzen ein. Ich bin erschöpft. Es ist vielleicht drei Uhr früh. Ich sehe die Zigeunermutter beim Durchwühlen von Abfalleimern. Der Junge sucht die Gräber nach Wertgegenständen ab. Später knien sie vor einer Marmorskulptur nieder. Eine Friedhofslaterne wirft goldenes Licht auf Mutter und Sohn. Das künstliche Licht wirkt in jenem Moment wie das apokalyptische Herabfahren des Himmels.

An viel mehr kann ich mich nicht erinnern. Außer, dass ich noch eine Weile durch die Schlünde der Urnenwände gelaufen bin. Irgendwann habe ich mich auf eine Friedhofsbank gelegt und bin eingeschlafen.

In meiner ersten Nacht in Barcelona träume ich vom Sterben.

Ich träume von Toten, die schlafen. Ich sehe in meinem Traum ein Mädchen, das sich tötet. Der Vater hat ihr das noch warme Herz ihres Geliebten in einer goldenen Schale bringen lassen. Jetzt drückt sie dieses Herz an ihr eigenes Herz. Ein anderes Mädchen taucht auf, das zur Begräbnisstätte ihres kurz zuvor verstorbenen Geliebten geht, schneidet dem Leichnam das Haupt ab, legt es in ein Gefäß in einem Garten und pflanzt

daneben einen Basilikumstrauch, den sie mit ihren Tränen begießt. Ein junges Mädchen wurde gerade begraben. Der Geliebte kommt mit dem Totengräber. Er sagt: Hole sie wieder herauf, mein Schmerz ist so groß, dass ich sie noch einmal küssen möchte, bevor ich mich für immer von ihr trenne. Der Sarg erscheint, der Totengräber zieht die Leiche daraus hervor und legt sie auf die Stufen eines Altars. Der Geliebte bleibt allein zurück, um sie zu entkleiden. Dann liebt er sie.
Endlich wird es Morgen in Barcelona.

3

Die Sonne steht gerade hoch genug, um über die Altstadt zu scheinen. Raffis Nase läuft. Meine Augen tränen. Alles blendet, auch das Dunkle.
Wir schleppen uns erschöpft die Treppen am Paseo de Picasso hoch bis zu einer mächtigen Holztür mit eingelassenem Türspion: Piso 2' 2a.
Ich drücke die Klingel. Irgendwo im Treppenhaus werden die Böden mit streng riechendem Putzmittel behandelt. Aus den oberen Stockwerken ertönt der Song »Sweet Dreams« von Eurythmics.
Jakob antwortet nicht. Wir stehen einfach da. Auf meinen Augen lastet ein Druck. Ich sehe das Schwarz der Schatten, das gelbliche Braun des Südens, das brutale Weiß der Morgensonne. Irgendeine Verwirrung nagt an mir.
Raffi wirkt noch ein bisschen wütender als sonst. Ich glotze die Tür an und denke daran, wie sich Augenblicke verketten, wie die Zeit verrinnt, sich alles im Schicksal auflöst. Vielleicht wird mein Schicksal von einer geheimen Macht hinter meinem Rücken vorbereitet.
Doch hinter mir steht bloß Raffi in seinen Militärklamotten, er schultert den Rucksack wie ein kampfbereiter Krieger und blickt mit gelangweilt in die Welt. Heilige Langeweile.

Was machen wir hier eigentlich?, fragt er und tritt mit dem Stiefel gegen die Tür. Hier wohnt doch kein Schwein.
Wir warten, sage ich. Hast du noch nie bei Kaiser's am Kotti an der Kasse gestanden und gewartet? Kannst du dich nicht einmal kurz zusammenreißen? Ist das so schwierig für dich?
Er kaufe nie bei Kaiser's ein, sagt Raffi. Sondern beim Penny Markt am Kottbusser Damm.

Endlich dringt aus der Wohnung eine Stimme: Oye! … Que loco …
Die Tür geht auf. Jakob steht vor uns. Ich verspüre ein diffuses Glücksgefühl. Jakob ist groß und schlank. Sein Oberkörper ist nackt, er trägt eine Art Pyjamahose, Sandalen und einen Dreitagebart. In seinem Mundwinkel hängt lässig eine Zigarette. So stelle ich mir einen Schriftsteller vor. Er starrt uns durch seine Hornbrille an. Genervt und erstaunt. Er begrüßt uns auf Hochdeutsch mit Schweizer Akzent. Er versucht zu lächeln. Aber eher besorgt und nur ganz kurz. Zwei Stinktiere stehen vor seiner Tür. Vor zwei Wochen hat er mir – möglicherweise in weiser Voraussicht – am Telefon erklärt, seine Wohnung stehe uns nicht zur Verfügung. Wir sind trotzdem gekommen.
Jakob geht widerwillig zur Seite. Seine angeborene schweizerische Freundlichkeit lässt ihn eine fatale Fehlentscheidung treffen. Er lässt uns rein. Es fehlt Jakob an Härte. So viel ist schon jetzt klar.
Er blickt auf Raffis schmutzige Militärschuhe. Dann auf seine nazimäßige Armbinde. Womöglich rätselt er, ob es sich bei uns um richtige Skinheads handelt. Jedenfalls traut sich Jakob nicht, Raffi aufzufordern, seine Stiefel auszuziehen. Raffi schaut ihn kaum an, fragt nur nach der Toilette. Ihm sei schlecht. Ich habe

irgendwo gelesen, dass Besucher in Barcelona augenblicklich krank werden. Kaum angekommen, fühlen sie sich schon ermattet, bekommen leichtes Fieber und klagen über Appetitlosigkeit. Vielleicht sind es die Modergerüche, vermischt mit dem Gestank der Putzmittel. Raffi kann kaum noch gerade gehen.
Dort ist die Toilette, sagt Jakob. Er ist genervt. Vielleicht kotzt ihm ein deutscher Skinhead gleich die ganze Wohnung voll. Keine halbe Minute ist seit unserer Ankunft vergangen. Und schon liegt eine miese Spannung in der Luft. Das kommt nicht gut, denke ich. Raffi verschwindet hinter einer Schiebetür.
Ich umarme Jakob und bekomme Gänsehaut. Meine Umarmung muss ihm vorkommen, als wäre ich körperlich bedürftig. Von den ersten Stunden in diesem Ungetüm Barcelona bereits ausgezehrt.
Doch Jakob soll sich nichts einbilden, bloß weil ich ein bisschen weich werde. Herzliche Umarmung hin oder her. Er bemerkt mein Uniformhemd unter der Bomberjacke. Das Hemd hat eine Rune auf dem Ärmel und einen Totenkopf. Ich halte es für ein fantastisches Hemd. Ich traue Jakob nicht. Er traut uns nicht. Man kann absolut niemandem vertrauen. Noch nicht mal sich selbst.

Ich mache eine kleine Entdeckungsreise durch Jakobs Wohnung. Alles wirkt riesig. Der Flur ist ein langer Gang. Große Räume mit getäfelten Böden öffnen sich nach allen Seiten. Spärlich eingerichtet. Ich erkenne eine *Mezza Luna* im Wohnzimmer. Elegant. Dazu ein handgefertigter Holztisch mit vier schwarzen Klappstühlen. Irgendwie düster und melancholisch, aber auch streng und diszipliniert. Es gibt keine Idylle. Das ist vielleicht das Beste an diesem Ort.

Neben einem Kassettenrecorder sehe ich eine Sammlung von Rolling-Stones- und Bob-Dylan-Titeln. Anhand von Jakobs Musikgeschmack und seinen vollen Bücherregalen wird Raffi den Schluss ziehen, dass wir es hier mit einem Achtundsechziger-Clown zu tun haben, einem dieser Klugscheißer mit Intellektuellenbrille.
Während ich mir die Atmosphäre seiner Wohnung reinziehe, redet Jakob einfach in einem vom Schweizer Akzent verzerrten Hochdeutsch auf mich ein. Klingt wie der Monolog eines Isolationshäftlings. Er sei im Deadline-Stress, sagt er mit seltsamer Offenheit. Gerade habe er ein anstrengendes Gespräch mit der Redaktion der *Neuen Zürcher Zeitung* geführt. Sehr dramatisch, wie er seine Qualen offenbart, als ob mich das interessieren würde.

Ich deponiere meinen Militärrucksack im Gästezimmer, das uns Jakob widerwillig zugewiesen hat. Es ist weiß gestrichen und spärlich möbliert. Ich trete auf den Balkon, um die Umgebung zu inspizieren. Unter mir rauscht der Verkehr Richtung Estació de França. Es herrscht Weitsicht über dem Parc de la Ciutadella. In der Ferne die Kamine von Pueblo Nuevo und ein riesiges Wassersilo. Irgendwo schreien Affen in einem nahen Zoo. Ideale Bedingungen.
Jakob stellt sich zu mir. Er wirkt angespannt. Er erwähnt wieder seine Deadline. Vielleicht leidet er unter einer Schreibblockade. Was auch immer. Er werde sich nicht um uns kümmern können, kündigt er an. Erstaunlich, dass er überhaupt an so was denkt. Typisch Schweizer. Immer diese verdammte Pseudobesorgtheit. Und er erzählt mir jetzt, mit dem treuen Blick eines Bernhardiners, dass dort hinten bei den hohen Kaminen vom

Pueblo Nuevo ganz Übles geplant sei. Daran schreibe er gerade. Von der möglichen Zerstörung jener himmlischen Gegend, in der Raffi und ich die letzte Nacht verbracht haben. Dieses industrielle Niemandsland sei als Olympisches Dorf für die Spiele 1992 bestimmt. Falls Barcelona den Zuschlag bekomme, werde dort Tabula rasa gemacht. Ein einziger Fabrikschlot solle überleben.

Ich begreife nicht alles, was Jakob erzählt. Er schaut mich eindringlich an. Als ob er mein Hirn studieren wollte. Dann wendet er sich ab und taucht kommentarlos im dunklen Bereich am Ende des langen Ganges unter.

Raffi hält sich immer noch auf der Toilette versteckt. Ich werfe mich aufs Bett und starre auf das Sonnenlicht an den Wänden. Am Balkonfenster ist der blaue Himmel zu erkennen. Mit weißen Schaumwölkchen. Sonst nichts. Warm und tröstlich ist es hier. Ich schließe die Augen. Schwärze finden. Einfach Aufblühen in schwarzer Romantik, wie in einem Song von Joy Division. Augen geschlossen halten.

Raffi kehrt zurück, er setzt sich auf den Bettrand und zieht seine Stiefel aus. Ein unfassbarer Gestank breitet sich in unserer Schlafkammer aus. Er hat sich einfach so zwei Flaschen Bier aus dem Kühlschrank geschnappt. Jetzt rülpst er und stochert in seinen Zähnen herum. Er sieht seltsam glücklich aus. Womöglich konnte er endlich seinen Darm entleeren.

Raffi steht auf, stellt sich vor das massive Bücherregal und fährt mit einem Finger über die Buchrücken. Er studiert Titel und spricht Autorennamen laut aus: Proust, Baudelaire, Musil. Aus seinem Mund klingen diese Namen sonderbar erfrischend. Pessoa, Sartre, Frisch, Dürrenmatt, Nizon, Botho Strauß, Bachmann, Brinkmann.

Wie ein braver Student trägt er jetzt vier Bücher an sein Bett. Ich habe Raffi noch nie lesen sehen. Er macht es sich gemütlich und zieht sein schwarzes T-Shirt aus. Auf seinem nackten Oberkörper erkenne ich ein selbstgeritztes Totenkopf-Tattoo. Sein bleiches Gesicht strahlt plötzlich etwas unfassbar Sanftes, Edles aus. Er grinst vor sich hin, als er beginnt, in einem Buch namens »Der Mann ohne Eigenschaften« zu blättern. Was gibt es da zu grinsen?
So vergehen die Stunden.
Ich blicke zum Fenster, Richtung Himmel über Barcelona. Es gibt dort wunderbare Farben, ein schwerer Hafengeruch weht ins Zimmer. Der Wind des Mittelmeers weht durch mich hindurch, als wäre mein Körper aus dünnem Stoff. Und dazu verspüre ich diese angenehme Trauer über die Welt. Eine Welt, die ich morgen erobern werde. So viel ist klar. Morgen brennt die Welt.
Dann schließe ich die Augen, höre noch, wie Raffi Sätze aus seinem Buch viel zu laut vorliest, weil er inzwischen seine Walkman-Kopfhörer auf den Ohren hat. Er liest wie einer, der gerade Lesen gelernt hat, bedacht darauf, nicht zu stolpern: Es gibt immer einen Punkt ..., Raffi macht eine Pause und kichert. Es gibt immer einen Punkt ..., wiederholt er den Satzanfang, wo man nicht mehr weiß, ob man lügt ..., er lacht jetzt leiser, als ob er nachdenkt, und das, was man erfunden hat, plötzlich wahrer ist als man selbst ...
Stille. Raffi schaltet den Walkman aus. Dann legt er das Buch weg. Er lacht nicht mehr.
Es wird Nacht in Barcelona.

4

Jakob will uns »seine Stadt« zeigen. Ich habe mal in einem Buch von Raymond Carver gelesen, dass man solche Augenblicke »moments of no return« nennt. Hätten wir uns im Bett einfach tot gestellt, wäre mein Leben anders verlaufen. Schicksal sage ich, als ich mich schwerfällig aus dem Bett schiebe.
Scheiß auf Schicksal, sagt Raffi.

Es ist schon fast elf Uhr am Abend, als wir ins unbekannte Barcelona eintauchen. Ich atme die Hafenluft ein, lasse den Geruch der Stadt in mich eindringen. Raffi bleibt immer wieder stehen und begutachtet herumliegende Objekte. Elektrische Geräte, Möbelstücke, Werkzeuge. In Berlin hätte er alles aufgehoben und mit nach Hause genommen oder eine Zeitlang mit sich herumgetragen.
Überall sehen wir Menschen vor Tellern sitzen, die Speisen darauf sind nicht zu identifizieren. Bourgeoise Extravaganz mischt sich mit verruchter Bohème. Eine Gruppe Transvestiten steht in einer Gasse vor einem katalanischen »Küchenlabor«, in dem unfassbar kreative Menüs mit dreißig Tapa-Gängen angeboten werden. Weiter hinten steht eine Gruppe nordafrikanischer Nutten, gleich daneben Punks in Lederjacken und UK-Subs-T-Shirts. Sie versammeln sich neben einem Sanitärge-

schäft vor aufgereihten, weißen Toilettenschüsseln, in denen sich leere Bierdosen stapeln.
Ich huste laut, bis die Brust schmerzt, öffne die Augen, schließe sie wieder. Ich warte, atme, huste, öffne und schließe die Augen in schnellem Wechsel und warte wieder. Es ist eine Methode, die ich mir in Berlin angeeignet habe, um die Scheißaußenwelt zu ertragen. Die Vietcongs haben die gleiche Methode in den Tunneln des Ho-Chi-Minh-Pfads praktiziert. Genauso fühle ich mich momentan. Wie in einem Tunnel, auf den Napalm fällt.
Noch sind es zwei Stunden, bis ich Nina begegne.

Jakob erzählt uns von seiner Stadt. Er erzählt davon, dass sich Barcelona nur in Momentaufnahmen erfassen lasse. Was man sehe, sei genau das, was man bekomme. Barcelonas nervöse Oberfläche sei auch seine Tiefe. Er erzählt von einem Boxer und Poeten namens Arthur Cravan, Neffe von Oscar Wilde, der hier 1916 in der Stierkampfarena gegen Jack Johnson geboxt haben soll. Vielleicht will er uns damit sagen, dass das Schicksal immer wieder Nichtsnutze nach Barcelona schickt.
Wir laufen weiter, endlos lange. Die Gegend hinter den sogenannten Ramblas nennen sie Barrio Chino, jahrzehntelang das zugleich erbärmlichste und glamouröseste Sündenbabel Europas, sagt Jakob. Wenn ich bloß wüsste, was er mit Sünde meint. Die Gassen werden finsterer. Es tauchen Pakistanis aus der Dunkelheit auf. Rosenverkäufer auf dem Weg zu den Touristenmeilen. Raffi schleppt sich mit Riesenschritten voran, seine metallbeschlagenen Stiefel lärmen bedrohlich mit jedem Schritt. Die vielen Menschen kommen ihm in die Quere.
Ich drehe mich immer wieder abrupt um, fühle mich verfolgt. Aber Jakob kümmert das nicht, er fährt einfach mit seinen Er-

zählungen fort: dass momentan etwas Monumentales in dieser Stadt passiere. Seit Francos Tod und dem Ende des Faschismus lasse die Jugend Dampf ab. Barcelona sei erwacht. Und wie. Und dann fragt er, ob wir Lust hätten, heute Abend Grace Jones zu sehen.

Alles folgt jetzt einem göttlichen Plan: Dort nämlich, wo in dieser Nacht Grace Jones auftreten wird, steht jetzt schon Nina unbeweglich hinter einer Theke. Sie wartet auf mich. Keiner kann es ahnen. Sie steht einfach dort, unsicher, ob sie ein Junge oder ein Mädchen ist.

Noch dauert mein altes Leben knapp dreißig Minuten.

Grace Jones, wiederholt Raffi plötzlich und lacht sich einen ab. Ist das die schwarze Tante, von der man nicht weiß, ob die 'ne Frau oder 'n Mann ist?

Jakob antwortet nicht, sagt bloß, sie würde in einem berühmten Club namens »Otto Zutz« auftreten. Raffi kann es nicht glauben. Aber es ist so. Der angesagteste Club Spaniens, stehe in Barcelona und heiße Otto Zutz. Das Otto Zutz verbinde mehrere Musik-Floors mit Kunstausstellungen und Live-Konzerten, berichtet Jakob. Die Angestellten glichen Geschöpfen aus Andy Warhols »Factory« – alle jederzeit bereit für die große Performance.

Jakob bestellt uns ein Taxi. Raffi lacht sich immer noch einen ab und wiederholt den Namen Otto Zutz drei-, viermal, als ob das irgendwas an den Tatsachen ändern würde. Jakob blickt dabei genervt zu Boden.

Wir gelangen ins Einzugsgebiet des vornehmeren Barcelona, brausen jetzt im Taxi durch bolzengerade Straßenschluchten, immer weiter nördlich, die Stadt steigt vom Hafen kommend

an, über uns ein wunderbares Blätterdach wie in Michelangelo Antonionis »Beruf: Reporter« mit Jack Nicholson und Maria Schneider, den ich vor ein paar Tagen im Moviemento am Kottbusser Damm gesehen habe. Wir biegen in die Carrer de Lincoln ein. Eine unscheinbare Straße. Außer, dass sich vor der Nummer 15 eine riesige Traube junger, schöner Menschen versammelt, wie zu einem geheimbündlerischen Treffen.
Kommen wir hier in unserer Aufmachung überhaupt rein?, frage ich Jakob mit einer schweizerischen Besorgtheit, die ich an mir selbst verachte.
Er weiß es nicht. Er hat gerade herausgefunden, dass Grace Jones ihren Auftritt abgesagt hat. Raffi hätte die schwarze Tante verdammt gerne gesehen und setzt ein Gesicht auf, als ob man ihm den Schnuller aus dem Mund gerissen hätte.
Raffi hasst jetzt alles. Ich hingegen fühle mich wie elektrisiert. Und bringe deshalb den Mut auf, mit todernster Miene an der langen Warteschlange vorbeizumarschieren und mich einfach vorne anzustellen. Kein Protest. Keine bösen Rufe. Raffi macht es mir nach.
Der Türsteher schaut uns respektvoll an. In Skinhead-Aufmachung gelten wir offenbar als exotische VIPs. Er winkt uns rein, obwohl er kurz stutzt, als er Jakob sieht: Eine seltsame Niedergeschlagenheit umgibt ihn, kombiniert mit einem zerknitterten Leinenanzug. Das kommt hier nicht so an.

Obwohl es erst Mitternacht ist, steht der Laden kurz davor zu explodieren. Es läuft »Burning Down the House«, der neue Hit von den Talking Heads. Wir bewegen uns durch einen tunnelartigen Innenraum, in dem schwarzes Licht pulsiert, dreißig Meter entfernt von der nebeldampfenden Hölle, in der Scheinwerfer

bunte Farben in den Nebel pumpen und sich goldene und silberne Laserstrahlen kreuzen. An den Wänden hängen leuchtende exotische Objekte, Graffitis eines New Yorker Künstlers namens Keith Haring. Ich hatte die auch schon mal in einem meiner Lieblings-MTV-Videos von Bauhaus gesehen. Schnell rotierende Strobolichter verschießen buntes Mehrfachfeuer. Ich muss die Augen kurz schließen. Unsere dunklen Bomberjacken sind völlig unsichtbar, Hände und Köpfe scheinen sich dagegen wie losgelöst in der Luft zu bewegen. Jakob, in seinem hellen Leinenanzug, leuchtet wie eine Wunderkerze. Im Ultraviolett scheint sein Gesicht tiefgebräunt, und das Weiße in seinen Augen hat den Ton eines schwachen, blauen Lebens angenommen.
Irgendetwas zieht mich wie ein Magnet in die Tanzhalle. Eine plötzliche Lust, meinen Stil zur Schau zu stellen, treibt mich an. Ich blicke mich um, ohne mir die Aufregung anmerken zu lassen, bleibe cool, als wäre alles ein verrückter Traum, in dessen Zentrum es nur mich gibt. Wir gelangen in einen weiteren Tunnel. Rechts und links verspiegelte Wände, in denen die Partypeople ein letztes Mal ihren Look überprüfen können. Die Gänge sind gerammelt voll, Zigarettenrauch brennt in meinen Augen, alles vibriert. Dann geht es vom Spiegeltunnel in die Tanzarena. Drei Etagen türmen sich über mir, Clubbesucher drängen sich ans Geländer und beobachten meinen Einmarsch.
Ich konzentriere mich auf das Kronjuwel des Otto Zutz: eine bizarr ausgeleuchtete, hufeisenförmige Bar am Rande der Tanzfläche. In einem riesigen Wandregal leuchten perfekt aneinandergereihte Flaschen wie bunte Smaragde. Und davor bewegt sich ein sonderbares Wesen. Es bewegt sich auf einem eigens eingerichteten Plateau, damit es größer wirkt und höher steht als die Menschenmasse, die sich um die Bar versammelt hat.

Ich habe in meinem Leben noch nie eine solche Erscheinung gesehen. Dieses Wesen ist viel zu jung für einen Nachtclub. Vielleicht Sechzehn. Bestimmt nicht älter. Es beugt sich zu den Barbesuchern herunter, um ihre Bestellungen aufzunehmen. Es tut dies mit einem eiskalten Blick, der die Gäste womöglich erschaudern lässt. Das Wesen ist rasend schnell, flink, zieht dabei Flasche um Flasche elegant und lässig zugleich aus dem Leuchtregal, im Mundwinkel steckt eine qualmende Zigarette, das Wesen lässt die Flasche in der Hand tänzeln, füllt Gläser auf, kassiert ein, verschwindet dann plötzlich mit einem der pausierenden DJs hinter einer Tür, lässt die Leute einfach warten, bis es nach einer Minute wieder frisch aufgeladen auftaucht. Was aber noch viel mehr irritiert als das Tempo und die Frage, ob es sich bei diesem Wesen vielleicht noch um ein Kind handelt:
Ist es ein Junge oder ein Mädchen?

Ich muss näher ran. Ein Platz am äußeren Ende der Bar wird frei. Ich kann dort meinen Rücken gegen die Wand lehnen, die Füße kreuzen, meine Militärstiefel zeigen. Von hier öffnet sich ein seitliches Blickfeld auf das unbekannte Wesen. Ich habe in Berlin schon extrem aufregendes Barpersonal erlebt, im Dschungel, in der O-Bar, besonders im Risiko an der Yorckstraße. Aber es hat nie lange gedauert, bis die Vernunft einkehrte, die mir davon abriet, mich mit ihnen einzulassen.
Diesmal ist es anders. Ich wünsche mir, dass dieses Wesen, das wie ein Junge aussieht, ein Mädchen ist. Es ist das Sonderbarste, was mir je begegnet ist. Was ich sehe, ist ein Gesicht, von dem sich mein Blick nicht lösen kann. Mit einer männlichen Nase und weichen, zarten Lippen wie bei einem kleinen Mädchen. Ich erkenne einen feinen Oberkörper, scheinbar flach, ohne

erkennbare Brüste, und schmale Hüften, von denen schlanke, muskulöse, lange Beine ausgehen. Der Oberkörper steckt in einer Fantasieuniformjacke. Drei silbrig glänzende Orden hängen am Revers. Ich erkenne zwei Armbinden, auf die undefinierbare Abzeichen aufgenäht sind. Auf beiden Schultern befinden sich Tuchlaschen mit fantasierten Rangabzeichen. Das Wesen trägt hohe Reitstiefel und löchrige Strümpfe, die kurz unter seinen engen Hot Pants enden. Die Hälfte seines nackten Hinterns ist sichtbar.

Das Haar ist platinblond gefärbt und an den Seiten kurzgeschoren. Obendrauf sitzt irokesenmäßig längeres, strähniges Haar, das über die Stirn fällt. Eine solche Frisur existiert auf dem Planeten Erde noch nicht. Am Hinterkopf klebt eine grüne, mit Orden behangene Feldmütze, die dieses Wesen in meiner Fantasie wie einen dekorierten Kindersoldaten erscheinen lässt.

Mein Herz schlägt schnell wie die Flügel eines winzigen Vogels. Ich habe einen scharfen Geschmack im Mund. Ich sehe keine Menschen mehr. Höre bloß noch die hysterische Stimme von David Byrne: »Burning Down the House«, und starre auf dieses Wesen.

Das ist Nina.

5

Der Morgen danach. Regen.

Wir fahren über eine verlassene Straße Richtung Norden und blicken durch eine verschmierte Windschutzscheibe: schwarzes Land, brauner Schlamm am Straßenrand. Als der Regen aufhört, ist der Morgen vorbei. Und Barcelona weit weg.

Raffi sitzt stumm neben mir. Er versteht nicht, was mit mir los ist.

Irgendwann fragt er: Weißt du eigentlich, wo wir sind?

So ungefähr, sage ich.

Und wo ist das?

Etwa zweihundert Kilometer von der Küste entfernt. Luftlinie.

Luftlinie?, fragt Raffi, als würde er nicht kapieren, was das bedeutet.

Das bedeutet, in einer geraden Linie.

Dann sagen wir lange nichts mehr.

Ich kann nur noch an die Kindersoldatin denken. Ich fühle mich, als ob ich auf der luftleeren Oberfläche des Mondes ausgesetzt wäre. So sieht die Landschaft aus, die jetzt an uns vorbeizieht.

Raffi sitzt einfach neben mir. Er isst die Reste aus seinem Proviantsack, den er in Berlin gepackt hat: Dosenschinken mit

Kräckern und Kühne-Senf. Dazu löffelt er Apfelmus aus einem Aldi-Glas.

Sind wir bald da?, fragt er.

So bald nicht. Aber ziemlich bald, antworte ich, als würde ich mit einem kleinen Kind sprechen.

Gestern Nachmittag in Jakobs Wohnung war alles noch eindeutig und stark. Ich hatte klare Vorstellungen davon, wo ich Feuer legen will. Aber das ist jetzt alles seltsam unwichtig geworden. Ich denke an Nina und versuche die Ereignisse der letzten Nacht zu rekonstruieren. Ich sitze in einer Falle. Eine verborgene Schicht in mir ist freigelegt. Etwas Unterirdisches, Primitives, eine Sucht nach Erinnerungen.

Unscharfe Rückblenden tauchen auf: Das fremde Wesen beugt sich über die Theke zu mir herunter. Ein Song von The Human League läuft. Es richtet sein Ohr in meine Richtung und nimmt meine Bestellung auf. Das Gesicht ist völlig emotionslos. Und obwohl es keine zwanzig Zentimeter von mir entfernt ist, kann ich immer noch nicht eindeutig sagen, ob es ein Mädchen oder ein Junge ist. Ich starre das Wesen viel zu lange an. Ein Fehler. Ich hätte mich bestimmt über meinen eigenen Gesichtsausdruck gewundert, so angespannt, so übertrieben ernst.

Ich nehme mir zu viel Zeit für die Bestellung. Das Wesen wendet sich genervt von mir ab und einem Typen neben mir zu. Ich habe meine Chance vertan.

Ich muss sitzen bleiben, auf eine neue Chance warten und dann konzentriert meinen Drink bestellen. Aber in welcher Sprache? Gin Tonic heißt doch in jeder Sprache Gin Tonic. Aber wie steht es um die Aussprache? Sollte ich einen spanischen Akzent vortäuschen. Aber wie soll ich ein längeres Gespräch auf Spanisch

führen? Also besser Englisch. Dann abwarten. Bloß nicht anmerken lassen, dass ich am Durchdrehen bin.
Es läuft der neue Song von David Bowie: »Let's Dance«. Das Wesen wendet sich mir plötzlich mit leicht geneigtem Kopf zu. Der Bowie-Sound übertönt meine Worte. Es kommt noch näher, um mich zu verstehen. Jetzt weiß ich, an wen mich dieses Gesicht erinnert: An Tadzio, den Knaben aus dem Luchino-Visconti-Film »Tod in Venedig«. Dieses Knabengesicht verzieht den Mund verächtlich, verweigert Blickkontakt mit einer Arroganz, die an Grausamkeit grenzt. Dann sage ich: One Gin Tonic, please.
Es sind meine ersten Worte.

Ich merke, wie mich das Äußere von Tadzio wütend macht. Das Androgyne lässt keinen Zugang zur echten Person zu. Alles ist Look: Militär. Glam. Plastik. Und was bildet sich dieses Wesen eigentlich ein? Ist doch bloß eine Schaufensterpuppe aus Fleisch und Blut. Durchsichtig. Austauschbar.
Ich halte meine Position an der Bar. Immer wieder tauchen Angestellte und DJs in einem kleinen Lagerraum hinter der Bar unter und wenige Minuten später wieder superlebendig auf. Die DJs haben zum Angriff geblasen. Nach »Let's Dance« folgt Bananaramas »Cruel Summer«. Sound und Licht verwandeln das *Otto Zutz* in einen Zoo mit tanzenden Tieren. Mein Blick klebt an Tadzios Gesicht. Seine Arroganz macht mich fertig, aber ich denke nun, dass die Arroganz ein Schutz ist, um die anderen auf Distanz zu halten. Und während ich diese Erkenntnis wie einen philosophischen Meilenstein im Kopf hin und her schiebe, starre ich immer intensiver in ein grün blinkendes Licht hinter dem Tresen. Das Licht kommt von den wie Smaragde leuchtenden

Gin-Flaschen. Das Licht übernimmt die Kontrolle. Und irgendwann glaube ich, Teil dieses grün blinkenden Lichts zu sein.
Ich warte. Nach dem fünften Gin Tonic stelle ich fest, dass mir das Geld ausgegangen ist. Eine weitere Stunde vergeht, ohne dass ich mich von der Stelle rühre.

Raffi hat sich in den vergangenen Stunden dreimal an mich herangetraut und gefragt, wann wir endlich diese beschissene Bar verlassen und nach Hause gehen würden. Verachtung und Hass stehen ihm ins Gesicht geschrieben. Ganz nach dem Motto: Zerschlagt alle Discos! Alles Kommerzielle! Bildet Banden, um Partypeople zu verhauen! Er kann nicht verstehen, wie man sich in einem solchen Club in eine Barfrau verknallen kann.
Jakob hingegen ist so eine Art Besorgnis anzusehen. Als ob er mir sagen will: Du kannst immer noch eine eigene Entscheidung treffen, Tom, oder? Steh einfach auf, entferne dich von der Bar. Und die Sache ist erledigt!
So leicht ist es nicht. Ich klebe fest. In einer Mischung aus Schmalz und Faszination.
Irgendwann marschieren Raffi und Jakob ab. Sie verpassen etwas Monumentales: Der Star des *Otto Zutz*, der Kindersoldat, beliebt bei allen, ständig abgeküsst und umarmt, so eine Art Symbolfigur der katalanischen Aufbruchsstimmung, Repräsentant einer neuartigen Clublandschaft – dieses Wesen, dem ich sofort ein Luftschloss bauen würde, wenn ich bloß könnte, dieses Wesen beginnt mit mir zu sprechen und verwandelt sich in einen richtigen Menschen. Spendiert mir einen Drink. Fragt auf Englisch, woher ich komme. Und ich antworte: USA. Es ist die erste Lüge. Das Wesen schaut mich an, studiert meine Uniformierung. Fünf Stunden habe ich auf dem Barhocker aus-

geharrt. Plötzlich stellt es sich neben mich. Vielleicht weil es im Club gegen fünf Uhr morgens nicht mehr so viel Arbeit gibt. Oder weil es schon selbst so viel getrunken und durch die Nase gezogen hat, dass es egal ist, mit wem jetzt noch der vorletzte Drink eingenommen wird. Womöglich ist das ein Zeremoniell: sich jede Nacht zu irgendeinem einsamen Menschen an die Bar stellen.
Plötzlich fragt es mich auf Englisch nach meinem Namen.
Tom, sage ich. Und das Wesen sagt: Nina.

Ich weiß nicht, wie lange sie einfach so neben mir steht. Natürlich brennt in mir die Frage, woher sie kommt. Aber eigentlich ist es unwichtig. Denn dieses Wissen über Herkunft führt zu nichts. Sie wartet auf etwas. Sie scheint gerade ihr Desinteresse am Rest der Welt abzulegen. Sie schaut mir zweimal kurz in die Augen. Die Orden auf ihrer Uniformjacke blitzen im Scheinwerferlicht, ihre Feldmütze hat sie abgenommen, das platinblonde Haar glänzt, ich studiere ihre Armbinden mit den Phantasie-Rangabzeichen. Und dann konzentriere ich mich nur noch auf ihre Nase, die ihr Gesicht so männlich erscheinen lässt.
Der Grace-Jones-Song »La vie en rose« ertönt. Es ist der erste langsame Song in einer schnellen Nacht. Es muss mit dem DJ abgestimmt gewesen sein. Nina greift nach meiner Hand und läuft mit mir auf die volle Tanzfläche. Wie ein Wunder öffnet sich die Masse von Tanzfanatikern. Sie lassen uns respektvoll zur Mitte durch, ins Zentrum von allem. Als ob alle wüssten, welche Stunde hier geschlagen hat. Nina nimmt mich in die Arme und klammert sich an mich. Ich zittere, bewege mich lethargisch. Sie wirkt erschöpft, wie nach einer Schlacht und lässt ihren Kopf auf meine Schulter fallen, als wäre ich eine Ablage.

Sie ist ermattet und schließt ihre Augen. Sie ist ein Mädchen – warm und weich.
Nina ist real.

Während ich mich verkrampft am Lenkrad festhalte, versuche ich diese Erinnerungen einzuordnen. Mein Körper kann das Gefühl nicht vergessen, Nina in den Armen zu halten, ihre Wange zu spüren. Ich bin außerstande, ihr Bild beim Tanzen aus meinem Bewusstsein zu verdrängen und durch etwas anderes zu ersetzen. Vielleicht, weil ich mich noch präziser erinnern will.
Dabei fahren wir gerade durch perfekt zerfurchtes Land, erodiert und öde. Ideales Gelände für einen kleinen Feueranschlag. In den Auswaschungen auf der Landstraße E17 liegen verstreute Haufen unbestimmbaren Mülls. Raffi starrt fasziniert auf die desolate Umgebung. Das ist genau die Gegend, die wir uns für unseren Terror gewünscht haben. Apokalyptisch. Gesichtslos. Kaputt.
Mein Denken ist aber total besetzt. Da ist kein Platz mehr für die Dinge, die mich von Berlin nach Spanien getrieben haben. Unsere Mission ist gefährdet.
Wo sind wir?, fragt Raffi zum tausendsten Mal.
Er beobachtet Zugvögel, die in mehreren Kilometern Höhe über uns kreisen.
Keine Ahnung, sage ich. Frag mich nicht mehr. Wir werden schon merken, wenn wir angekommen sind.

Es folgt der zweite Moment der Wahrheit: Nina zieht mich von der Tanzfläche. Sie zieht mich an der Hand nach draußen. Vor dem *Otto Zutz* rufen wir nach einem Taxi. Nina wird von den Türstehern mit Küssen verabschiedet. Einer der Männer grinst mich an, als ob er etwas wüsste, das ich noch nicht weiß. Dann sitzen wir im Fond eines roten Seat-Taxis. Während der Fahrt sprechen wir nicht. Nina raucht Kette. Ich beobachte sie vorsichtig aus den Augenwinkeln. Zum ersten Mal fällt mir ihr enger dekadenter Kiefer mit Schmollmund auf. Dazwischen funkeln schief stehende Zähne, wie bei David Bowie. Ihre blauen Augen haben etwas Bedrohliches. Es sind die Augen einer Einsteckerin, trink- und drogenfest, von Kokain und Alkohol kaum gezeichnet. Von ihrer körperlichen Widerstandskraft erfahre ich erst viel später.

Wir fahren durch leere Straßenschluchten. Die Stadt wirkt verlassen, als hätte jemand dafür gesorgt, dass wir so schnell wie möglich an unser Ziel gelangen. Vor einem schäbigen Gebäude mit dem Schild »Apartments de lujo« bleibt das Taxi stehen. Was so viel bedeutet wie »Luxuswohnungen«. Was eine ziemliche Übertreibung ist. Wir steigen steile Treppen hoch. Im Treppenhaus riecht es nach Putzmittel. Nina holt den Schlüssel aus ihrer Tasche, und wir betreten ihre Wohnung im zweiten Stock. Die Zimmer sind klein und dürftig möbliert, alles sieht unpersönlich und billig aus wie in einem Motel. Nina wohnt offenbar bei einem ihrer »Fans« zur Untermiete. Er muss was mit Heroin zu tun haben. Als ich im Badezimmer verschwinde, sehe ich dort »Werkzeuge«. Blutiges Verbandsmaterial. Spritzen. Über der Toilette hängt ein Foto, das Ninas Mitbewohner mit dem Filmemacher Pedro Almodóvar zeigt.

Das Schlafzimmer ist nicht größer als eine Konservendose. Ich stehe planlos vor Ninas Bett. Die Matratze ist schmutzig. Auf

dem Boden liegen drei Bücher. »Love Story« von Erich Segal und zwei spanische Wörterbücher, auf denen kleine Etiketten der Buchhandlung Scherz in Bern kleben. Nina ist jetzt mit dem Ablegen ihrer Uniform beschäftigt. Das braucht Zeit. Sie flucht auf Spanisch. Ich setze mich auf die Matratze und beobachte sie bei ihrem Ritual. Sie zieht sich vor mir bis auf ihre schwarze Unterwäsche aus. Ich erkenne einen Piratenanzug an einem langen Kleiderständer. Ein Rude-Boy-mäßiger schwarzer Two-Tone-Anzug und ein Lederhütchen. Eine Reihe von skamäßigen Jacken und Hosen. Eine Tankwartjacke. Eine Marke namens Maniac scheint sie besonders zu mögen. Aber auch Klamotten, die offensichtlich nur zusammengetackert sind, self-made, wie dieser Sicherheitsgurt aus einem Flugzeug, den sie offenbar als Gürtel benutzt.
Dann verschwindet Nina für eine halbe Stunde im Badezimmer.

Ich warte. Ich ziehe mich aus und deponiere meine Doc Martens draußen auf dem Fenstersims. Ich nehme eine Flasche Chanel-Wasser, die neben dem Bett steht, öffne sie, rieche daran und reibe einige Tropfen davon auf meine Füße. Dann ziehe ich mich aus und lege mich nackt auf die Matratze. Ich decke mich zu. Ich bin total angespannt. Ich höre lautes Husten aus dem Badezimmer. Geräusche, die nach Erbrechen klingen.

Erst viel später erfahre ich, dass Nina immer alles auskotzt, was sie in sich hineingepumpt hat, und ihren zarten Körper überfordert. Danach kommt sie mit neuen Kräften zurück, als ob nichts gewesen wäre. Sie ist hart im Nehmen. Härter, als ich es jemals sein könnte.
Aber das weiß ich zu diesem Zeitpunkt noch nicht.

Ninas Haut riecht süßlich. Sie legt sich mit einem roten Slip ins Bett. Von draußen blinkt das typisch spanische grüne Apothekenzeichen durch die Jalousie. Sie liegt auf dem Rücken und zündet sich eine Zigarette an. Wir reden nicht miteinander. Es gibt nichts zu sagen. Wir schauen einfach an die Decke. Ich traue mich nicht, sie zu berühren. Da ist kein Frieden. Nur Anspannung.

Als ich bereits eine Weile darüber nachgedacht habe, einfach wieder aufzustehen und zu gehen, zieht Nina plötzlich ihren roten Slip aus. Sie dreht sich in meine Richtung, drückt ihre Arme auf meinen Oberkörper und schwingt sich auf mich. Ihre Hände greifen zwischen meine Beine. Sie bearbeitet mich. Keine Zeitverschwendung. Ich soll jetzt sofort Feuer fangen, hart und superheiß werden. Alles andere ist ihr egal. Ich versuche mich aufzubäumen. Meine Hände greifen nach ihren Armen. Aber sie drückt mich zurück auf die Matratze. Ich soll die Finger von ihr lassen. Ihre Augen funkeln.

Erst jetzt wird mir klar: Eigentlich ist es ziemlich egal, wer da unter ihr liegt. Es sind die funkelnden Augen eines skrupellosen, sich keiner Schuld bewussten Mädchens, das sich immer nimmt, was es will und sich nicht um Konsequenzen schert.

Daran muss ich jetzt auf der Fahrt durch die spanische Endlosigkeit denken. An meine Ahnungslosigkeit. Und dass diese ersten Momente, die ich mit Nina in diesem engen Zimmer erlebe, einfach wieder aus meiner Erinnerung verschwinden könnten: Der Raum. Die Wand. Die Zimmerdecke. Das Fenster. Das Brennen. Ninas Körper. Die Folgen.

Alles schmerzt. Mit brutaler, narzisstischer Energie beginnt Nina ihren zarten, knabenhaften Körper in mich hineinzudrücken. Sie hat mir dabei ihren Rücken zugedreht, sie sitzt auf mir und schiebt einen gnadenlosen Ego-Trip, der mit dem Stoff zusammenhängen muss, den sie sich über die letzten Stunden reingezogen hat. Ich lasse es einfach über mich ergehen. Ohne Schmerzen zu zeigen. Nina interessiert sich nicht für mich. Sie benutzt mich. Meine Arme versuchen, ihre kleinen Brüste zu umklammern. Ich versuche sie zu stoppen, zu verlangsamen. Aber das will sie nicht. Sie reißt meine Arme weg. Dabei spüre ich so was wie ein Schaudern, vielleicht aus Angst oder auch Anziehung. Ich sitze in einer Falle, denke ich. Habe ich schon vergessen, dass ich jemals frei gewesen bin? Und dass ich immer noch frei bin? Sie hämmert sich jetzt mit solcher Macht in mich hinein, dass ich mich aufbäume und an ihrem Nacken festhalten muss. Ich klammere meine Hände an ihrem kahlen Hinterkopf fest. Es ist der schönste Hinterkopf, den ich je in meinen Händen gehalten habe. Dann umschlinge ich ihren Hals. Ich will sie stoppen. Aber es gelingt mir nicht. Ich werde wütend. Ich drücke ihren Hals zusammen, weil sie mir Schmerzen zufügt. Vielleicht wird sie ihre Attacke verlangsamen, wenn ich ihre Atemwege abschneide. Aber meine Hand am Hals macht Nina nur noch wilder. Sie macht einfach weiter, obwohl ich sie längst mit voller Kraft würge.

Vielleicht folgt sie einem Plan, denke ich plötzlich: Dass nämlich unser Aufprall ein tödliches Ende finden muss, bevor wir merken, was wir angestellt haben.

Also beginne ich, ihre Gurgel noch härter zu umklammern. Es ist mir egal. Ich spüre ihren Adamsapfel. Ich merke, wie sie zittert. Sie kann kaum noch atmen und muss sich fast über-

geben. Aber sie zeigt keinen Widerstand. Sie scheint es zu genießen.
Plötzlich höre ich einen dumpfen Schrei aus ihrem Inneren. Endlich eine Reaktion. Wie eine Erlösung. Es ist Ninas erster Gefühlsausbruch. Bis zu diesem Zeitpunkt hat sie sich mit beängstigender Kälte unter Kontrolle gehalten. Langsam löse ich meine Umklammerung. Sie fällt wie tot auf die Matratze. Sie liegt leblos da. Doch Nina atmet. Sie steckt sich eine Zigarette an, vielleicht, um wieder Normalität einzuatmen. Sie bläst Rauch mit einem lauten zischenden Geräusch Richtung Zimmerdecke. Nina atmet.

Während ich Erinnerungen rekonstruiere, studiert Raffi den Straßenrand. Ich erinnere mich noch an diverse Geräusche, die ich von Nina höre. Sie reibt sich mit einer Hautcreme ein. Sie tut dies ganz langsam und konzentriert. Sie flucht leise, weil ihr irgendwas auf der Haut nicht gefällt. Dann legt sie sich weit weg von mir, damit es keine Berührung gibt, und schläft irgendwann ein. Ich kann nicht schlafen. Ich höre ihren Atem, ihr Seufzen. Ich höre Gelächter von der Straße. Irgendjemand lacht mich aus.

Zwei Stunden liege ich fast bewegungslos neben ihr. Manchmal kleben meine Lippen an ihrem Rücken, ich berühre ganz kurz ihre Schultern, Haare und Brüste, als wollte ich mich ein letztes Mal vergewissern, dass alles echt ist. Im Wachzustand hätte Nina mich wütend abgeschüttelt.
Alles wird still in meinem Kopf. Wie nach einer Schlacht. Oder einem Märchen, das einem Angst einjagt. Die Stille wirkt wie ein Waffenstillstand mit einer versteckten Botschaft, einer

Warnung, die ich noch nicht verstehen kann. Irgendwann schleiche ich mich weg von Nina. Ganz leise, ohne Spuren zu hinterlassen, als wollte ich unsere Begegnung im Nichts verschwinden lassen.

6

Feuerland, südwestlich von Saragossa. Landstraße GU936. Wir sind am Ziel: eine zerfallene Zementfabrik im Niemandsland, dreihundert Kilometer südwestlich von Barcelona. Vor uns liegen Lagerbehälter aus Metall, ein stehengebliebener Kaminschacht aus geschwärztem Ziegelstein. Blanke Stromleitungen in rostenden Strängen. Manchmal fährt ein Lastwagen vorbei, der die Autobahn nach Madrid meidet. Sonst kein Mensch weit und breit. Ich habe es Raffi immer wieder erklärt: Wenn der perfekte Ort vor uns liegt, werden wir es wissen.

Raffi studiert unser »Drehbuch« auf einem zerknüllten Papierfetzen. Dort steht: *Weißer Mercedes nähert sich aus der endlosen Ebene. Staub wirbelt auf. Wagen bremst. Junger Mann in Anzug zündet benzingefüllte Flensburger am Flaschenhals, rennt los und schleudert Brandsatz gegen Objekt. Explosion. Cut.*

Der junge Mann im Anzug bin ich.

Wir laufen den Drehort ab. Analysieren das Gelände. Proben Laufrichtungen.

Überall Müllhaufen. Die Vegetation ist ausgetrocknet. Alte Bahngleise führen ins Nirgendwo. Raffi zeichnet Striche in den Kiesboden, als plane er eine Kamerafahrt im Hollywoodstil.

Raffi glaubt nicht an Zufälle, Träume, die Metaebene der Dinge

oder an so einen Scheiß wie die Spiritualität eines Ortes. Das hat er mir schon auf der Fahrt durch Deutschland erklärt. Träume haben für ihn absolut nichts mit der Realität zu tun, sie sind ein fernes Unbekanntes, eine Unmöglichkeit.
Soll er doch denken, was er will.

Ich habe die Flensburger-Bierflasche mit Benzin gefüllt. Raffi ist mit der Super-8-Kamera in Stellung gegangen, direkt hinter mir. Ich zünde die Stofffüllung im Flaschenhals an. Ich halte das brennende Flensburger in der Hand. Raffi brüllt irgendwas von Werfen. Bloß keine Panik jetzt, denke ich. Es bleiben mir etwa zehn Sekunden. Ich habe das lang und breit im Hinterhof an der Admiralstraße getestet. Und weiß seither einiges über Brandwaffen. Aber während in meiner Hand das Flensburger flackert, denke ich nur an eines: losrennen! Den Brandsatz im Zielgebiet loswerden! Raffi mit der *Nizo*-Super-8-Kamera gleich hinter mir. Benzin läuft vom Flaschenkopf über meinen Ärmel, fängt Feuer. Meine Ärmel brennen, bevor ich die Bierflasche loswerden kann. Ist mir egal. Kenne das von der Mauerbrand-Aktion an der Stresemann Straße. Da brannten meine Schuhe. Ich renne im Volltempo auf eine zerfallene Hütte zu. Erkenne ein frisches ETA-Graffiti auf einem verrosteten Ölfass. Vögel fliehen aus ihren Nestern. Noch bleiben dreißig Meter bis zum Wurf. Hitze schießt in meinen Kopf. Mein Ärmel brennt, und Raffi mit schwenkender Super-8-Kamera schreit mir zu, ich soll den verdammten »Molli« endlich werfen. Werfen!
Noch zwanzig Meter.
Abwurf. Die brennende Flensburger lässt einen fiesen Schrei los. Ein *Special Effect* der ganz natürlichen Art, der aus dem Schlund von brennendem Benzin in voller Fluggeschwindig-

keit kommt: der Schrei von Molotow! Der Flensburger-Cocktail schwebt durch die Luft. Ziel gut anvisiert. Flensburger detoniert, gleich neben einem zerfallenen Wasserrad. Ich ducke mich und blicke auf einen wunderschönen Feuerpilz. Dann lasse ich mich auf meinen brennenden Ärmel fallen, ersticke die Flammen im sandigen Kies, stütze mich auf die Knie, Raffi immer noch direkt hinter mir. Dann wird es still.
Im Drehbuch steht: *Junger Mann bleibt nervös stehen, betrachtet sein Werk, tastet sich rückwärts Richtung Wagen, steigt ein, rast davon. Was bleibt, sind eine Staubwolke und ein Feuer im Niemandsland. Kurzes Format wie ein MTV-Video. Nicht Länger als ein Popsong.*
Doch dieses Ausmaß war nicht abzusehen. Wir starren auf ein Flammenmeer, das sich rasch ausbreitet. Die alten Hütten lodern wie Zunder. Raffi atmet schwer. Er hält sich an meiner Schulter fest, als wäre ich sein Vater. Er legt die Super-8-Kamera auf den Boden. Kniet sich hin und starrt nach vorne wie ein verstörter, ausgesetzter Hund.
Halt die Kamera drauf!, schrei ich ihn an.
Er blickt nervös in die Ferne. Sein Gesicht hat etwas unheimlich Rohes.
Ich weiß nicht, wie ich mich jetzt fühlen soll. Vielleicht wie einer, der was geleistet hat. Plötzlich ist da diese Einheit von Leben und Arbeiten. Ich bin richtig stolz. Obwohl ich erst jetzt ein wahnsinniges Brennen am Unterarm bemerke. Kleine Hautfetzen hängen runter, verkohlte Stofffetzen im offenen wundbrandsaftenden Fleisch. Ich spüre meinen Körper wie sonst nie.

Raffi packt unser Material zusammen. Bloß keine Spuren hinterlassen. Wir fahren einen Kilometer die Straße Richtung Wes-

ten, verstecken den Mercedes hinter Büschen, steigen aus, laufen zwischen Felsblöcken den Hang hinauf und beziehen an einer Stelle Posten, wo wir geschützt, zwischen Pinien, die Straße bis zum Brandort überblicken können.
So beginnt eine wunderbare Zeit des Wartens. Wir setzen uns hin wie erschöpfte Krieger und beobachten die Straße. Aber niemand kommt. Der Wind wird stärker, und unser Feuer wird sich ausbreiten. Raffi isst Apfelmusreste aus dem Aldi-Glas. Ich rauche eine letzte Fortuna-Zigarette, die mir Nina geschenkt hat. Stunden vergehen. Die lange Dämmerung hat eingesetzt. Irgendwann fliegt ein Hubschrauber tief über das Tal. Feuerwehrwagen sind in Stellung. Das Feuer hat sich auf gut fünfhundert Meter ausgedehnt, an verschiedenen Stellen hat es die Straße überquert. Auf der Kuppe vor uns haben wir eine Gestalt ausgemacht. Gleich darauf tauchen vier weitere auf. Dann nochmals vier. Vierergruppen durchkämmen die Gegend. Aber nicht in unsere Richtung.
Raffi liegt auf dem Bauch wie ein Landser in seinem Schützenloch und blickt durch ein Fernglas. Für ihn ist das echt Krieg. Darauf hat er gewartet.

Die Nacht bricht an. Wir haben uns in Decken eingewickelt. Mondloser Himmel. Sommerliche Winde aus dem Süden. Raffi schläft schlecht. Ein quälender Husten weckt ihn. Rasselndes Luftholen. Ich zünde eine kleine Petroleumlampe an, stelle sie auf einen Felsen, stehe auf und laufe, in meine Decke gehüllt, durch die Pinien. Raffi ruft mir plötzlich nach, wohin ich gehe. Nur ein kleines Stück, sage ich. Nicht weit.
Oben auf einem Hügel setze ich mich ins Laub und blicke in die Schwärze. Nichts zu sehen. Die Feuerwehr hat unseren Brand

unter Kontrolle gebracht. Die Fahnder haben sich verzogen. Ich suche die Landschaft mit dem Fernglas nach Anzeichen von Rauch ab. Aber da ist nichts.
Ich merke nur, wie sich alles, was ich jetzt tun möchte und sein will, auf Nina richtet. Ich mache sie zum Ziel aller Sehnsüchte. Es wird eine lange Nacht. Ich bin für mich selbst plötzlich nicht mehr wichtig. Irgendeine Ich-Grenze hat sich in der Dunkelheit aufgelöst. Ich fühle mich verwundbar. Unsere Mission hat ihre Bedeutung verloren.

Als es so hell geworden ist, dass ich was sehen kann, stehe ich auf, laufe zum Wagen hinunter, hole eine Landkarte und öffne eine Dose mit Ananasringen. Ich studiere die Karte. Bewege meinen Finger Richtung Osten. Über eine dünne schwarze Linie: Landstraße GU936. Dann zurück bis zur Autobahn. Mein Finger gleitet über die rote dicke Linie der A2 bis zurück ans blaueingefärbte Meer. Dann falte ich die schlaffen, zerknitterten Seiten der Landkarte zusammen. Ich erkläre Raffi, dass unsere Reise vorbei sei.
Er schaut mich an wie ein Verwundeter. Erst jetzt erkenne ich, wie merkwürdig Raffi aussieht. Seine Haut ist voller Akne-Narben. Seine Haarfarbe erinnert an Rettich. Sein Kopf ist wie ein Klotz, viereckig.
Es ist heiß. Raffi und ich sprechen kein Wort mehr miteinander. Auf der Straße Richtung Süden sehe ich Spiegelungen von Pfützen, die jedes Mal verschwinden, wenn man näher kommt. Im Morgengrauen des 28. November 1985 kommen wir endlich wieder in Barcelona an. In Jakobs Wohnung herrscht grauenhafte Stille.

7

Es ist 04:30 Uhr.

Der Eingang ist mit Blumenarrangements aus Gardenien und Rosen zugestellt. Es hängen Mädchen herum, die Kleider tragen in den Farben von Buntstiften. Im Club pumpt ein Song von Tears for Fears. Ich bin angespannt und versuche den Mund fest geschlossen zu halten, aber meine Lippen sind trocken und öffnen sich immer wieder. Ich kann nichts dagegen tun.

Das Licht am Eingang flackert golden. Ich steige aus, laufe um meinen Wagen, streichle die Karosserie, beobachte glückliche Clubbesucher, die am Ausgang auftauchen. Ein Polizist will mich zum Weiterfahren zwingen. Aber die Türsteher winken ab. Alles okay. Einer von ihnen kommt auf mich zu und sagt, ich sei doch der, der so eckig tanzt und mit Nina liiert sei. Ob ich ihm Tanzunterricht geben könne. Er sei fasziniert von diesem futuristischen Tanzstil aus Berlin, bei dem man aussieht wie ein Fremdkörper. Der Typ treibt ein Späßchen mit mir, aber ich denke nur daran, wie schnell sich das mit Nina und mir rumgesprochen hat.

Ich betrachte mich im Außenspiegel, studiere meinen weißen Mercedes 280 CE, mit Schiebedach. An den Stoßstangen sind sechs Rostflecken zu erkennen, wie Funken. In den Rillen des Trittbretts mit dem schwarzen Gummibelag pappt getrockneter Lehm. Spuren unserer Fluchtfahrt. Sonst glänzt alles. Sogar das Berliner Nummernschild habe ich poliert. Ich warte. Ich kann es kaum erwarten. Ich bin bereit. Schaue nach oben. Am Himmel funkeln unzählige Sterne. Sie sind zum Greifen nah. Wie ist das möglich bei diesem massiven Licht, das Barcelona in die Dunkelheit schickt? Einige der Sterne sind unheimlich groß. Sie atmen, denke ich jetzt völlig verblödet. Sie sehen mich. Sie wissen, was mir gleich blüht, was ich getan habe und welche gefährlichen Spiele ich noch treiben werde. Dem Blick der Sterne kann ich nicht entkommen.

Ich erkenne sie gleich an ihrer Nase. Sie trägt einen glänzenden hautengen Hosenanzug, der wie ein Fetischkostüm aussieht. Um die Taille trägt sie einen großen griechischen oder römischen, etwa fünfzehn Zentimeter breiten und mit Steinen besetzten Gürtel, der silbrig glänzt, aber ich nehme an, er ist aus gewöhnlichem Blech. Der Gürtel gleicht dem einer Sklavin. Dazu trägt sie High-Heel-Stiefel, die an eine Prostituierte erinnern. Um den Hals hat sie ein Hundehalsband gebunden. Eine Kette hängt ihr über den Rücken. Sie raucht eine Zigarette. Natürlich erkenne ich sie auch gleich an ihren Haaren, den kahl rasierten Seiten, den mit Gel aufgerichteten Strähnen. Sie wird von vier jungen Männern umringt, womöglich Mitarbeiter des *Otto Zutz,* während sie über einen roten Teppich marschiert. Nina kommt mit Entourage und bleibt jetzt vor meinem Wagen stehen.

Und dann mache ich ein Riesenfehler. Ich winke und rufe: Nina! Sie schaut mich kurz verächtlich an, als ob ich gerade ihren Auftritt gestört hätte. Es wird kalt in meiner Magengrube. Ich versuche, nicht panisch zu werden. Will sie mich nicht erkennen?

Mein Herz rast. Sie drückt die Zigarette aus und kommt auf mich zu. Doch ihr Blick geht durch mich hindurch. Sie wirkt eiskalt, als ob sie noch ihre kleine Filmrolle fertig spielen müsste, so lange sie im Blickfeld ihrer Entourage steht. Es sind alles schwule Männer. Aber das erfahre ich erst später.
Nina steht jetzt vor meinem Wagen, begutachtet das Nummernschild, redet in Spanisch auf ihre Jungs ein, laut und aggressiv und gestikuliert dabei. Sie ignoriert mich. Die Männer lachen sich krumm. Nina dominiert das Gespräch, schaut lachend zu mir, als ob sie mich verhöhnen will. Du blöde kleine Fotze, denke ich. Wegen dir habe ich Madrid und Andalusien links liegen lassen und bin hierher gerast. Was bildest du dir ein?

Aber dann wickelt sie mich gleich wieder ein. Es ist ihre Stimme. Sie benutzt sie wie eine Waffe. Sie überkommt mich wie das Brausen der tiefsten Töne, zu dem Moog-Synthesizer fähig sind. Alles wird in Schwingung versetzt. Es ist die verführerischste Stimme, die ich jemals aus dem Mund eines so zarten Wesens gehört habe.
Ninas Gegenwart lässt jetzt alles um mich herum verschwimmen. Trotzdem erkenne ich mit Grausen, was hier gespielt wird. Sie erzählt ihren Boys von unserer Nacht. Sie lachen und klatschen sich in die Hände. Sie schaut mich unbarmherzig an, mit diesem burschikosen Blick. Die jungen Männer sind begeistert und begutachten mich: ein neuer Stier in der Arena. Erst dann wird mir klar, dass Nina eigentlich stolz darauf ist, von mir abgeholt zu werden. Aber zeigen kann sie das natürlich nicht. Sie muss die Situation dominieren und Stärke beweisen.
Dann verselbstständigen sich die Ereignisse. Nina öffnet die Tür des Mercedes. Sie verabschiedet sich wie eine Filmdiva von

ihren Bewunderern und steigt einfach ein. Sie sitzt im Wageninnern, zündet eine Zigarette an und macht sich sogleich am Autoradio zu schaffen. Ich winke den Jungs zum Abschied verlegen zu, sie lachen mich alle an, es ist 05:45 Uhr in Barcelona. Der Rest der Welt schläft noch.

Ich setze mich ans Steuer und atme kurz durch. Wohin soll es jetzt gehen? Aber Nina schreit schon: Fahr los! Auf was wartest du! Als wäre ich gerade dabei, eine perfekte Szene zu versauen. Sie dreht immer noch am Radioknopf und sucht einen Sender, geht die Frequenzen durch und stoppt bei einem Song von Eurythmics. Sie legt ihren Kopf zurück. Erst jetzt bemerke ich, dass ihre Stimme gerade einen schweizerischen Dialekt angenommen hat. Die Art, wie sie »Fahr los« gesagt hat, erinnert mich an meine alte Heimat.

Kann es sein, dass Nina Schweizerin ist, und ich habe es nicht bemerkt? So, wie auch sie sich niemals vorstellen könnte, dass ich Schweizer bin?

Ich fahre los. Ich sitze da wie in einem Traum. Hier ist meine Story, wie ich sie vorbereitet hatte, sollte sie mich danach fragen: Ich komme aus Berlin. Ich lebe dort in einer Fabriketage. Die Brandmauer hat ein riesiges Loch. Sie wird notdürftig von einem Brett isoliert. Im Sommer ist das ganz fantastisch. Ich sehe von dort bis zum Kottbusser Tor. Im Winter ist es die Hölle. Zehn Grad Innentemperatur. Die Toilette ist hinter Glas. Alle können alles sehen. Die Etage habe ich von einem Bekannten gemietet, der gerade mit einem DAAD-Stipendium in New York lebt. Sein Name ist Raimund Kummer, er ist aber nicht mit mir verwandt. Was für ein Zufall, wird sie dann bestimmt sagen. Und ich antworte: Ist eine lange Geschichte. Ich lebe in dieser Etage seit gut einem Jahr. Ich will Super-8-Fil-

me machen. Manchmal bastle ich Feuerbomben und inszeniere Attentate. Ich inszeniere Geschichten, die wie die Wahrheit klingen. Ich habe Pläne, ein Nachrichtenmagazin zu unterwandern …
Ich ahne, dass dies alles schrecklich klingt. Ich sage besser gar nichts. Ich komme von nirgendwo. Ich mache gar nichts. Existiere bloß. Was soll das Theater?
Nina spricht zu mir mit ganz leiser Stimme. Sie sagt total erschöpft: Hör zu, hast du Lust, nach Sitges zu fahren? Dort gibt es einen ganz schönen Strand …
Es ist der erste normale Satz, den ich von ihr höre. Und der Satz gibt mir ein Vertrauen, das ich gar nicht gefordert habe. Vielleicht habe ich es hier mit einer ganz normalen Person zu tun.
Ich sage: Sitges, klar. Dort fahre ich dich hin. Wie ein verliebter Taxifahrer morgens um fünf halt so redet.

Auf dem Weg durch die Stadt wechseln wir kein Wort miteinander. Ich beobachte ihre Hände, ihre Beine, sie hat den Ledersitz nach hinten gelegt und die Augen geschlossen. Ich habe wahnsinnige Lust, sie zu berühren. Aber ich traue mich nicht.
Ich fahre jetzt einfach geradeaus, biege irgendwann nach links ab, nach rechts, die noch menschenleeren Ramblas entlang, wieder nach rechts, fahre geradeaus, geradeaus, geradeaus, biege nach rechts ab, fahre geradeaus. Dazu läuft »Space Oddity«. Nina scheint meinen Fahrstil zu genießen, er ist weich und sanft und nie bremse ich abrupt. Ich lasse den Wagen gleiten wie auf magischen Schienen. »Can you hear me Major Tom …«
Wir erreichen die kurvige N34. Nina wird wieder kalt. Sie will sich umziehen, sagt sie plötzlich ungeduldig. Sie reibt sich unablässig die Haut, als ob sie Flöhe hätte. Ihre Augen leuchten

derart intensiv blau, dass sie beim Blinzeln gebündelte Blitze abfeuert.
Die Straße führt südwärts, entlang der steilen Küste, mit wild überwucherten Hängen. Keine Chance, irgendwo zu halten. Nina will ihre Kleider ausziehen, sofort. Ihre Laune ist mir unheimlich.
Sie befiehlt mir, im Halteverbot an der steilen Küste zu stoppen. Sofort. Und ich befolge ihre Anweisung. Sie zieht sich ihren Anzug aus. Der Verkehr stört sie nicht. Die hupenden Lastwagen. Sie holt ein rotes Kleid aus ihrer Tasche hervor, Badesandalen, sie steigt nach hinten. Dort zieht sie sich um. Ihr Oberkörper ist der eines Knaben. Ich sehe alles im Rückspiegel. Die Morgensonne strahlt in unseren Wagen. Nina hat fast keine Brüste, aber große Brustwarzen. Sie hat die langen makellosen Beine und Schenkel einer Frau. Ich erkenne schönes, glattes Frauenfleisch. Ihre Füße sind fein geformt und sorgfältig pedikürt, die Nägel rot lackiert.
Dann versuche ich, sie nicht mehr anzusehen. Aber es gibt nichts anderes, das ich anschauen könnte. Bloß die steile Küstenlandschaft und die Straße und ein paar Wolken.
Als Nina wieder neben mir sitzt, sage ich: Du siehst richtig hübsch aus, wenn du lächelst. Du solltest öfters lächeln.
Sie schaut mich böse an und antwortet: Hör zu, du brauchst nicht auf mich einzugehen. Fahr einfach nach Sitges.
Und dann fragt sie mich, wieso ich rot werde. Und ich kann es nicht sagen. Ich werde manchmal rot, wenn ich das Gefühl habe, dass ich nicht gut rüberkomme und dabei ertappt werde.
Ich sehe, wie ein Wolkenstreifen die Sonne durchtrennt. Noch mehr Wolken zerschneiden die Sonne, und Schatten wandern

rasch und sicher über die Erde wie Raubfische. Kurz darauf erreichen wir den Strand.

Nina hat ihr Kleid ausgezogen und liegt mit nacktem Oberkörper im Sand. Sie hat sich die Kopfhörer ihres Walkmans auf die Ohren gedrückt. Sie starrt Richtung Himmel. Und sagt nichts mehr. Als ob sich ihr Desinteresse an der Welt durch Begegnungen mit Männern wie mir immer wieder neu bestätigen würde. Nina ist die einsame Wölfin. Noch nie bin ich einer Wölfin begegnet, die ihre Einsamkeit als Image-Faktor kultiviert. Sie hat diesen Gangsterblick. Und kein Verständnis für Schwächen.
Sie dreht sich auf den Rücken. Ihr Mund glüht, die Haut reflektiert das Licht. Ihr Körper ist völlig ebenmäßig. Sie lächelt mir jetzt zu, die Lippen halb geöffnet. Welche Versuchung! Ich lächle zurück, wohl wissend, dass hinter ihrem Lächeln keine echte Zuneigung ist. Es ist ein aufgesetztes Lächeln, ein Singsang, der leicht spöttisch ist, scherzend, dann wieder ernsthaft, fast melancholisch.
Ich gebe mir einen Ruck und frage, ob ich ihre nackten Schultern mit Sonnencreme eincremen dürfe. Sie nickt. Sofort sagt sie, ich soll ein bisschen stärker drücken. Ich atme den schwachen, aber betäubenden Duft ein, den ihr Körper in Kombination mit Sonnencreme ausströmt. Sie ist kühl. Ninas Passivität ist grausam. Aber es ist unmöglich, dass sie nichts empfindet. Ich streichle sie jetzt unentwegt, fast wie in Trance, als hätte ich unendlich viel Zeit und könnte warten. Dabei bin ich kurz davor, zu platzen.
Plötzlich dreht sich Nina von mir weg, nimmt ihren Taschenspiegel aus der Handtasche, prüft Gesicht und Wimpern und fragt: Hey, wie alt bist du eigentlich?

Ich lächle gespielt. Was für eine Frage, sage ich. So alt wie du etwa.
Okay, vielleicht bin ich ein paar Jährchen älter, sage ich. Ich bin Zwanzig.
Zwanzig?, fragt sie ungläubig.
Und du kommst nicht zufällig aus Österreich. Du sprichst nämlich so ähnlich.
Ich bin kein Österreicher. Hast du ein Problem mit Österreichern?
Sie steht auf, streift sich das Kleid über und sagt nichts mehr. Ich starre sie an, als warte ich darauf, dass irgendwas passiert. Zum ersten Mal erkenne ich, dass Ninas Lippen die ganze Zeit Wörter formen, die ihr vom Walkman ins Ohr dröhnen.

Später, als wir wieder im Mercedes die Küstenstraße Richtung Norden fahren und ich versuche, distanziert zu wirken, da sagt Nina: Es geht nicht darum, dass du und ich jetzt ineinander verliebt sind. Denk bloß nicht, dass das hier Romantik ist.
Die Abendsonne scheint hinten durchs Rückfenster und verwandelt das Innere des Mercedes in leuchtendes Gold. Das Gold der Konquistadoren, denke ich, das Gold der Besessenheit und der Versklavung.

8

Gut eine Woche ist vergangen, seit ich von meiner gescheiterten Mission durch Spanien zurückgekehrt bin und angefangen habe, Fahrerdienste für Nina zu übernehmen. Jakob teilt mir seinen Plan für ein Abendessen mit. Ich soll ihm doch mal »diese Nina« präsentieren. Er werde einige Freunde einladen. Jakobs Freunde gehören alle dem intellektuellen Milieu an. Nina kann Akademiker nicht ausstehen.

An jenem Abend trägt sie eine Uniformierung, die ich noch nie an ihr gesehen habe. Eine Bomberjacke mit Aufnähern, die an die Legion Condor erinnern. Totenschädel mit Flügeln. Dazu eine knielange Jogginghose und Doc Martens. Trotzdem wirkt sie eher zierlich. Sie hat sich stark geschminkt und zeigt irgendwie weibliche Züge. Die Haare trägt sie im Stil einer Mönchsfrisur.
Nina ist eindeutig der Aufreger des Abends. Weil sie Kette raucht und sich nicht am Gespräch beteiligt, in dem es um die Zukunft von Barcelona geht. Sie trinkt Gin pur, versenkt Glas um Glas in ihrem Inneren, den Fuß stellt sie irgendwann auf einen freien Stuhl und blättert gelangweilt in einem Architekturmagazin. Sie möchte lieber Karten spielen als klug daherreden. Die Gäste wissen nicht recht, wie sie mit ihr umgehen sollen. Die an-

wesenden Frauen, gut zehn Jahre älter, wirken abgestoßen. Ich lege immer wieder meinen Arm um Ninas Schultern. Sie lässt es kurz über sich ergehen, bis sie ihn abschüttelt.
Einmal versucht sie, das Thema auf Dinge zu lenken, die ihr mehr behagen und erklärt, welche Bars gerade angesagt und welche absolut daneben sind. Sie wird daraufhin gefragt, woher sie die Berechtigung nähme, dieses und jenes Etablissement in der Stadt zu kritisieren. Einer der Gäste behauptet, das *Otto Zutz* sei ein »Hedonisten-Tempel der Yuppie-Generation«. Er würde dort niemals einen Fuß reinsetzen.
Nina fragt genervt nach, was das sei, ein Yuppie. Sie hätte das Wort noch nie gehört. Der Besucher erklärt, dieser neue Begriff bezöge sich auf junge, karrierebewusste, großstädtische Menschen. Yuppies seien in erster Linie am Konsumieren interessiert. Ihre Modedroge sei Kokain. Yuppies besuchen Cocktailbars, exklusive Restaurants und angesagte Clubs. Nicht die Gegenkultur, das Politische stehe im Vordergrund, sondern der materielle Wohlstand, teure Kleider, Einrichtungsgegenstände und Statussymbole. Und er nennt Ronald Reagan als den Ursprung allen Übels.
Was haben wir mit Ronald Reagan zu tun?
Einer der Gäste, ein Schweizer Journalist, bedrängt Nina mit zynischen Fragen zu ihrer Uniform. Auf welchen Krieg sie sich denn gerade vorbereite. Ob sie nicht finde, es gäbe genug Franco-Militaristen in Barcelona. Dann greift er Nina und mich offen an. Nennt uns unpolitische Chaoten. Rücksichtslose Egoisten. Es ginge uns nur um die Selbstbegegnung, so hat er es formuliert: Selbstbegegnung.
Nina schweigt angewidert. Ich glaube, dass mir an ihr in diesen Augenblicken das Nichtintellektuelle extrem gefällt. Und mich

amüsiert es, wie ihr Erscheinungsbild die Klugscheißer provoziert.
Eine gnadenlose Abneigung baut sich auf, besonders zwischen Nina und Jakob. Denn wenn er eins nicht ausstehen kann, dann Frauen, die ihm intellektuell unterlegen sind, ihm dabei aber nicht fasziniert zuhören oder wenigstens den Mund halten. Nina hingegen überschüttet ihn mit ordinären Wortsalven: Du langweilst mich mit deinem Scheiß oder: Du bist nicht Gott, ich muss dir nicht zuhören.
Ich spüre, wie ich immer stärker Partei für Nina ergreife. Ich verbrüdere mich mit ihr. Langsam bildet sich eine Koalition. Später werde ich es Widerstandsnest nennen.

Irgendwann sagt der Schweizer Journalist zu Nina, sie sei doch Schweizerin. Wieso wir Hochdeutsch miteinander sprächen.
Nina sagt nichts.
Ich schüttle den Kopf.
Wieso nicht Hochdeutsch?
Er beharrt darauf, dass Nina sich erklären solle.
Sie schüttelt den Kopf. Sie wird rot.
Sag doch du was, Tom, du bist doch Schweizer. Ihr könntet doch Schweizerdeutsch miteinander sprechen, oder? Von wo kommst du denn?
Nina sagt nichts. Sie betrachtet hochkonzentriert die Zigarette. Das kann bedeuten, dass gerade die Wut in ihr hochkriecht und jeden Moment irgendetwas glühend Heißes aus ihrem Inneren sickert. Ich habe bereits erlebt, wie es ist, wenn Nina Feuer spuckt. Ihre Stimme brennt dann wie eine lange, dünne, glühende Nadel im Trommelfell.
Aber Jakobs Wohnung und seine Gäste müssen ihr so fremd

und sonderbar vorgekommen sein, dass sie die schlimmsten Gefühle zu vertreiben versucht. Sie läuft dazu auf den Balkon und zündet sich die nächste Zigarette an.

Der Schweizer, der sich darauf eingeschossen hat, unser Auftreten als lächerliches Theater der Selbstbespiegelung zu entlarven, grinst mich an. Als hätte er gerade eine Meisterleistung vollbracht. Ich weiß zu diesem Zeitpunkt auch nicht viel mehr, als dass Nina eine deutsche Mutter hat und ihr Großvater Träger des Eisernen Kreuzes war, bevor er in Stalingrad in Gefangenschaft geraten ist. Über ihren Vater weiß ich nichts. Es könnte gut sein, dass er Schweizer und Nina dort aufgewachsen ist.

In die Enge getrieben, versuche ich mich zu erklären. Ich spreche kein Schweizerdeutsch, weil es meiner Sprache nicht so gut bekommt. Ich wolle in Deutschland nicht wie Emil Steinberger klingen. Ich werde ganz ernst. Ich würde versuchen, sauberes Hochdeutsch zu sprechen, auch weil ich mich rhetorisch gegen die Deutschen durchsetzen möchte, ohne dabei Zweitklassigkeit zu spüren.

Vielleicht geht es um eine neue Identität. Ein System von Dunkelheit. Aber das sage ich nicht.

Es wird still in Jakobs Wohnung.

Ich sehe Nina an, dass sie kurz davor ist davonzulaufen. Wir sind in eine Sackgasse geraten.

9

Vormittags plane ich meine nächste Aktion. Nachmittags diene ich Nina als Fahrer und Begleiter. Nachts sitze ich an der Bar im Otto Zutz und beobachte Nina bei der Arbeit. Ich verwandle mich in einen Schwachkopf. Nina kursiert in meinem Kopf wie ein Elektron, das keinen Gegenpol besitzt.
Gegen drei Uhr morgens fahre ich zurück in Jakobs Wohnung. Dort liege ich lange wach und denke darüber nach, wie und wo Nina den Morgen verbringen wird. Ich versuche Fakten zu ordnen und erkenne eine Art Nullpunkt der Wahrheit:
Nina wohnt bei einem Heroinabhängigen zur Untermiete, und sie muss dort raus.
Ihr eigener Drogenkonsum ist womöglich außer Kontrolle.
Ihre Augenlider zittern ständig.
Sie kommt selten vor 06:00 Uhr nach Hause.
Sie lässt mich nicht ran.
Sie mag Menschen nicht allzu gern.
Sie ist zart und absolut verletzlich.

Am nächsten Nachmittag fahre ich wieder zu Nina. Unterwegs halte ich bei einem Blumenladen an, wo ich ein Dutzend langstieliger, weißer Rosen kaufe. Eine lächerliche Geste, die mich an Travis Bickle aus »Taxi Driver« erinnert, der der Wahlkampfhelferin Betsy, gespielt von Cybill Shepherd, immer wieder Blumen schickt, um sich für einen misslungenen Abend zu entschuldigen. Aber diese Betsy nimmt die Blumen nicht an. Ich frage mich, ob Nina sie annehmen wird.

Zwei Stunden stehe ich vor dem Haus am Paseo de Juan IV, bis Nina endlich auftaucht. Sie schwankt leicht, sie macht einen schwachen Eindruck, sie trägt ein enges, schwarzes Kleid mit der Aufschrift »Maniac«, sie tastet sich die Hauswand entlang. Ich öffne die Wagentür und laufe auf sie zu, ich will sie umarmen, stützen, und sie widersetzt sich nicht.

Was machst du hier?, fragt sie.

Ich wollte dich überraschen.

Sie sagt nichts und steigt in den Wagen. Dort sieht sie die Blumen auf ihrem Sitz.

Die sind für mich? Süß, aber ich brauch keinen Wohltätigkeitsliebhaber. Ich brauch keine Leidenschaft.

Vielleicht brauchst du mich, sage ich total bescheuert.

Nein, brauch ich nicht.

Wir fahren Richtung Strand in Barceloneta. Und wir sagen lange nichts.

Dann fragt mich Nina plötzlich, an was ich gerade denke.

Du hast mir doch mal gesagt, ich soll nicht denken.

Ich nehme es zurück, sagt sie.

Ich dachte gerade, dass du einfach zu gut aussiehst.

Nina lächelt und bläst mir Rauch ins Gesicht, dann wirft sie die Zigarette zum Fenster hinaus.

Wollen wir am Strand was essen?, frage ich. Ich lass uns im Restaurant einen Picknickkorb und eine Flasche Verdejo holen.

Wie bitte?

Wieso nicht.

Ich halte auf dem geteerten Restaurant-Parkplatz, der ungefähr hundert Meter vom Strand entfernt liegt. Nina wartet im Wagen, während ich das Essen hole. Ich bestelle drei Portionen Krebsfleisch und eine Flasche Verdejo. Der Ober zögert, eine Bestellung zum Mitnehmen entgegenzunehmen. Ich stecke ihm Geld in die Tasche, und er hat keine Bedenken mehr. Er entkorkt die Flasche sogar für mich und legt mir zwei Gläser in den Korb.
Als ich zurückkomme, steht Nina neben dem Wagen und raucht. Sie starrt in die Luft und zeigt mit einem Rosenstengel, den sie aus dem Strauß gezerrt hat, zum Himmel. Ich sehe auch nach oben und bemerke eine tiefhängende Wolke wie aus dem Poesiealbum. Ich lege einen Arm um Nina. Die Sonne ist ein orangener Ball, der Ninas Haar in glänzendes Gold verwandelt.
Wir sitzen im Sand, und ich lege unser Essen auf die braune Papiertüte, in der ich es gebracht habe. Ohne große Förmlichkeiten verputzen wir schnell und schweigend die Schalentiere. Irgendwann traue ich mich zu fragen, woher Nina kommt.
Sie blinzelt mich zornig an und sagt mit eiskalter Stimme:
Was bringt uns das?
In ihren Augen lauert fiebriger Irrsinn. Sie starrt mich an, als ob ich zu einer Bedrohung geworden bin, die ausgeschaltet werden muss. Ninas Gesichtsausdruck, dämonisch und sinnlich zugleich, macht mich wahnsinnig an. Und darum lächle ich jetzt. Die Stimmung ist tot. Der Himmel wird schwarz. Langsam senkt sich die Nacht. Nina trinkt die Flasche Verdejo leer, und irgendwie wird dabei ihr Verstand wieder klar.
Biel. Ich komme aus Biel. Sie sagt es mit einer Mischung aus Stolz und tiefster Traurigkeit.
Biel liegt etwa dreißig Kilometer von meinem Geburtsort entfernt. Bern, sage ich.

Wir lachen beide.
Es ist unfassbar. Wir sind in unmittelbarer Nähe aufgewachsen.
Und plötzlich lässt Nina los. Sie erzählt von ihrer Familie.
Ninas Vater lebt in Schnottwil, das ist ein kleines Kaff im Kanton Solothurn, zwischen Bern und Biel. Er ist Architekt und hat sich auf Restaurierung von Bauernhöfen spezialisiert. Er ist von Ninas Mutter, Monika, seit zehn Jahren geschieden. Nina hat drei Geschwister, zu denen sie keinen Kontakt mehr hat. Die Mutter von Monika heißt Elisabeth Bergdolt, sie wohnt auch in Biel und bezieht eine deutsche Rente. In ihrer Wohnung hängen Bilder von ihrem Mann, die ihn als Offizier der deutschen Wehrmacht zeigen. Es gibt Schweizer Bekannte der Bergdolts, die es geschmacklos finden, solche Bilder aufzuhängen. Der Großmutter ist das egal. Sie ist nach dem Krieg in die Schweiz geflohen. Aber sie hasst die Schweiz. Sie will dort niemals sterben. Sie sei heimatlos, sagt Nina. Entwurzelt, verloren, eine tragische Frau. Das ist alles. Mehr will Nina nicht erzählen. Es ist ihr unangenehm. Ich soll sie jetzt zum Otto Zutz fahren. So endet der Abend.

10

Ich gehe nackt auf den Balkon, sehe hinunter auf den Parc de la Ciutadella und die Scheinwerfer der vorbeifahrenden Autos. Mein harter Schwanz vibriert im Tempo meines Pulsschlags, wie ein Sekundenzeiger, der auf der Stelle zuckt. Zwei Wochen sind vergangen, seit ich von meiner sinnlosen Feuermission nach Barcelona zurückgekehrt bin. Vor vier Tagen ist Nina in Jakobs Wohnung eingezogen.

Gegen 04:00 Uhr höre ich Geräusche an der Tür. Ich höre, wie der Schlüssel an der Eingangstür gedreht wird, Nina kommt von der Arbeit, stolpert in die Wohnung, wirft die Tür laut zu und läuft ins Badezimmer. Dann höre ich, wie sie sich übergibt. Lange, heftige Stöße aus ihren Eingeweiden. Qualvolles Husten. Dann wird es still, als ob sie in Ohnmacht gefallen wäre.

Als sie endlich aus dem Badezimmer kommt, kann ich erkennen, dass sie einen Rockabilly-Greaser-Look trägt: eine schwarze Dickies-874-Arbeitshose, darüber ein weißes T-Shirt und eine College-Jacke. Sie reißt sich alles hastig vom Leib. Nackt steigt sie ins Bett.

Sie legt sich neben mich, bewahrt aber Abstand. Die Arme eng um sich selbst geschlungen. Ihr Körper mit diesem Duft aus

Traurigkeit, Zigaretten, Cremes. Nur ihre Hände zucken nervös. Es ist eine Unruhe, die vom Kokain erzählt. Ihre Augen hat sie geschlossen. Ich beobachte sie im Lichtschein, der von der Straße an unsere Wände geworfen wird und spüre eine schmerzhafte Distanz. Das also ist das Gesicht, das ich besitzen will, denke ich, und entdecke darin eine geheimnisvolle Tiefe. Vielleicht sollte ich sie berühren. Packen. Nehmen. Ich traue mich nicht.

Plötzlich legt sie sich auf mich. Sie legt ihren heißen, vibrierenden Körper auf meinen. Ihre Hand umschließt meinen harten Schwanz. Draußen auf dem Paseo de Picasso höre ich hektisches Hupen, lautes Geknatter von Motorrädern, der Morgenverkehr nimmt zu. Ich spüre die Wärme ihrer Hand auf meiner Brust. Sie setzt sich auf, und ich erkenne sogar ein Lächeln. Sie lässt mich in ihren Unterleib gleiten, in diese einsame Tiefe, in den bodenlosen dunklen Abgrund. Sie hämmert sich in mich hinein, aber diesmal sind wir beide in derselben Dunkelheit. Meine Wahrnehmung ist geschärft und auf jede Härte eingestellt.

Zuerst ist alles harmonisch, sie stöhnt, und sie sagt meinen Namen. Wir jagen gemeinsam durch eine geile Galaxie, ohne Verstand oder Bewusstsein. So vergehen die Minuten. Dann rutscht sie plötzlich nach unten, ihre Hand wölbt sich jetzt sanft um meinen Schwanz und meine Hoden, und sie beginnt mich zu lecken und zu saugen, sehr langsam, sehr behutsam und dann härter und härter, als ob sie mich aufessen will. Und natürlich hätte ich ihr jetzt sagen können, bitte iss mich nicht auf. Stattdessen denke ich, du bist ein egoistischer, hoffnungsloser Mensch. Du willst mich bloß foltern. Aber diesmal werde ich dir zeigen, dass ich genauso bin wie du. Wir sind gleich. Und darum sind wir jetzt hier. Damit wir uns gegenseitig ein bisschen zerstören können.

Irgendwann wird Ninas Körper von Spasmen durchzogen. Sie will mich jetzt überall küssen und streicheln. Ich spüre ihren Schweiß, ihr Körper ist total überhitzt, das Herz schlägt viel zu schnell. Kokain, denke ich wieder. Ich spüre ihr von Gel verklebtes Haar, es riecht wie Seetang. Ihr Körper schmeckt nach nassen Blumen. Dann lässt sie sich völlig erschöpft auf mich fallen. Ihr ganzes Gewicht liegt jetzt auf mir.

Ich genieße ihre plötzliche Passivität, während ich ganz tief in ihr stecken bleibe. Ich spüre, wie sie brennt, wie es sich in ihr staut. Und je tiefer ich wieder in sie eindringe, desto mehr Flüssigkeit kommt aus ihr, wie bei einer Flussnymphe. Es ist mir egal, was es ist. Ich dringe jetzt härter in sie ein, mir ist alles egal. Endlich habe ich sie, wo ich sie haben will. Eine brutale Energie steigt in mir auf, eine Blindheit, und ich erwarte Widerstand von ihr. Aber ihr lebloser Körper bewegt sich nur noch in meinem Rhythmus. Ich jage jetzt meine ganze Kraft und Wut in sie hinein. Ich liege über ihr, habe ihre Beine auseinandergerissen, bin jetzt nicht mehr Mensch. Ich will sie bestrafen für irgendetwas. Ich muss Befriedigung bekommen für meine Leere, muss meinen warmen Strahl in ihren kalten Körper spritzen. Mein Gesicht ist jetzt ganz nahe an ihrem fies grinsenden Mund. Sie genießt offenbar ihre Bestrafung. Und dann schaue ich in ihre Augen, ihre Pupillen haben sich nach oben unter die Lider gedreht, wie bei einer Sterbenden. Es ist, als ob ich in das Antlitz einer Toten starre. So sieht der Tod also aus. Das also ist das Gesicht des Todes. Und der Tod spricht jetzt zu mir: Fick mich noch mehr. Und weil ich die Kontrolle längst verloren habe, lege

ich meine Hände fast ein bisschen verzweifelt um ihren Hals und beginne, Nina zu würgen.
Nina starrt mich an, sekundenlang, als ob sie in einen bodenlosen, dunklen, wunderschönen Abgrund blickt.

11

Mach so weiter, lautet die Endlosschleife in meinem Kopf, und du endest in der Klapsmühle. Ich verbringe viel Zeit im Badezimmer, schaue mein Gesicht an, überlege mir, ob vielleicht Onanieren was bringt. Aber komme zum Schluss: alles für Nina aufsparen. Ich muss es schaffen, cool zu bleiben.

Nina bewegt sich in Jakobs Wohnung, als ob es ihre eigene wäre. Sie beginnt systematisch, die Räume in ihre Bestandteile zu zerlegen. Sie reißt Bücher aus den riesigen Bücherregalen und lässt sie am Boden herumliegen. Sie missachtet den Wert von teuren Designermöbeln, indem sie sich mit ihren Militärstiefeln darauf ausstreckt. Sie hört laute Musik, die Jakob nicht ausstehen kann und die seine Konzentration stört. Sie verbringt Stunden im Badezimmer und lässt niemanden hinein. Sie trinkt jede Weinflasche leer, die sie findet. Und wenn es keinen Wein mehr gibt, dann macht sich Nina über das Hochprozentige her. Sie bestellt schwule Jungs in die Wohnung, die für uns kochen, aber ans Aufräumen denkt niemand. Meistens bleiben sie über Nacht im Wohnzimmer liegen und vergnügen sich miteinander.

Jakob ist am Rande des Nervenzusammenbruchs. Er droht uns mit Rauswurf und Nina entgegnet ihm, er solle doch abhauen, wenn es ihm nicht passe. Die Antwort gefällt mir.

Unser gemeinsames Zimmer verwandelt sich in einen einzigen Kleiderhaufen. Abends, wenn Nina weg ist, hole ich ihre Kleiderstücke raus und nehme sie mit ins Bett. Ich schlafe auf ihnen ein. Manchmal vergrabe ich meinen Schwanz in ihrer Wäsche, als wäre es Ninas Körper. Wie immer kommt sie im Morgengrauen völlig überhitzt nach Hause. Wie immer warte ich bereits total aufgegeilt auf ihre Attacken. Und sie bleiben nie aus. Es scheint jetzt, als hätte sie sich an mich gewöhnt. Sie braucht meinen Körper, um sich eine perfekte Dekompression zu verpassen. Vielleicht ist es eine pervertierte Art des Genießens. Oder eine Sucht. Vielleicht will sie bloß den Wahnsinn vertreiben, der sich nach einer langen Partynacht hinter der Bar im Kokainrausch angestaut hat. Manchmal steht sie sofort danach auf, geht zur Toilette, erbricht sich minutenlang. Dann kommt sie zurück und setzt sich wieder auf mich. Irgendwann läuft Blut an ihren Beinen entlang. Ich erschrecke. Aber sie sagt bloß, ich soll ihr doch einfach den Schwanz in den Mund stecken und mir keine Gedanken machen. Danach stellt sie sich wieder schlafend, wie ein Vergewaltigungsopfer.
Einmal hört sie plötzlich auf, an meinem Schwanz zu saugen, sie nimmt ihn aus dem Mund und fragt: Willst du was für mich tun?
Ich nickte wie ein kleiner Idiot.
Bitte bleib bei mir, sagt sie.
Und ich nicke schon wieder. Dieses Mal wie ein Sieger.
Nina ist jetzt mein Girl, denke ich. Sie gehört mir.

Ich spüre, dass es möglich ist, Nina zu erobern. Und ich fürchte mich plötzlich vor der Nähe zu ihr. Du liegst komplett falsch, Tom, spricht es in mir, du musst Nina vergessen. Was du in dei-

nem bisherigen Leben geleistet hast, ist eine Folge des Alleinseins. Verliebtsein hat darin keinen Platz.
Und dann denke ich plötzlich darüber nach, wie viel an der Person, die ich ICH nenne, tatsächlich ICH ist. Und all das, was ich für Nina empfinde und Leidenschaft nenne, wie viel davon existiert wirklich?
Ich habe genug von Barcelona. Ich will zurück nach Berlin.
Ich spüre eine neue Gier. Und sie hat ausschließlich mit mir zu tun. Nicht mit Nina. Es ist ein Antrieb, vielleicht eine Obsession. Ich will meine nächste Feueraktion planen. Ich bin wie im Fieber, als befände ich mich an einem entscheidenden Wendepunkt.

Auf einer endlosen Fahrt über den Diagonal erzähle ich Nina erstmals von meinen Plänen. Feuer legen. Unterwandern. Terror inszenieren. Die Blaupunkt-Lautsprecher spielen »Are Friends Electric« von Tubeway Army. Sie reagiert überhaupt nicht.
Ich verspreche ihr, dass ich nach Barcelona zurückkehren werde. Aber Berlin sei jetzt der Ort, an dem ich mein Ding zu erledigen hätte.
Sie grinst mich komisch an. Sie wird es später Gier nach Ruhm nennen, die mich blind macht.
Sie müsse mir bloß versprechen, dass sie in Jakobs Wohnung bleibe, bis ich wiederkomme. So lange ich sie bei Jakob halten kann – das ist mein Plan – würde sie mir nicht entkommen.
Sie ist jetzt mein Girl. Davon bin ich überzeugt. Und sobald ich in Berlin wieder Fuß gefasst habe, würde ich sie überreden, nachzukommen.
Aber Nina will nicht nach Berlin. Sie will in Barcelona bleiben.

Ich bereite meine Reise vor. Nina macht sich absichtlich rar, um mir den Abgang zu erschweren. Wir reden wenig. Jeder geht seinen Weg. Das Unausgesprochene quält uns nicht. Das gefällt mir an Nina. Sie hat nie diese Sehnsucht, die Dinge auszusprechen. Worte sind ihr nicht wichtig. Es sei denn, sie verwendet sie als Waffe. Erst im Schweigen findet sie ihren Frieden.
Ich erzähle Jakob von meinem Vorhaben. Ich biete ihm mein letztes Geld als Monatsmiete. Nina werde in seinem Gästezimmer bleiben. Daran gehe nichts vorbei. Jakob schüttelt den Kopf. Das sei unmöglich. Ich versuche ihn damit zu beschwichtigen, dass Nina ohne meine Anwesenheit halb so wild sein werde. Er werde sich schon mit ihr arrangieren. Jakob nimmt das Geld widerwillig an.

Als ich Barcelona Richtung Norden verlasse, arbeitet Nina im *Otto Zutz*. Ich hatte ihr keinen Abschiedskuss gegeben. Sie hat auch nicht geweint, während sie sich ihre Uniform für die Nachtschicht anzog. Sie hatte mich nur kalt angeschaut und die Wohnung kommentarlos verlassen. Sie war stolz auf ihre Gefühlskälte. Sie schien geimpft gegen jede Art von Empfindsamkeit. Und wenn es ihr wirklich schlecht ging, dann legte sie sich einfach schlafen. Als ob es eine Gnade des Schlafes gäbe. Und des Vergessens.

12

Unruhig kontrolliere ich den Kalender auf meinem iPhone. Ich bin ausschließlich auf das Jetzt konzentriert. Ewige Gegenwart.

Nina steht vor mir und wankt. Ich halte sie an den Hüften, bevor sie wieder einknickt. Sie drückt das Gesicht gegen meine Schulter. Ich berühre ihren kahlen Schädel und streichle ihre Schläfen. Dann gleitet meine Hand über ihre Reizunterwäsche. Es war ihr Wunsch, heute etwas anderes zu tragen als Nachtwindeln. Also habe ich ihr dabei geholfen.

Draußen zieht ein Flugzeug über den Himmel von Los Angeles. Nina drückt sich die Hand gegen die Stirn. Sie ist gegen unseren Fernseher gestürzt und hat sich einen langen Kratzer geholt. Ich habe es viel zu spät gehört. Also lag sie einfach auf dem umgefallenen Großbildschirm, ich weiß nicht, wie lange. Ich kann Nina nicht ständig überwachen.

Sie tastet jetzt nach etwas, das sie wieder in Gang bringt. Früher war es Kaffee. Früher waren es Zigaretten, aber mit dem Rauchen hat sie vor sechzehn Jahren aufgehört, als sie mit Henry schwanger war. Heute sind es Pillen, die sie beruhigen. Und Morphium.

Ihre Hände tasten wie bei einer Blinden ins Leere. Sie findet trotzdem meinen Arm als Stütze. Ich halte sie an den Hüften fest, damit sie nicht einknickt. Wieso sie heute Reizunterwäsche und Vintage-Stöckelschuhe tragen wollte, wird für immer ihr Geheimnis bleiben. Ich frage sie auch nicht danach. Ein weiteres Geheimnis in einem Körper mit tausend Geheimnissen, die sich kein Mensch erklären kann. Auch kein Arzt. Sie schluchzt jetzt wie ein kleines Mädchen. Sie sagt etwas, das klingt wie »mein Gehirn verformt sich« und »gib mir die Nadel«.

Aber es ist ihr Unterbewusstsein, das hier spricht. »Nadel« sagt sie immer wieder, seit ich ihr Morphium in flüssiger Form auf die Zunge träufle. »Gib mir Morphium«, sagt sie jetzt aggressiver. Beißt sich dabei mit ihren gelblichen Zähnen auf die Unterlippe und wird noch bleicher.

Ich ignoriere das Gewimmer. Morphium gibt es erst, wenn ich überzeugt bin, dass ihre Schmerzen unerträglich sind. Ich kann da hart sein, und auch ein bisschen Gott spielen. Aber besser *ich* spiele Gott als ein fremder Doktor. Und dieser Gott weiß auch besser seine Hände einzusetzen. Ich streichle ihr jetzt mit zwei Fingern über die Wirbelsäule. Dann wieder mit der ganzen Hand über ihren kahlen Schädel.

Sie schaut mich verächtlich an. Sie will Morphium. Ich sehe blaue Flecken an ihren Brüsten, an den Rippen und am Rücken. Am Oberschenkel und am Hintern sind noch größere Blutergüsse. Dabei waren es keine besonders heftigen Stürze, die diese Flecken verursacht haben. Mehr ein Anschlagen als ein Aufschlagen. Aber ihre Haut reagiert hochempfindlich. Blaue Flecken zeichnen sich schon ab, wenn ich sie bloß ein bisschen fester anfasse.

Lichtstrahlen aus der Außenwelt treffen auf Ninas nackte Haut. Wie auf einer Kinoleinwand bricht sich das heiße Mittagslicht an der Fassade unseres Gebäudes. Sie steht einfach da. Ich war-

te. Ich könnte jetzt mein iPhone rausholen. Aber falls mich Nina dabei ertappt, wird sie sich nur unnötig darüber aufregen. Also lasse ich davon ab und studiere stattdessen mal wieder das Licht. Durch die Jalousie strahlen helle Linien in unsere Dunkelheit.
Die Temperaturen in Los Angeles steigen mittags rasend schnell an, und fallen dann gegen späten Nachmittag genauso schnell ab. Alles fällt gegen Abend ins Bodenlose. Am Ende eines jeden neuen Tages, noch bevor unsere Jungs aus der Schule zurück sind. Das ist die schlimmste Zeit im Kummerhaus. Kühler Wind vom Pazifik trifft genau über unserem Haus auf die heißen Winde aus Mexiko und erzeugt einen Wirbel. Das bilde ich mir jedenfalls ein. Plastiktüten flattern wie Tauben durch die Luft, Dreck und Staub fliegen hoch und treffen einen am offenen Fenster mitten ins Auge.

Erst jetzt erkenne ich Ninas dunkelbraunen Kajalstrich, leicht verschmiert von Tränen. Ausdruckslose Augen inmitten eines schönen, kranken Gesichts, mit weißer Haut, schwer umschattete Augen, schwere Wimpern, ein finsterer, dunkler Blick, wunderschöne maskuline Nase, anmutige Finger, anmutige Handgelenke, wunderschöne Beine mit vielen blauen Flecken, volle Lippen, lange Zunge, eine stockende Stimme, schwerer Atem. Ich bekomme nie genug davon, Nina anzuschauen und zu bewundern.

Es wäre jetzt leicht, sich Vorwürfe zu machen. Wie kann es passieren, dass eine Todkranke in High Heels durch die Wohnung taumelt, und der Ehemann merkt das nicht? Aber so etwas wie ein schlechtes Gewissen kenne ich nicht. Ich hasse Pseudo-Für-

sorglichkeit. Ich handle so, wie ich es für richtig halte. Es gibt in meiner Situation keine vorgeschriebenen Regeln.
Das Betreuerteam vom *Kaiser Permanente*-Hospiz sieht das genauso und hält zu mir. Ich glaube, in Europa wäre Nina längst schon auf eine Krankenstation verbracht worden, wo sie dann wie abgehangenes Fleisch die Decke anstarren würde.
Hier bei uns in Koreatown kann Nina ihre Reizwäsche spazieren führen. Das ist zwar mit Risiken verbunden. Schon klar. Aber es gibt ihr auch die Möglichkeit, frei und glamourös zu bleiben. Frei.

Nina hat offenbar minutenlang vor unserem Flatscreen gestanden und auf ein Fernsehbild gestarrt. Hillary Clinton hielt eine Ansprache im Beverly Hills Hotel, wo sich Hollywoodstars zu ihrer Unterstützung eingefunden hatten. Der demokratische Hollywood-Adel will Geld spenden für seine große Hoffnung.
Während ich Nina halte, sehe ich jetzt Steven Spielberg auf dem Bildschirm. Cate Blanchett und Leonardo DiCaprio sind im Hintergrund zu erkennen. Nina war irgendwann, unbemerkt, eingeknickt und gegen den Bildschirm gestürzt. Sie hatte sich am Fernseher festgeklammert, ihr Gesicht, ganz verdreht, gegen die glatte Bildschirmoberfläche gepresst und dabei keinen Mucks von sich gegeben.
Ganz die Einsteckerin. Bloß keine Schwäche zeigen.
Ich saß währenddessen in der Küche an meinem Arbeitstisch, hörte Musik über Kopfhörer und las E-Mails. Gerade waren seltsame Meldungen auf meinem iPhone eingegangen, die mit einem Buch zu tun haben, das ich 1996 veröffentlicht und eigentlich längst vergessen hatte: Es heißt »Good Morning Los Angeles«. Ich wollte schauen, ob es das Buch noch gibt, stand

auf und prüfte mein Bücherregal. Da habe ich Nina leise weinen gehört und gesehen, was geschehen war. Ich bin sofort zu ihr gerannt, habe sie aufgerichtet, in die Arme genommen, abgeküsst, gestreichelt, und so stehen wir jetzt immer noch da.

Fürsorglichkeit ist das Letzte, was Nina jemals haben wollte. Einen fürsorglichen Mann. Und ich glaube nicht, dass mehr Fürsorglichkeit in über dreißig Jahren Partnerschaft irgendetwas an unserer Situation geändert hätte. Im Gegenteil. Unsere Beziehung fühlt sich noch heute an wie damals. Wenn wir hier in unserem Widerstandsnest total durchdrehten und nicht voneinander lassen konnten, war es, als würden auf einmal die Wände und der Boden wanken. Als wären wir auf einem Boot in einen Sturm geraten und hielten uns verzweifelt an irgendetwas fest, aneinander fest, um nicht über Bord zu gehen. Um nicht unterzugehen. So war das damals. Und ist es heute noch.

Ich führe Nina zur großen Couch, gebe ihr eine grüne Pille, die sie vergessen hat zu schlucken. Dann eine gelbe, eine weiße und noch drei dunkelblaue Pillen. Es geht ihr heute eigentlich ganz gut.
Ich schalte jetzt den Fernseher aus, während Johnny Depp gerade Hillary Clinton umarmt. Der große Bildschirm wird schwarz, und ich kann am oberen rechten Rand den Fettfleck von Ninas Stirn erkennen. Und ich denke plötzlich, was wäre, wenn von einem Menschen bloß noch so ein Fettfleck auf einem Bildschirm übrig bliebe.
Nina will das Wohnzimmer durchqueren. Ohne meine Hilfe. Sie möchte ein letztes Mal wie über den Laufsteg flanieren. In

ihrer Lieblingsunterwäsche. Es war ihre Idee. Ich habe sie ihr nach dem Frühstück in einer langen Prozedur angezogen. Ich habe ihr gesagt, mir liegt was daran, Frauen in schöner Unterwäsche anzuschauen. Sie hat ansatzweise gelächelt. Ich mache öfter schlechte Witze, seit Nina erkrankt ist.
Ich schaue ihr kurz in die Augen. Sie schaut mich verächtlich an. Das macht sie nicht absichtlich. Ich nehme es nicht persönlich. Ich vermute, dass der Tod für Nina einen Teil seines Schreckens verloren hat. Weil sie mit ihm bereits kommuniziert. Mehr als mit mir.

Aber das kann sich rasch ändern. Plötzlich fragt sie, ob die Kinder noch da oder schon in der Schule sind. Klar, schon seit Stunden in der Schule. Alles wie immer. Bald kommen sie wieder nach Hause. Soll ich dich halten, oder willst du es alleine versuchen?
Alleine, sagt sie mit schwerem Atem. Gib mir den Stock.
Nochmals tief durchatmen.
Gib mir den Stock.
Es ist ein alter Spazierstock, den sie vor dreißig Jahren von ihrem Saufkumpan im Ex'n'Pop an der Mansteinstraße geschenkt bekommen hat. Von Nick Cave. Wer hätte damals gedacht, dass sie den mal gebrauchen würde. Es ist ein schwarzlackierter Stock mit dicken, roten Feuerzungen und einer Art Raubvogel als Knauf obendrauf. Sie setzt jetzt einen Schritt ganz langsam vor den anderen. Es ist ein Test. Schafft sie es bis auf die andere Seite, gut fünfzehn Schritte, dann will sie es nochmals versuchen und die Wohnung verlassen. Sie will an den Strand. Die Füße in den Pazifik halten. Als wir es vor zwei Wochen versucht haben, ist sie bereits in der Garage eingeknickt, gestürzt und ich musste sie zurücktragen.

Und wieso wird es nicht kühler?, fragt sie mich jetzt, als sie auf halbem Weg stehen bleibt.
Wieso kommt nicht kalte, saubere Luft von Kanada runter?, sagt sie, muss ich selbst nach Kanada und sie holen? Sie hasst die Temperaturen in Los Angeles im August. Aber immerhin blitzt Ninas Wut-Humor auf. Ein gutes Zeichen.
Sie schafft es nicht bis ans andere Ende. Ich halte sie wieder an den Hüften fest, streichle ihren Rücken, führe sie zurück auf die Couch. Ich erzähle ihr, dass ein Arzt angerufen und gefragt hat, ob er vorbeikommen solle. Sie schüttelt den Kopf. Kein Arzt. Alles ist okay. Mir geht es besser, sagt sie ganz leise. Natürlich stimmt das nicht. Nach zwei Jahren positivem Denken ist Nina zur »Queen of Optimism« mutiert.

Ich filtere für Nina alle schlechten Nachrichten aus. Und es ist erstaunlich, wie das Hervorrufen mentaler Zuversicht, körperliche Beschwerden lindert. Was nutzt einem Todkranken die Wahrheit? Positive Botschaften sind alles, was zählt.

Nina ist zu Hause trotz Schlafmangel, Müdigkeit, Appetitlosigkeit, Hautausschlägen, Schmerzen, Übelkeit und Atemnot viel ausgeglichener als während ihrer Krankenhausaufenthalte. Zu Hause kann sie eben auch mal allein in Reizwäsche versuchen, die Wohnung zu durchqueren. Obwohl es mich auf schlimme Gedanken bringt.

Nina hat mir ihren nackten Rücken zugedreht. Ich nutze die Gelegenheit und blicke auf mein iPhone. Weitere E-Mails treffen in schneller Folge ein. Alle tragen den Betreff: »Good Morning Los Angeles«. Sie kommen von meiner Agentur, für die ich gelegent-

lich als Skript-Doktor arbeite. Mein Boss behauptet, er habe gerade bei einer privaten Vorführung den Film »Nightcrawler« von Dan Gilroy gesehen und sei sich sicher, dass der englische Drehbuchautor mein Buch als Vorlage benutzt habe. »Tom, du hast hier die Chance zu klagen. Nutze sie. Ich kann dir helfen …«
Ich stecke das iPhone blitzschnell weg. Seit wir vor vier Jahren das erste iPhone erstanden haben und das Gerät seither unser Leben beherrscht, hatte Nina immer das Gefühl, dass ich ihr etwas verheimliche, wenn ich mich zu lange mit dem Bildschirm beschäftige. Dieses Misstrauen war schon immer da, schon vor dreißig Jahren, lange bevor es iPhones gab.
Was da gerade wegen »Good Morning Los Angeles« abgeht, verunsichert mich. Ich mag die Idee nicht, einen Drehbuchautor zu verklagen, der mein Buch als Inspiration benutzt haben soll. Ich wäre der Allerletzte, der Leute angreift, bloß weil sie Teile eines fremden Werkes sampeln und daraus etwas Neues entstehen lassen. Ich habe mein ganzes Leben lang gesampelt, schon bevor es den Begriff überhaupt gab. Darum kann ich für diese Klage gegen »Nightcrawler« nicht wirklich Feuer fangen. Die Amerikaner lieben nichts mehr, als andere Leute zu verklagen. Natürlich hofft mein Boss, dass ich ihn an einer möglichen Entschädigung partizipieren lasse. Soll er doch selbst klagen.

Ich schaue Nina nochmals in die Augen. Die Augen erzählen mir alles. Sie ist erschöpft. Sie hat Schmerzen. Ich kann es sehen. Es ist alles zu viel. Sie muss liegen. Die Haut um ihre Augen ist jetzt noch blasser, und die Wangen sind gerötet, als würden die Adern zu dicht unter der Haut verlaufen. Es ist das Gesicht einer siebenundvierzigjährigen Greisin. Ihre Augen sind wie Löcher, die nicht im Schatten liegen, sondern im Licht. Ihre Augen sind wie Glasscherben, die das Licht einfangen. Fast fällt Nina wieder hin, aber wie eine geschickte Betrunkene, schafft sie es, sich auf den Beinen zu halten. Sie wankt in ihren hohen Schuhen und hält sich jetzt an mir fest wie an einem Pfosten. Ich führe sie ins Schlafzimmer und helfe ihr aufs Bett. Ich ziehe ihre Reizwäsche aus. Ihr Körper fühlt sich zart an. Sie hat ihre Haut täglich von oben bis unten mit den feinsten Produkten eingecremt, seit über dreißig Jahren. Und das hat sich ausgezahlt. Ich sage Nina immer wieder, wie schön sie ist. Und das macht sie glücklich. Ich spüre jetzt, wie ihr Herz rast, als ich meine Hand ihre langen Schenkel entlanggleiten lasse. Ich fahre auf der Innenseite nach oben. Ich glaube, dass Schönste an Ninas Sterbeprozess ist das Wegfallen aller narzisstischen Ketten, über die sie immer stolperte. Jedenfalls sehe ich das so. Und darum kann ich nicht von ihr ablassen. Auch jetzt nicht. Sie zieht mich an. Ich möchte neben ihr liegen, möchte sie umarmen, küssen, lieben. Das Sterbebett schweben lassen und hin und her werfen. Seekrank werden und mich dabei an Nina festhalten, um nicht selbst unterzugehen.

Vielleicht habe ich mich schon immer an Nina festgehalten.

13

Meine Zeit in der Admiralstraße ist abgelaufen. Ich muss raus aus der Fabriketape und ziehe in eine große Dreizimmerwohnung in der Yorckstraße 48 ein. Sechster Stock, hinter einer Fassade, die von Hunderten Einschusslöchern geschmückt ist. Fünf Räume. Ein Schlafzimmer, drei mal vier Meter, ein Wohnzimmer acht mal vier Meter, ein Durchgangsraum, der als Büro dient, zehn mal vier Meter, eine Küche und ein Badezimmer mit Dusche. Ich spüre es, als ich die leeren Räume mit ein paar Möbeln bewohnbar mache, die Kohleheizung repariere, die Vorratskammer von Mäusen befreie: Diese Räume stehen für eine andere Welt, ein anderes Leben. Sie wären die perfekte Hülle für die Solidarität zweier verlassener Seelen, die vorgeben, das Sehnen nach zwischenmenschlichen Gefühlen hinter sich gelassen zu haben.

Ich hatte Nina bereits in Barcelona große Dinge von der Mauerstadt erzählt, von denen ich glaubte, sie würden sie beeindrucken. Hier herrsche eine Subkultur, wie es sie sonst nirgendwo auf der Welt gibt. Ich habe ihr von den Berliner Dandys erzählt, von genialen Dilettanten. Vom traumhaften Müll der Flohmärkte, von ungenutzten maroden Räumen, vergessenen Ruinen, vom Existieren jenseits der normalen Welt.

Ich will Nina nach Berlin locken.

Doch sie gleitet immer weiter weg. Wenn ich sie anrufe, schweigt sie. Meistens geht sie gar nicht erst ran.

Ich fahre durch die Stadt auf der Suche nach Sinn. Nach einer Aufgabe. Ich bin offen darauf aus, irgendeine Attacke zu starten, einen Skandal zu provozieren. Aber mit Feueranschlägen geht nichts mehr. Die Polizei hat mich ins Visier genommen. Ich bin eine Bedrohung, bilde es mir jedenfalls ein. Was jetzt? Ein Endschlag? Oder Rückzug?
Ein Lokal namens Ex'n'Pop an der Mansteinstraße wird der Ort, an dem ich meinen Stil neu erfinde. Ich trage dort erstmals Cowboy-Hut und -Stiefel und trinke Whiskey ohne Eis. Ich perfektioniere die Kunst der Selbstdarstellung – unter einer Meute von Selbstdarstellern fällt das kaum auf. Viel Halt gibt mir das nicht. Wenn ich mich unter Leute begebe, dann sehe ich, wie sich hinter diesen verdammten Masken bloß ein verdeckter Stellungskrieg abspielt. Ich will ohne Maske kämpfen, wie ein Samurai. Ich mag das Bild vom Menschen als einsamer Wolf.
Meine besten Momente finden immer noch im Mercedes statt. Wie in einer endlosen Warteschleife fahre ich über die Stadtautobahn Richtung Norden, dann wieder zurück, die Avus Richtung Westen. Ich will gleiten, im Dazwischen bleiben. Keine Heimat. Bloß nicht konkret werden. Weil das wieder den Stillstand verkörpert.
Manchmal schreibe ich meine Gedanken in Briefen an Nina auf. Ich hoffe auf Antworten von ihr, aber es kommen keine. Ich fühle mich verloren und ertappe mich dabei, wie ich die Potsdamer Straße runtergehe, mich bei Kaiser's in die Fleischabteilung stelle und mich bei meinen stumpfsinnigen Beobachtungen eine angenehme Leere überkommt. Mein Verstand sorgt

sich dann ein bisschen über seine eigene Leere. In solchen Momenten macht mir mein Schädel sogar ein bisschen Angst. Es gibt keine Jahreszeiten der Gefühle mehr: kein Wind, kein Regen, keine Sonne, keine Nina.
In meiner Wohnung läuft pausenlos der Fernseher, meistens einer der beiden DDR-Sender, ohne Ton. Die Luft ist verbraucht. Ich ersticke im Zigarettenqualm. Meine Augen quellen hervor, ich greife mir manchmal an die Kehle, ich schreie wie ein böser Geist. Meine Arme dreschen durch die Luft. Ich will ein Gesicht zu Brei schlagen. Ich wanke durch meine Wohnung, stürze zu Boden. Ich bekomme Krämpfe. Die Wände nähern sich mir von allen Seiten. Sauerstoffmangel macht mich schwindlig. Ich fühle mich hohl und leer. In der Magengrube ist ein Vakuum.

Und dann bemerke ich plötzlich, dass ich das blinkende rote Licht am Anrufbeantworter übersehen habe. Es blinkt vielleicht schon seit Tagen.
Als ich auf den Knopf drücke, erklingt die Stimme von Jakob. Sie ist verzweifelt im Klang und wütend im Inhalt. Es geht um den Ekel, den Jakob für Nina empfindet. Nina zerstöre das Türschloss. Nina zerschlage Gläser. Nina klaue Geld. Nina lasse Männer aus der Halbwelt in seiner Wohnung übernachten.
Zweite Meldung von Jakob: Sie stehe stundenlang vor dem Spiegel und probiere Kleider an. Sie sei total desinteressiert an allem, was nicht sie direkt betreffe. Er habe noch nie einen derart narzisstischen Grundtrieb bei einem Menschen erlebt.
Dritte Meldung von Jakob: Sie sei innerlich verwahrlost, kalt, stumpf und unsensibel. Ein cooles Monster. Sie flüchte sich in Rollen. Sie sei für sich und andere unerreichbar. Wenn ich Nina nicht bald entferne, schmeiße er sie raus.

Ich muss Nina retten. In Sicherheit bringen. Das hat nichts mit Eroberungsstrategien zu tun. Ich spüre so was wie Verantwortung. Das ist neu.
Nachdem ich die letzte Meldung auf dem Anrufbeantworter abgehört habe, marschiere ich ins Ex'n'Pop. Es ist 02:45 Uhr morgens, als ich an der sonst menschenleeren Bar eine Fotografin kennenlerne. Sie komme aus New York. Um ihre Schulter baumelt eine Leica-Kamera. Ein Barmann namens Dieter schenkt uns Drinks ein. Die Fotografin schaut mich intensiv an. Ihre Stimme ist rau und hart. Sie hat feuerrote Locken, ein geschwollenes Gesicht und ein blutunterlaufenes Auge. Alles an ihrem Körper verrät, wie deprimiert sie ist. Als ob sie gerade in eine schwere Auseinandersetzung geraten sei. Sie scheint an mir einen Narren gefressen zu haben. Fragt, ob sie ein Bild von mir machen dürfe.
Ich sage: Nein. Für was soll das gut sein?
Ein Testbild, sagt sie. Sie würde mich gerne wiedersehen. Sie hätte mich schon mehrmals hier gesehen. Ich würde meinen Körper beim Sprechen interessant einsetzen. Das gefalle ihr. Sie könne aber verstehen, wenn ich nicht fotografiert werden möchte. Sie sagt, es seien fast nur Freunde, die sie mit der Kamera beobachte. Menschen, die sie nicht nur flüchtig kenne, sondern die ihr nahe stünden, nahe gestanden hätten.
Was heißt: mit der Kamera beobachten?
Sie schaut mich an. Sie nimmt die Kamera vor ihr Gesicht, während sie spricht. Ich sage ihr nochmals, dass ich nicht fotografiert werden möchte.
Was meine Kamera einfängt, sind private Momente, sagt sie. Augenblicke, die dem Kameraauge gewöhnlich verborgen bleiben. Was meine Kamera festhalten möchte, sind besondere Situationen.

Ich schiebe den Barhocker weg. Die Tante geht mir auf den Geist. Ich zahle und will los.
Aber die Fotografin hält mich am Ärmel fest. Sie gibt mir ihre Nummer, die sie auf einen Bierdeckel gekritzelt hat. Sie sagt, dass sie gut mit einem Bekannten von mir – Raimund Kummer – befreundet sei. Ich solle mich doch melden. Ich schaue sie an, ich lächle. Ich weiß noch nicht, was das alles zu bedeuten hat.
Jedenfalls lese ich auf dem Bierdeckel den Namen »Nan Goldin«. Ich verstehe von diesen Dingen damals noch nichts und sehe bloß eine rothaarige Tante mit Leica, die mir auf die Nerven geht. Also verlasse ich das Ex 'n' Pop früher als gewöhnlich. Und das hat Folgen.
Genau in jenem Moment, als ich nämlich zu Hause ankomme, klingelt das Telefon. Als ich abnehme, höre ich nur ein ganz fernes Rascheln, panisches Atmen. Es ist Nina.
Zuerst sagt sie nichts. Sie atmet bloß, als ob sie gerannt wäre. Dann schreit sie mich an: Hättest du diesmal nicht abgenommen, dann hätte ich den Kontakt zu dir abgebrochen. Für immer. Ich hasse dich!
Dann wieder nur Atemgeräusche.
Ich muss dir was ganz Wichtiges sagen, Tom.
Ihre raue Stimme wird leiser, sanft, zerbrechlich.
Ich habe ihre Stimme noch nie so zerbrechlich gehört.
Sie murmelt etwas von »unserer Beziehung«.
Dann sagt sie drei Sätze, die sich sofort in mein Hirn brennen:
Ich bin schwanger.
Stille.
Ich hasse mich.
Stille.
Hilf mir, Tom!

14

Über dem Gleisdreieck schwebt Frostnebel. Ich stehe schon eine Weile am Schlafzimmerfenster und konzentriere mich auf das rote Licht am Fernsehturm in Ostberlin.

Nina wird nach Toulouse fahren und abtreiben. In Spanien sei Abtreibung strafbar. Sie werde sofort losfahren. Sie wolle mich nur informieren. Mehr habe ihr Anruf nicht zu bedeuten. Egal, was ich darüber denke. Mit keinem Wort erwähnt Nina, dass ich sie unterstützen solle. Sie erwarte nichts von mir. Einfach »weg damit«. Ist »mein Ding«.

Sie klang wütend. Sie klang wie Nina, wenn sie wütend ist. Wütend auf mich und auf sich selbst. Wie kann ausgerechnet ihr so was passieren? Schwanger? Ihre Wut gleicht einer Kriegserklärung an die schlechte Welt, an alles, was miese Laune verursacht. Trotzdem wirft sie mir einen Köder zu: Sie schlägt ein Treffen am Bahnhof von Portbou vor. Sie würde übermorgen den Nachtzug nehmen. Und am Bahngleis nach mir Ausschau halten. Falls ich Lust hätte, sie bei der ganzen Scheiße zu unterstützen.

Ninas Stimme knisterte ganz fern durch die Leitung. Ich wollte noch etwas in den Telefonhörer sagen, verschluckte mich aber. Wieso Portbou? Aber das ist nicht die einzige Frage. Was soll ich tun? Was tut man in einer solchen Situation? Bei wem holt man Ratschläge ein? Es gibt niemanden.

Am nächsten Abend geben die Einstürzenden Neubauten ein Privatkonzert im Ex'n'Pop. Ich sehe undeutliche Gesichter, nur Profile, die sich wie eine einzige betrunkene Masse bewegen, ich dränge mich durch das Dunkel, zwänge mich durch die Menge, ignoriere jeden, der meinen Namen ruft, Nina ist in meinem Kopf, starre Menschen an, suche Frauen mit Ninas Profil, mein Gehirn erschafft eine Maschine, ich hoffe, die Maschine zu beherrschen, um Antworten zu produzieren und unangenehme Fragen zu löschen. Ninas Anruf war sehr real und lässt sich nicht abschütteln. Die Maschine im Gehirn wälzt seltsame, ernste Fragen: Was unterscheidet eigentlich Mann und Frau? Was sind das für unterschiedliche Wesen? Und wie lässt sich Ninas Botschaft »Abtreibung« einordnen? Vor ihrem Anruf hatte ich wochenlang nichts von ihr gehört. Ich hätte sie in der Vergessenheit versenken können. Aber dann tauchten Bilder in meinem Kopf auf. Ihr Lachen. Die hemmungslose Euphorie. Ihre Frechheiten. Der Wahnsinn im Bett. Ninas Körper. Ich hatte mir die Flecken auf ihrer Haut in mein Gedächtnis eingeprägt. Und dachte an die Nuancen ihrer Konsistenz und die Farbe ihrer Haut. Auch an ihre Hautausschläge musste ich sehr oft denken. Ich verbrachte lange Momente damit, mir ihre zarten Brüste vorzustellen, diesen knabenhaften Oberkörper, die unterschiedlich getönten, rosafarbenen Warzen. Ihre Verschmelzung von Schönheit und Animalischem. In der Fantasie berauschte mich alles an ihr. Besonders die Gedanken an ihre Augen, die so intensiv, finster und gleichgültig erscheinen können. Niemand, der ihre knabenhafte Erscheinung gesehen hat, konnte sich vorstellen, dass dieses Geschöpf schwanger werden kann. Und ich bin daran schuld.
Zurück in meiner Wohnung, laufe ich wie ein Tiger durch die

spärlich eingerichteten Räume. Da stehen Fünfzigerjahre-Möbel und zwei ausgestopfte Tiere – eine Möwe und ein Gürteltier. Ich halte mit beiden eine eingebildete Diskussion über Sinn und Unsinn menschlicher Fortpflanzung ab. Eine Fessel legt sich um mich. Es wäre der Moment gewesen, mich aus Ninas Leben zu entfernen. Einfach die Verbindung kappen. Kein Problem. Sie hätte mich weder gesucht noch gefunden. Sie hätte es sogar verstanden, dass ich mich mit so einem Missgeschick nicht herumschlagen möchte.
Ich entscheide mich anders.

Transitautobahn Richtung Helmstedt. Karge, tote Nachtlandschaft. Irgendwo hinter dem Bodennebel taucht der Mond auf. Mein Fuß liegt wie Blei auf dem Pedal. Bloß nicht nachdenken. Hinein in das überbelichtete Westdeutschland, Polizeikontrolle nahe Duisburg, überall Scheinwerfer, Polizei mit Maschinenpistolen und Walkie-Talkies, RAF-Hysterie. Mein Verdacht, beobachtet zu werden, verdichtet sich. Ich überquere die deutsch-französische Grenze auf einem verlassenen Waldweg im Saarland. Dann über Landstraßen Richtung Süden. Ich bin überzeugt, dass mein Kennzeichen auf einer Fahndungsliste steht. Mein Spiel mit dem Feuer ist aufgedeckt. Ich werde verfolgt, beobachtet. Ich traue niemandem mehr.
Einfach von Berlin ans Mittelmeer durchfahren. Die Augen auf dem Asphalt. In Sehnsucht versunken. In Vereinzelungshaft. Dabei spiele ich meine Stärke aus: immer zum Kern des Augenblicks sprechen. Das Leben ist bloß ein Film. Und du bist der Choreograph. Es gibt nichts Schöneres, als auf den Asphalt zu blicken und in die Tiefe des Raums zu gleiten, Bilder strömen vorbei, Lichter, Bewegungen, Formen, Truck-Stopps in Frank-

reich, Leuchtstofflampen spannen sich im Bogen über eine Tankstelle, bunte Lichter reflektieren in Pfützen aus Wasser und Ölspuren. Es ist eine Welt in Bewegung, in der man sich als einer, der ewig auf der Flucht ist, inszenieren kann, bei der man von der Fahrtgeschwindigkeit getragen wird, und alles hat Bedeutung. Alles, was man sieht und fühlt.

Zweiundzwanzig Stunden später rauscht vor mir das Meer in der winterlichen Hafenbucht, glasig schwarz wie Tinte, mit üppigen weißen Schaumkronen. Nina ist ganz nahe. Ich kann es spüren. Graues Licht zuckt über den Strand von Portbou. Es regnet. In zwei Stunden sollte der Zug aus Barcelona eintreffen.
An der verlassenen Strandpromenade höre ich Schritte hinter mir, das schmatzende Geräusch, mit dem sich ein nasser Schuh vom Boden löst. Aber da ist nichts. Reine Paranoia.
Ich wate jetzt hinaus ins Meer, immer weiter, Regen fällt auf mein Gesicht, endloser Meeresspiegel, wohin man schaut, nirgendwo ein Ziel. Während ich aufs Meer blicke, lege ich mir zurecht, was meine Entscheidung bedeuten könnte. Aber es hilft nichts. Wieso bin ich, ohne nachzudenken, einfach hierher gerast. Weil ich Samariter spielen will? Oder weil ich Nina vielleicht doch beweisen will, dass ich ein Partner bin, auf den man sich verlassen kann?
Blödsinn. Ich weiß es nicht.

Kurz vor Mitternacht. Ich warte auf einem menschenleeren Bahnsteig. Ein Geisterbahnhof. Hier steigt um diese Zeit niemand aus noch ein. Ich höre die Schienen singen. Der regionale Nachtzug aus Barcelona nähert sich. Aus den Zugfenstern hängen die Köpfe junger Rucksacktouristen. Ich renne einem Ab-

teilfenster hinterher, in dem ich glaube, blondes kurzes Haar erkannt zu haben.
Ich muss weit nach vorne rennen. Ich renne schnell.
Es gibt Entscheidungen, die man bereut. Weggabelungen. An denen der Rest des Lebens entschieden wird. Man übernimmt Verantwortung. Bevor ich Nina traf, war mein Egoismus so weit fortgeschritten, dass jede Entscheidung immer nur mir Vorteile bringen sollte. Jetzt ist alles anders. Ich renne wie ein Verrückter einem RENFE-Zugabteil nach.
Der Zug bremst ab. Schmerzhaftes Pfeifen schrillt durch die Bahnhofshalle. Vorne und hinten öffnen Schaffner die Abteiltüren. Sie blicken kontrollierend den leeren Bahnsteig entlang.
Ich renne nicht mehr. Angst mischt sich jetzt in die rasende Sehnsucht nach Nina.
Ganz weit vorne sehe ich eine schwarze Tasche aus dem Wagon baumeln, schwarzer Lack taucht auf, Lederstiefel, wie sie Motorradfahrer tragen, ein Junge mit blonden, fettig in die Stirn gestrichenen Haaren und bleichem, kränklichem Gesicht erscheint. Mehr sehe ich noch nicht.
Ein schwarzgekleidetes Wesen, schwarz wie die Nacht, mit einem engelhaften Gesicht. Im ersten Moment muss ich an Gary Numan denken, den finsteren New-Wave-Engel, der jetzt auf dem Bahnsteig von Portbou langsam in meine Richtung läuft. Ich erstarre. Vielleicht aus Angst, Nina plötzlich wieder gegenüberzustehen. Wieso trägt sie nicht den süßen Matrosenanzug und Pagenschnitt? Wieso erinnert sie mich jetzt an eine Pornodarstellerin?
Noch liegen zehn Meter zwischen mir und Nina. Wird sie mich umarmen? Küssen? Hat das alles irgendwas mit Liebe zu tun? Oder ist es bloß ausgemachter Schwindel? Haben wir uns jemals

die Wahrheit gesagt? Ich weiß nicht viel über Nina. Ich weiß noch nicht mal genau, wieso ich auf diesem Bahnsteig stehe.
Die Ungewissheit darüber, was in den nächsten Minuten geschehen könnte, macht mich schwindlig. Über Lautsprecher kündigt eine kratzige Stimme die Abfahrt des Zuges Richtung Frankreich an. Nina läuft mir entgegen. Sie zieht einen kleinen Rollkoffer hinter sich her. In der anderen Hand hält sie eine Schminktasche. Unter der Achsel steckt ihr Lieblingsbuch »Love Story«. Sie schleift ihren rechten Stiefel den Boden entlang, als ob sie behindert wäre. Dann bleibt sie vor mir stehen, ganz nahe. Sie schaut mich mit ausdruckslosen Augen an, genervt, abwesend. Dann lässt sie sich erschöpft nach vorne fallen, in meine Arme, wie eine Sterbende. Dabei dreht sie ihr Gesicht von mir weg, damit ich sie nicht küssen kann. Als ob sie jetzt bloß jemanden bräuchte, der sie auffängt.
Daran hatte ich noch gar nicht gedacht. Dass Nina vielleicht einfach jemanden braucht. Dass sie jetzt einfach einen Mann am Bahnsteig braucht, der ihren Körper auffängt und sie festhält, ganz lange festhält.
Ich halte sie eine ganze Weile fest, spüre ihr leichtes Gewicht, dazu die starken sehnigen Armmuskeln unter dem Kunststoff ihres Lack-Anzugs. Lange passiert nichts. Ich halte sie einfach fest. Sie lässt ihre Arme hängen.
Dann plötzlich beginnt Nina mit beiden Fäusten auf meine Schultern einzuhämmern. Ich erkenne Tränen in ihren Augen, sie laufen in schwarzen Linien langsam Richtung Mund. Sie gräbt ihre Fingernägel in mein Fleisch. Dann flüstert sie: »Ich hasse dich …«
Nina legt dazu ihren Kopf auf meine Schulter. Ich umfasse ihren kahlrasierten Hinterkopf, der wunderbar in meiner Hand liegt.

Ich umfasse ihren Schädel noch ein bisschen härter, um herauszufinden, wie sie darauf reagiert.
So vergehen die Sekunden. So vergeht die Zeit. So beginnt unsere Beziehung langsam zu wachsen.
Ich weiß nicht, wie ich mich jetzt verhalten soll. An dem geöffneten Abteilfenster hängen Passagiere ihre Oberkörper heraus, pfeifen belustigt über unsere melodramatische Umarmung, während der Zug langsam aus dem Bahnhof rollt. Fast brüderlich streichle ich Nina jetzt über das steifpomadierte Haar.
Ich trage seit Wochen die gleichen Kleider. Schwarzer Cowboyanzug mit dezenter Stickerei, schwarzes Sonora-Hemd mit Paspelierung der Vorder- und Rückenpasse. Dazu schwarze Halbschuhe von Doc Martens. Alles so schwarz wie möglich. Wir sind ein ziemlich ungleiches Paar. Ich sehe eher wie Ninas Bodyguard aus. Nina wiederum gleicht am Bahnhof von Portbou einem aus Hollywood geflohenen Kinderstar. Ich hätte verdammt gerne ein Bild von uns gemacht. Aber die Film-Kassette in meiner Kodak-Instamatic ist voll.

Ich habe meinen Mercedes auf französischer Seite am Coll dels Belitres abgestellt und bin zu Fuß über die Grenze gekommen, um die Zollstation auf der Autobahn zu vermeiden. Ich erkläre Nina, dass uns ein dreißigminütiger Fußmarsch die Küste entlang bevorsteht. Nina fängt an, wie ein wütender Lastwagenfahrer auf Spanisch zu fluchen und stellt dann jede Kommunikation mit mir ein. Sie setzt sich auf eine Bahnhofsbank, zündet sich eine Zigarette an, steckt sich Kopfhörer auf die Ohren, schaltet ihren Walkman an und trinkt Kondensmilch aus einer Plastikflasche. Sie hört und sieht mich nicht mehr. Sie starrt verloren Richtung Boden und beginnt, noch ein bisschen mehr zu weinen.

Ihr Schluchzen rührt mich. Aber nicht sehr lange. Ihre Tränen müssen andere Gründe haben, denke ich. Sie kommen aus einer schwärzeren Tiefe. Ich bin nur der Auslöser. Vielleicht ist es der Kokainentzug. Jedenfalls rede ich es mir ein. Nina spielt mir nur was vor, um mich mit ihrer Sturheit zur Weißglut zu bringen. Oder sie wünscht sich insgeheim, dass ich sie in eine öffentliche Toilette zerre und ihr die Lack-Kleider vom Leib reiße.

Der Weg von Portbou über die Grenze ist anspruchsvoll. Aber dauert nur eine halbe Stunde. Ich habe bei meiner Entscheidung, meinen Wagen auf der französischen Seite zu parken, keinen Moment an Nina und ihre Abtreibung gedacht, nur an mich und meine sogenannte »Sicherheit«. Ich kann meine Fahndungs-Paranoia einfach nicht abschütteln. Es geht auf den Terrassen der schwarzen Küstenberge entlang, gottverlassenes Grenzgebiet, in jener Nacht vom Vollmond gut ausgeleuchtet. Es ist ein alter Fischerpfad, mit zerklüftetem, meteoritenhaft aussehendem Gestein. Am Weg stehen ein paar Hütten, in denen Fischer ihre Netze verstauen und einen Schnaps trinken, wenn der Wind zu heftig weht.
Ich schultere ihren Rollkoffer und versuche, sie an die Hand zu nehmen. Aber sie reißt sich los. Ich packe wieder ihre Hand und zerre sie einfach hinter mir her. Ich erzähle ihr von unheimlichen tierähnlichen Felsgebilden, denen wir auf dem Weg zur Passhöhe begegnen würden. Felsgebilde so kantig und stachelig wie Tiefseeraubfische. Als ob das ihre Laune verbessern könnte.
Wir stoppen alle fünf Minuten. Sie weint und flucht auf Spanisch. Sie sagt, sie hätte wissen müssen, auf was für ein Arsch-

loch sie sich einlasse. Wie könne ich ihr das bloß antun. Ich solle sie doch gleich hier über die Klippen stoßen. Das Leben habe eh keinen Sinn mehr.
Wir gelangen an Stellen, wo der Granitfelsen steil ins Meer abfällt. Ich lasse absichtlich einen Geröllbrocken in die Tiefe stürzen. Nina erschrickt. Der Mond ist hinter einer Wolke verschwunden. Ich halte ihre Hand noch ein bisschen fester. Ich kann es ihrer feuchten Stirn ansehen, ihren nervösen Zuckungen an den Mundwinkeln, dass sie tatsächlich auf Kokainentzug ist. Und deshalb kriecht die Paranoia ungebremst in ihr hoch.
Die Atmosphäre über den rasiermesserscharfen Gesteinskanten reizt mich. Ninas zierlicher Arsch bewegt sich rhythmisch in der im Mondlicht glänzenden Hose. Sie sagt, ich würde ihr wehtun. Dabei verzieht sie ihr Gesicht zu einer kindlichen Unschuldsmiene. Sie stolpert über den steinigen Pfad. Ich lege meinen Arm um ihre Schultern und lasse mich nicht mehr abschütteln. Sie tut jetzt so, als ob sie sich ihrem Schicksal ergeben würde. Sie nickt unablässig, als ob sie schon immer geahnt hätte, dass ich kriminelle Absichten verfolgen würde. Und dann sagt sie etwas, dass sie über die nächsten Jahre wiederholen wird: Vielleicht habe sie nichts anderes verdient, als sich in die Arme eines Kriminellen zu werfen. Diese Haltung wird sie mir gegenüber nicht mehr ablegen.

Nina hat es geschafft, sich von mir loszureißen. Sie rennt einige Meter zurück. Ich warte. Sie raucht eine Zigarette und setzt sich auf eine scharfe Felskante. Sie flucht aus der Ferne, sie hätte mich nicht anrufen sollen. Und ich schreie zurück, sie hätte mich tatsächlich niemals anrufen dürfen, es sei alles ihre Schuld,

schließlich halte sie mich von der Arbeit ab, sie dränge sich geradezu auf, infiltriere mein Gehirn. Idiotische Vorwürfe.
Dabei war ich damals überzeugt, dass Nina eine ungeheure Vitalität und Ausdauer besaß. In Barcelona wirkte sie zäh und robust, und so eine kleine Kletterei konnte ihr doch nichts anhaben.
Ihre Intuition, was Situationen, mich und andere Menschen angeht, sollte sich später als geradezu unheimlich herausstellen. Vielleicht steckte keine Absicht dahinter, aber sie reizte mich bis aufs Blut. Ich spürte so was wie blanken Hass. Und so spielte ich schon damals mit dem Gedanken, handgreiflich zu werden. Vielleicht hätte ich Nina zu Boden schleudern oder einfach ihren Hals zudrücken müssen. Bis wir beide wieder zur Vernunft gekommen wären.
Nina löste eine unglaubliche Kraft in mir aus. Sie machte mich frei. Und alles begann in den schwarzen Felsen von Portbou, acht Stunden vor Ninas Abtreibung in einem alten Krankenhaus in Toulouse, wo die Schwestern Nonnenkleider trugen und die Ärzte an Frankenstein erinnerten.

Als ich am nächsten Morgen ein Sechsbett-Krankenhauszimmer in Toulouse betrete – in einem Backsteingebäude, das die Aura eines Versuchslabors ausstrahlt – liegt Nina schlafend unter einer weißen Decke. Die anderen Betten sind nicht belegt. Ich lege mich in meinen Kleidern neben sie.
Als sie erwacht, hängt ihr Arm über meiner Brust. Ich spüre, wie ihre Berührung eine besänftigende Wirkung hat. Alles ist anders. Sie streichelt mein Gesicht, ihre Hand wandert sanft über meine Arme. Sie sagt, alles sei gut gegangen. Sie spricht ganz sanft und setzt sich auf. Wir lehnen uns gegen die Wand.

Nina lächelt. Ich zeige ihr die Schachtel mit den Süßigkeiten, die ich ihr mitgebracht habe. Wir stecken uns gegenseitig Schokoladentrüffel in den Mund. Wir sind gelassen, entspannt.
Gestern hatte ich Nina um vier Uhr morgens in das Krankenhaus gebracht. Ich durfte nicht bei ihr bleiben, also bin ich zurück in meinen Wagen und habe mich schlafen gelegt. Heute Morgen sahen die Straßen von Toulouse schmutzig und heruntergekommen aus. Überall lauerte der Schatten des Verfalls und der Auflösung, und ich war ein Teil davon.
Doch jetzt ist alles anders. Als ob uns ein Engel berührt hätte. Wir sitzen eingehüllt in weißer Bettwäsche in einem kahlen, weißen Raum, an dem zwei Jesuskreuze an gegenüberliegenden Wänden festgenagelt sind. Sonst nichts. Die Aggressivität und das Böse sind weg, als hätte man sie herausoperiert.
Wir bleiben lange Zeit einfach im Bett. Wir ziehen uns die weiße Decke über den Kopf. Irgendwann öffnet sich die Tür. Krankenschwestern, Ärzte und Männer in Anzügen kommen in den Raum. Sie stellen uns Fragen. Fragen zum Sinn des Lebens. Zur Abtreibung. Es wird sogar ein Foto gemacht. Ein Lokaljournalist schreibt über das Krankenhaus in Toulouse und die vielen jungen Paare aus Spanien, die es hierher verschlägt. Der Journalist sagt irgendwann, dass wir wie zwei Engel aussehen. Wir würden ihn an Yoko und John beim Bed-In in Amsterdam 1969 erinnern. Das berühmteste Paar der Welt verkündete damals: »Make love, not war!«. Wir haben nichts zu verkünden.

Zwei Tage später erreichen wir den Grenzübergang Dreilinden. Unsere erste gemeinsame Reise endet im schneeverhangenen Berlin. Ninas Kopf liegt auf meiner Schulter, ihre Hand zwischen meinen Beinen. Es beginnt eine kurze Zeit der Zärtlichkeit.

15

Nina hat keine Ahnung mehr, wo sie sich befindet. Die Dosis war zu hoch. Aber ich hatte Angst bekommen. Im Laufe des Tages schien ihr Orientierungsvermögen nur noch andeutungsweise zurückzukehren. Das Gesicht war verzerrt, wie in Schmerz erstarrt. Ich habe ihren Anblick nicht mehr ertragen und ihr drei statt bloß einen Tropfen Morphium auf die Zunge geträufelt.

Jetzt hat sich eine Wolke der Stumpfheit auf Nina gesenkt. Aus dem Schlafzimmer ertönen Schreie. Henry und Jack spielen FIFA 14, und irgendein Traumtor ist gefallen.

Christo Stoitschkow!, brüllt Henry, der sich offenbar ein FIFA-Team aus Altmeistern zusammengestellt hat.

Nina hatte zuletzt gesagt, dass sich ihre Glieder so schwer anfühlen. Und tief unten in ihrem Magen muss es brennen, und ihre Zunge ist so angeschwollen und trocken, dass sie an ihrem Gaumen klebt und jeden Versuch zu sprechen unmöglich macht. Ihre Worte klingen wie Stöhnen. Und Schlucken kann sie irgendwie auch nicht mehr. Und weil ich weiß, dass das im Hungertod enden wird, habe ich beschlossen, ihr die Nahrung zwangsweise einzuführen. Einfach ihre Kehle hinunterzuzwängen, indem ich Ninas Nase und Mund zuhalte und sie damit zwinge zu schlucken. Ich klatsche ihr also die Hände auf

Mund und Nase, und Nina hat dann immer und immer wieder das Gefühl zu ersticken, und sie versucht, so rasch wie möglich zu schlucken, doch ihrem Körper fehlt die nötige Kraft.
Ich kann mich an die Worte des letzten Doktors im Inselspital von Bern erinnern, wo Nina vor einem halben Jahr eine zweite Meinung zu ihrer Erkrankung eingeholt hat. Vielleicht schenken uns Schweizer Ärzte ja noch einen Hoffnungsschimmer.
Sie arbeiten nicht mit uns, Frau Kummer, hatte er gesagt, schrill und drohend, obwohl Nina schon mehrfach angedeutet hatte, dass sie nicht sprechen könne. Sie hat versucht, einen Arm zu heben, sie hatte Angst, und sie sah die Berner Krebs-Koryphäe mit aufgerissenen Augen an, ihr Mund öffnete sich, entließ aber nur unartikulierte Laute. Der Professor schlug die Krankenakte zu, wandte sich ab und ging.
Nina signalisierte, dass sie dort rausmüsse, weg von diesen Leuten, die es wirklich nur gut meinen, sofort wieder nach Los Angeles. Dort wolle sie sterben. Zu Hause.
Und hier sind wir jetzt.

Sie trägt an diesem Morgen einen engen Sixties-Minirock in psychedelischen Farben, den ich ihr am Morgen in aufwendigem Zeremoniell angezogen habe. Ich erfülle ihr jeden Wunsch. Ninas Leidenschaft galt immer der Kostümierung und Maskerade. Schon als kleines Mädchen hat sie sich am meisten für die hässlichen und finsteren Charaktere der Märchen begeistert. Sie hat immer behauptet, es sei weniger ein Bedürfnis nach Verkleidung, als danach, ihre Erscheinung ständig zu verändern. Darum liebte Nina nichts mehr als Flohmärkte, auf denen sie die unterschiedlichsten Accessoires auftreiben konnte. Egal ob Barcelona, Bern, Berlin oder Los Angeles. Partys waren ihre Bühne. Der spannende Auftritt. Noch vor einem Jahr erschien sie auf der Party eines jüdischen Produzenten in Bel Air als Schlampe, einige Monate vorher als Nazi-Braut, dann in Silver Lake bei alternativen Freunden als stramme Karriere-Frau, wobei es ihr größter Spaß war, selbst von Freunden nicht erkannt zu werden.

Sie liebte Tricks, Täuschungen, Heimlichkeiten, falsche Namen und Perücken. Dabei stand ihre Kompetenz in Fragen der Ästhetik für mich außer Zweifel. Ich fragte mich immer wieder, woher diese Stilsicherheit kam. Ihre Eltern hatten in dieser Hinsicht absolut keine Qualitäten vorzuweisen. Vielleicht machte Nina sich die dunklen Ströme ihres Unterbewusstseins zu Nutze. Seit meinen ersten Tagebucheintragungen war sie überzeugter von meinen Fähigkeiten als ich, was später meine Abhängigkeit von Nina noch tiefer begründen würde. Schon nach wenigen Jahren des Zusammenlebens konnte sie mich davon überzeugen, dass ich und meine Texte ohne ihre Geschmackskontrolle auf verlorenem Posten standen.

Jetzt sitzt Nina angeschnallt am Esstisch, das Kinn fällt ihr immer wieder auf die Brust, manchmal blinzelt sie. Das Morphium zeigt Wirkung. Am Horizont über Downtown Los Angeles haben sich dicke, dunkle Wolken mit weißen Rändern zusammengeballt. Es ist ein seltenes Schauspiel. Ich drehe den Küchenstuhl zur Fensterfront, damit Nina herausschauen kann. Wenn man die Augen zusammenkneift, kann man meinen, hinter Downtown läge eine Wasserwüste mit grauen Wellen. Ein weiter, offener Raum für Illusionen.

16

Um drei Uhr morgens fahren wir in unserer neuen Heimat ein. Zwanzig Zentimeter frischer Schnee liegt auf den leeren Straßen von West-Berlin. Der Kurfürstendamm empfängt uns, als wäre er eine Flaniermeile in Gstaad. Alles schimmert weiß und künstlich. Der Mercedes gerät ins Rutschen. Ninas Augenlider zittern.

Dann endlich: eine Fassade mit Einschusslöchern, im trüben Licht geheimnisvoll ausgeleuchtet. Yorckstraße 48. Unser gemeinsames Zuhause.

Ich trage Nina in den fünften Stock hinauf. Im Schlafzimmer lege ich sie auf eine fleckige Matratze. Sie schläft einfach weiter. Die Innentemperatur liegt bei zehn Grad. Ich habe noch drei Kohlebriketts. In der Küche gehe ich systematisch meine Vorräte durch. Kleidung, Pullover, Socken. Ich durchsuche Kartons und Kisten. Wühle in einer Plastikbox mit Messern, Besteck und Kochzubehör. Entdecke altes Benzin in einem Vier-Liter-Kanister. Was mache ich jetzt mit Nina? Ich habe sie in diese kaputte Welt gelockt. Das hier ist das Gegenteil von Barcelona mit seinem mediterranen Flair. Wenn Nina erwacht, wird ihr dieser Ort wie die Hölle vorkommen. Aber er ist meine Lebensquelle. Ein verzauberter Ort der Verlorenheit.

Ich mache Feuer. Bin aber unfähig, den Ofen richtig in Schwung zu bringen, so wie es meine türkischen Nachbarn tun: mit einem Brikett pro Tag. Rauch qualmt durchs Wohnzimmer. In den Wänden befinden sich mit Maschendraht abgedeckte Öffnungen von Belüftungsrohren, die noch aus den 1920er Jahren stammen. Die Zimmertemperatur wird bis morgen nicht über fünfzehn Grad steigen. Nina liegt mit Jeans und weißem T-Shirt auf der Matratze, unter ihrer Teddy-Jacke, ihre Schmalztolle klebt an der Stirn. Ich streichle ihr über das Haar und decke sie mit einem Schlafsack zu.

Zwei Tage lang bleibt Nina auf der Matratze liegen. In Embryonalhaltung, reglos. Manchmal ruft sie mich und verlangt nach Wasser oder nach ihrer Hautcreme. Es schneit ununterbrochen.

Am dritten Tag lege ich mich neben Nina, und ein Ritual beginnt. Wir liegen nebeneinander, und ich schlafe in ihrem unruhigen Rhythmus. Wache auf, schlafe ein, wache auf, studiere Ninas Gesicht, ihre Augen, die sich schließen und plötzlich wieder öffnen, schlafe ein, und das im Schädel eingesperrte Hirn rast wie im Fieber, wie eine kleine durchgedrehte Maschine. Zusammen mit Nina erlebe ich diesen flüchtigen, seltsamen Schlaf, ein wolkiges Gespinst, mit pochendem Herzen. Mein Schlaf gleicht sich Ninas Schlaf an. Später erzählt sie mir von tiefen Wahrheiten, die nur den Schlaflosen in der Nacht enthüllt werden. Sie hätte verschiedene Farbtöne und Formen gesehen und Hunde in der Ferne bellen gehört. Aber ich höre keine Hunde.

Am elften Tag steht sie auf, wühlt in meinem Kleiderschrank, zieht sich einen viel zu großen Winter-Overall an, dazu eine grüne Bomberjacke, Skimütze, Skibrille, Handschuhe und verlässt angespannt die Wohnung, als würde sie sich in einen Häuserkampf werfen. Draußen herrschen Temperaturen von minus fünfzehn Grad. Ich kann sie nicht aufhalten. Bevor sie geht, schreibe ich ihr einige Adressen von Bars, Cafés und Secondhandläden auf.

Sie lässt sich zwei Tage nicht blicken. Ich gehe meiner Alltagsroutine nach, erwache vor der Morgendämmerung, schreibe Tagebuch. Werde unruhig. Dann klopft es an der Tür. Als ich öffne, steht Nina da, ein bisschen high und zittrig, neben ihr eine in Wintermantel und langen bunten Schal verpackte Person, der eine Leica-Kamera über der Schulter hängt. Es ist Nan, die Fotografin. Sie hat Nina im Ex'n'Pop aufgegabelt, wie sie sagt. Nina habe sich dort die Kleider vom Leib gerissen und in Unterwäsche zu tanzen begonnen. Da habe sie gedacht, sie frage das Mädchen mal, wo es wohnt, um es nach Hause zu bringen.

Wir sitzen bis in die Morgenstunden auf unserer Fünfzigerjahre-Couch. Über uns hängt ein Bild des FC Barcelona in einem goldenen Rahmen. Ich habe es auf einem Trödelmarkt in Pueblo Nuevo erstanden. Es ist jene legendäre Mannschaft aus dem Jahr 1973, noch ohne die Holländer Cruyff und Neeskens. Elf Männer mit schwarzen Haaren starren besorgt auf unseren Zustand. Sie schauen von der Wand auf uns herunter. Das Stadion ist voll. Es geht um alles. Nina zittert und zuckt. Nan macht Bilder. Wir haben noch keine Ahnung, dass diese Bilder bald in Museen auf der ganzen Welt zu sehen sein würden. Nan ist voll eingenommen von Nina. Vielleicht hat es damit zu tun, dass sich Nina immer wieder eine Hand vors Gesicht hält, wie ein eingeschüchterter Hollywood-Star, der sich vor dem Blitzlichtgewitter schützen muss. Dabei schießt Nan ihre Bilder in natürlichem

Licht, und sie hat eine Technik entwickelt, ihr Gesicht beim Fotografieren so zu halten, als ob sie ihre Kamera ganz woanders hin richten würde als auf das eigentliche Objekt. Nan sucht nach Intimzonen, ohne dabei als störend wahrgenommen zu werden. Ihre Kamera erscheint wie eine große Nebensache. Für Nina ist Nan eine Diebin. Sie wird Nan später auffordern, keines der Bilder abzudrucken, auf denen sie zu sehen ist.
Mir ist das alles ziemlich egal.
Um Nan zu schockieren, schlägt Nina ihr vor, uns nackt im Bett aufzunehmen. Sie erklärt Nan, sie würde mit mir zusammen eine Art »Sexualforschung« betreiben. Das war mir neu. Und dann erzählt sie Nan die wildesten Geschichten über unser Sexualleben, das meiste davon erfunden. Sie erzählt von meinen infantilen, analen Obsessionen, sie selbst hingegen sei an der »Skatologie« interessiert.
Nan macht dazu Bilder, und dieses eine Mal vergisst Nina, dass sie fotografiert wird. Später, als Nan uns wieder besucht, hängt Nina absichtlich eine Hakenkreuzfahne, die ich in Spanien auf dem Flohmarkt gekauft habe, an die Wand. Nan ist schockiert. Nina ist zufrieden. Das alles erscheint rückblickend furchtbar kindisch. Irgendetwas nagt an Nina, das ich nicht begreifen kann und das mir zugleich sehr vertraut vorkommt. Provokation um jeden Preis.

In den nächsten Monaten perfektionieren Nina und ich unsere Blasiertheit als Paar. Ex'n'Pop und Kumpelnest 3000 sind dafür die perfekten Exerzierplätze. Wir grüßen niemanden – wir werden gegrüßt. Wir interessieren uns für niemanden – außer für uns. Auf unseren Gesichtern liegt ein schläfriges Grinsen. Nina trägt immer öfter schwarze Militärhemden, dazu einen grauen engen Rock und hochhackige Schuhe. Rote Lippen, finster geschminkte Augen. Alles leicht verschmiert. Sie erinnert mich an das Sid-Vicious-Groupie Nancy Spungen.

Nina zieht mit Powerattitude durch Trödelläden. Sie kauft paramilitärische Kleidung und stapelweise Bücher, die sich mit Orchideenzucht befassen. Sie kommt meistens nicht vor abends nach Hause. Sie ist erhitzt und erregt. Sie lacht, wir fallen auf unser Bett. Wir küssen uns, dass unsere Zähne gegeneinanderstoßen, sie zerrt an meinen Kleidern, wir rollen unbeholfen über die Bettdecke.
Wenn wir dann schweigend im Dunkeln nebeneinander liegen und an die Decke starren, hört Nina wieder irgendwo Hunde kläffen. Sie fragt mich, ob ich die Hunde höre. Ich höre nichts. Der Schein der Straßenlichter von der Yorckstraße fällt auf die Wände, und ich frage mich, wieso Nina manchmal leise weint, wenn ich einfach daliege und nichts sage. Vielleicht sind es mal wieder ihre Zähne. Ihre Zähne sind so was von kaputt. Ich überlege dann, was ich sagen könnte. Ich suche nach einem optimistischen, in die Zukunft weisenden Thema. Ich will ja nur, dass du gesund bleibst, sage ich. Du bist so mager. Du solltest Malzmilch trinken. Und dann antwortet sie: Kraft und Gesundheit über alles, lass mich mit dem Scheiß in Ruhe. Sie hasst es, wenn ich mir Sorgen mache um ihre Gesundheit. Daran will sie auf keinen Fall erinnert werden.

Wir verbringen viel Zeit im Kopierladen am Ernst-Reuter-Platz. Wir kopieren ständig aus Büchern, die wir in der Amerika-Bibliothek ausgeliehen haben. Wir stehen am Kopiergerät, rauchen dazu und trinken Cola. Es ist immer jemand da, der das

Gleiche tut wie wir. Der eine kopiert vielleicht ein Buch über Blue-Note-Jazz-Covers, ich kopiere Bücher von französischen Dekonstruktivisten und Storys aus der *Vanity Fair*, die ich später mit Nina neu zusammenschnipsle. Und so kommen wir ins Gespräch mit anderen »Kopierern«. Der Copyshop ist für uns ein magischer Ort des Gedankenaustauschs. Es sieht nach Arbeit aus, was wir machen. Auch wenn wir eigentlich nichts wirklich herstellen. Wir kopieren einfach und kleben es irgendwie neu zusammen. So vergehen Wochen.

Weiterhin gibt es Geheimnisse um Nina, die sich nicht lüften lassen. Was hat sie gelernt? Von was lebt sie eigentlich? Selbst die harmlosesten Fragen nach ihrer Vergangenheit weist sie schroff zurück: Geht dich nichts an. Ihre Geheimnistuerei scheint kalkuliert. Vielleicht will sie ihre Rätselhaftigkeit unterstreichen. Oder verhindern, dass ich an den dunkelsten Punkt ihres Lebens vordringe. Ich verhalte mich nicht anders. Ich verneble meine Vergangenheit genauso. Erzähle kaum ein Detail und erfinde fantastische Geschichten rund um meine Eltern.
Nina erzählt immer öfter von »aufregenden Männern«, denen sie auf ihren Touren durch Westberlin begegnet. Vielleicht will sie mich eifersüchtig machen. Sie mag Männer, die hart konsumieren und sie teilhaben lassen. Nachmittags geht sie jetzt oft in einen Laden, der »Eisengrau« heißt, weil sie hofft, interessante Leute zu treffen, Musiker oder Super-8-Filmer, Underground-Queens und Koks-Dealer, und dann stehen sie da alle blöd rum und unterhalten sich. Ich weiß zwar nichts Genaueres, aber Nina geht bestimmt dorthin, um ihre Drogen umsonst zu bekommen. Ich weiß nicht, wie sie es sonst macht. Mich fragt sie nie nach Geld.

Irgendwann finde ich in ihrem Koffer ein Bündel Hundert-Franken-Scheine. Ich zähle gut dreitausend Franken. Vielleicht hat sie eine Bank überfallen.

Nina findet einen neuen Look, den ich damals schrille Spießigkeit nannte. Sie recycelt Kleider aus den siebziger Jahren, bunte Röcke und Jacken mit grellen Mustern, Lederwesten mit Schäferhundeaufklebern, bunte Strickkleidchen, die sie zerreißt. Sie hat ihre Kollektionen nach Tierarten geordnet: Schlangen, Vögel, Raubkatzen, Spinnen, Fische. Falsche Pelze aller Art, Lederhäute, Federn, Schuppen, Netze. Es ist die Befreiung des schlechten Geschmacks.
So verändern die ersten Monate in Westberlin Ninas Erscheinung, die bisher von Barcelonas schillernder Mode-Szene beeinflusst war. Eine noch undefinierbare Schrägheit hält Einzug. Ein Vermischen und Experimentieren mit Gattungen, Ebenen und Ausdrucksformen: Karneval und Gothic-Totentanz, groteske Komik und tragischer Verfall, Weib und Ware, Großstadt und Prostitution, Unterwelt und Ausverkauf. Es ist ein Rausch von Subtexten und Anspielungen, die Nina in Berlin zu ihrer persönlichen Mode-Botschaft erklärt.

Abends sitzen wir immer gemeinsam am Küchentisch. Es ist wie ein bürgerliches Ritual. Wir treffen uns in der Küche, schauen fern, hören Radio, draußen vor dem Haus hält die S-Bahn am Bahnhof Yorckstraße. Ich stehe am Herd und bereite das Abendessen vor. Ninas Appetit ist nicht besonders groß. Sie findet es aber aufregend, wenn ich den Koch spiele, meistens trage ich ein weißes Unterhemd und Militärhose. So proletenhaft wie möglich. Das mag sie. Manchmal massiert sie meinen Rücken, wenn ich Schweinskoteletts brate. Dazu ein Schultheiss-Bier. Ich esse jeden Tag Fleisch. Nina verpflegt sich mit Obst und Gemüse. Aber sie macht mir keine Vorwürfe, während ich das Fleisch in die Pfanne haue. Sie will nicht zu viel reden. Einfach Zigaretten rauchen und mir zuschauen. Die Zeit stellt für sie kein Problem mehr dar. Sie besitzt nicht einmal eine Uhr. Sie passt sich einfach dem Fluss der Tage an. Morgens wird es hell und abends dunkel. Wenn es dunkel wird, setzt sie sich vor den Fernseher und schaut ihre Lieblingsnachmittagssendung, die ich auf Video aufgenommen habe: »Meister Eder und sein Pumuckl«. Irgendwann geht mir das auf die Nerven, und ich zeige Nina einen »richtigen« Film. Ich nerve sie mit meiner Obsession für Filme von Godard und Fassbinder. Noch nie hat sie von so etwas wie »Filmsprache« gehört. Immer wieder erkläre ich ihr die Filme, die wir uns zusammen anschauen, als ob ich Experte wäre. Ich rede darüber, wie Schauspieler direkt in die Kamera sprechen und sich an die Zuschauer wenden, wie Godard die Handlung in Jump Cuts vorantreibt. Wie er Systeme aufbricht und neu konstruiert. Nina hört zu und raucht Kette.

Ich streichle ihre Beine, und sie hasst das. Ich soll sie loslassen. Wir trinken etwas Alkoholisches. Meistens Wodka. Ich vermute, dass ihr Denken gerade irgendwo zwischen Zen und Skepsis hin und her schwankt. Sie schwirrt wie ein Insekt an den Rand ihres Bewusstseins. Sie fliegt über jeden Abgrund, nichts macht ihr Angst. Es gibt für sie keine Zukunft. Sie denkt nicht viel über uns nach, nur über ihre unmittelbaren Bedürfnisse. Die bodenlose, schreckliche Welt, das Chaos, die Unsicherheit sind längst Teil von ihr. Meistens folgt sie einer Rolle, die sie durch ihre Kleider definiert hat. Es ist das große Leben, das sie will, weil sie, wie ich, in einer ganz kleinen Welt im Kanton Bern aufgewachsen ist. Sie verspürt offenbar den Drang, Grenzen auszuloten, zu sprengen, zu überschreiten. Dazu muss sie sich selbst darstellen und ihre Identitäten wechseln. In der Kunst der Selbstdarstellung sind wir beide Meister. Es ist nicht einfach ein Bluff oder ein Angeben. Es ist das, was uns verbindet.

Sie will in diesem Zustand nicht zur Körperlichkeit gezwungen werden. Sie hasst alles »Erotische«. Wenn ich zu aufdringlich werde, dann lässt sie mich wie ein Idiot auflaufen. Sie ist dann auf dem Rückzug in sich selbst, blättert in ihrer Bibel »Love Story« und ignoriert mich. Sie mag es, wenn ich hungrig auf ihren Körper bin und sie mich einfach hängen lassen kann. Sie will, dass ich wütend werde. Sie will, dass ich mich mit so viel Wut auflade, dass keine Spur von Sanftheit mehr in mir steckt.

Ich denke in jenen Wochen ständig über Nina nach. Ich frage mich, wieso wir zusammen sind. Sie liebt mich nicht. Ich liebe ihr Äußeres, ihre sexuelle Hemmungslosigkeit, unsere gemeinsamen Auftritte auf Partys und Vernissagen, bei denen unser Erscheinungsbild für Aufregung sorgt und wir so eine Art Mythos pflegen können, in dem wir kalt erscheinen. Unnahbar. Unerklärlich. Keiner weiß, was wir machen. Wer sind die beiden? Künstler ohne Werk?

Wochenlang bedecken graue Wolken den Himmel von West-Berlin. Schönes Wetter kommt in meiner Erinnerung nicht vor. Der Himmel sitzt immer fest an einem Ort, verschwommen, regungslos, grau, und Nina und ich gleiten mit unseren Fahrrädern Kreuzberger Straßen entlang, ziellos. Alles wirkt verwaschen und blass, es ist meistens kalt. Wir zeigen uns Häuser und Läden und Menschen, die uns irgendwann aufgefallen sind.

Wir streiten uns oft und heftig, wenn die eigene Unzufriedenheit unerträglich wird. Ich werfe Nina so was Blödes an den Kopf wie: Geh doch mal arbeiten. Du hängst den ganzen Tag nur rum. Dann flippt sie aus. Denn für Nina liegt das Wesentliche einzig in ihrer Existenz begründet. Ihr ist Erfolg egal. Sie lässt mich stehen, haut ab und kommt erst im Morgengrauen nach Hause. Meistens betrunken oder mit Koks vollgedröhnt. Sie stürzt sich dann auf mich. Sie reißt mich aus dem Schlaf. Sie schlägt mir ins Gesicht, damit ich verstehe, dass sie meine ganze Aufmerksamkeit fordert. Sie nimmt sich, was sie will. Ich liege still da, meine Hände in die Decke gekrallt, meine Eier wie von einer Riesenhand zusammengequetscht und gedreht, und der stechende Schmerz durchfährt meine Eingeweide. Sie lächelt mich an, während ich langsam mein Gehirn zu entleeren versuche, einfach leer werden, nicht denken, mit zusammengebissenen Zähnen schlucken und schlucken und versuchen, die anschwellenden Bauchschmerzen zu ignorieren. Nina schraubt sich rittlings in mich hinein, und der Schmerz lässt mich zittern, sie fährt einfach fort, immer wilder und wilder stößt sie sich vor, bis sie einfach auf mir liegen bleibt und lacht und lacht und sich dann aus mir herausreißt, als wäre das alles ein Kinderspiel, rasch aufsteht und sich zwischen den Beinen mit ihrem schwarzen Höschen sauberwischt, das Blut von den Fingern schleckt und sich ganz sanft in meine Arme legt. Es sind die besten Momente. Verstörender Sex im Morgengrauen. Dann die Stille. Keine Zukunft. Keine Vergangenheit. Alles bleibt rätselhaft. *Flirting with Desaster.*

Oft setzt sich Nina dann im Bett auf, schaltet das Licht an und erzählt von tausend Ideen, völlig entfesselt, ein Nachrausch. Zum Beispiel erzählt sie mir irgendwann von einem Magazin

namens *Transatlantik*. Nina hat *Transatlantik* an einem Kiosk entdeckt. Auf der Rückseite werden die geplanten Themenhefte der nächsten Monate vorgestellt. Eines der Spezialhefte dreht sich um »Sport«. Ich soll dazu was schreiben, sagt Nina. Einfach mal eine Idee entwerfen und dem Chef schicken.
Über Sport?

Ich war als Teenager in der Schweiz eine kleine Tennissensation. Das hat dazu geführt, dass ich muskulöse Unterschenkel besitze. Nina mag meine Beine. Mein Talent hat mir also viel gebracht.
Mit Tennis verdiene ich in jenen Jahren zwischendurch mein Einkommen. Mein Club heißt TC Weiss-Rot-Neukölln. Ich habe ihn ausgewählt, weil Nina in den Proleten-Charme von Neukölln verliebt ist. Aber vor allem liegt der Club am nächsten zu Kreuzberg. Hätte es in Kreuzberg einen Club gegeben, dann hätte ich für den TC Kreuzberg gespielt.
Die Leute in Neukölln sind sehr nett zu mir, obwohl meine Erscheinung auf sie merkwürdig gewirkt haben muss. Es passiert ja nicht so oft, dass sich ein glatzköpfiger Tenniscrack in viel zu engen Tacchini-Klamotten ins hinterste Neukölln verirrt und im ersten Trainingsspiel gleich den Club-Champion und Trainer vom Platz fegt. Ich werde von Weiss-Rot-Neukölln als Tennis-Coach angeheuert und spiele für die Clubmannschaft. Irgendwann besiege ich die Nummer sieben der Berliner Rangliste, den argentinischen Profi Gabriel Monroe, in einem Verbandsliga-Match 6:4, 5:7, 7:5. An diesen Sieg erinnere ich mich gerne, denn Nina hat sich in einem engen, gelben Lacoste-Tennisröckchen und einem noch engeren Andy-Warhol-T-Shirt und dicker Chanel-Brille an den Platz gesetzt, um mich zum ersten

Mal wettkampfmäßig Tennis spielen zu sehen. Ich weiß noch, dass sie immer klatschte, wenn mein Gegner Fehler gemacht hat. Was nicht den Gepflogenheiten entsprach. Also habe ich mich beim Seitenwechsel zu Nina gestellt und erklärt, dass sie nicht klatschen könne, wenn Monroe Fehler mache. Sie war dann gleich beleidigt und ist gegangen. Und hat verpasst, wie ich mich in die Herzen der Neuköllner Tennisfans gespielt habe. Mit Qualitäten, die Nina fremd sind: Nervenstärke und Ausdauer.

Jedenfalls steige ich durch meinen Sieg in der damaligen Berliner Rangliste auf Platz sieben auf. Sechs Plätze hinter Wimbledon-Sieger Boris Becker, der in Berlin als Nummer eins geführt wird.

Nina interessiert sich nicht für Sport. Obwohl sie die Figur einer jungen russischen Kunstturnerin hat. Sie findet aber, ich soll doch für dieses Magazin *Transatlantik* über Sport schreiben. Das sei meine Chance. Ich würde damit zwei Dinge verbinden. Und sie spürt, dass ich eine Herausforderung brauche. Ich könne nicht nur Tagebuch führen und den nächsten Anschlag planen, mit Feuer spielen, Autos anzünden, Graffitis sprühen. Das würde mir außer Nervenkitzel und ein bisschen Aufsehen nichts einbringen.

Schwer zu sagen, was ich damals von den Printmedien hielt. Außer dass ich darin eine Bühne für Aufmerksamkeit, Skandale und Stars sah. Als ich am Kiosk durch *Transatlantik* blättere, fällt mir das Layout auf, das ausschließlich auf Text ausgerichtet ist. Lange Geschichten, wie Short Storys. Als Herausgeber wird ein Herr Hans Magnus Enzensberger geführt, unter Chefredaktion steht der Name des Schriftstellers Jörg Fauser.

Ich denke zum ersten Mal, es könnte ja auch zum Prinzip der Printmedien werden, Geschichten auszuschmücken und Illusionen zu kreieren. Ich sehe eine Armada von Authentikern.

Objektivität, Wahrheit, Aufklärung. Aber die Wirklichkeit besteht doch nicht nur aus Nachrichten und Fakten, sondern aus Emotionen, Erregung, Illusionen, Unerklärbarem, Einsamkeit.
Mir schwebt für *Transatlantik* vor, die Welt fantasievoll erstrahlen zu lassen. Ich weiß, dass ich nicht im Schlamm wühlen kann, wie es die *Spiegel*- und *Stern*-Reporter tun. Ich schlage deshalb eine Geschichte vor, die das im Fernsehen übertragene Tennis-Finale von Paris im Stadion Roland Garros beschreibt: Ivan Lendl gegen John McEnroe, aus der Sicht der Fernsehkameras, den Fokus auf das Publikum gerichtet. Die Pausenbilder sind das Entscheidende, nicht das Spiel. Es geht um jene Sekunden, in denen die Kamera ausgewählte Zuschauer in Nahaufnahme zeigt. Ich beschreibe diese Menschen, keine Ahnung, wer sie sind. Aber es sind Menschen mit einer Geschichte, Gesichter mit Geschichte, Paare, Einzelgänger, wieso sind sie dort, an welchem Punkt im Leben stehen sie, wieso bewegt die schöne Pariserin gerade ihre Hand und lässt sie nach hinten fallen, wieso wirkt sie so abwesend, verträumt. Es ist die Geburt meines ewigen Themas: eingebildete Dialoge und Hintergrundgeschichten mit echten Menschen als auswechselbare Hülsen. An was denkt diese und jene Person gerade beim Seitenwechsel. Ich erfinde eine Geschichte zu Menschen im live übertragenen Zwischenschnitt. Die Partie wird unwichtig. Es ist ein langes Fünfsatz-Match zwischen Lendl und McEnroe. Viel Zeit für Bilder von fremden Menschen in einem Pariser Tennisstadion.
Ein Herr Reinhard Hesse, Chefredakteur, wird mir einen Brief schreiben und zu meiner Story gratulieren. Die Geschichte erscheint einen Monat später in *Transatlantik*. Das Honorar von 2500 DM wird überwiesen. Nina sagt, ich soll mir nichts einbil-

den. Sie hätte mich auf die Story gebracht. Ich sei ohne sie nichts wert. Das wird sie noch öfter sagen.

Drei Monate später bewerbe ich mich mit der *Transatlantik*-Story bei einem neuen aufstrebenden Magazin, das *Tempo* heißt. Meine Anfrage ist nicht subversiv motiviert. Nina wundert sich. Sonst trieb mich immer die Unterwanderung an. Wieso willst du ganz konventionell für so ein Hochglanz-Magazin schreiben? Ich weiß es nicht. Womöglich hat mich das *Transatlantik*-Honorar geblendet. Und die Tatsache, dass mir Schreiben für Kohle Spaß macht.

Irgendwann wird am Flughafen Tegel ein Flugticket hinterlegt. Ein Herr Peichl lädt mich nach Hamburg ein. Nina sagt, ich soll da nicht hin.

17

Es ist Weihnachten. Nina steht in der Küche bei ihrer Mutter Monika. Ich höre sie streiten, auf Hochdeutsch, und verstehe trotzdem nicht, was sie sagen. Drei Stunden sind vergangen, seit wir in Biel angekommen sind. Ich habe geduscht, mich rasiert, mir eine bequeme Hose angezogen und ein sauberes Hemd. Ein Weihnachtsessen mit der ganzen Familie ist geplant. Ninas Vater wird nicht erscheinen. Er redet schon seit fünfzehn Jahren nicht mehr mit Monika. Aber Ninas zwei Schwestern und ihr Bruder werden erwartet.

Monika sei keine Hausfrau, so viel habe ich von Nina schon erfahren. Und darum geht es wohl beim Streit in der Küche. Nichts ist bereit für das Abendessen. Der Kühlschrank ist viel zu niedrig eingestellt. Das Geschirr ist nicht abgewaschen. Die Bohnen verkocht. Das regt Nina furchtbar auf. Aber Monika hat Hausarbeit nie wirklich gelernt. Sie wurde von ihrer Mutter lebenslang verhätschelt. Ninas Großmutter kommt aus Göttingen, adelige Verhältnisse, und ist nach dem Krieg in die Schweiz gezogen. Hier wurde sie nie glücklich. Sie hat zehn Jahre auf eine Nachricht ihres in Stalingrad verschollenen Mannes gewartet. Helmut Bergtold war ein hohes Tier in der Wehrmacht. Irgendwann kam ein Paket mit einer Uniform in Biel an. Darin waren auch ein silberner Offiziers-Dolch und ein Eisernes Kreuz.

Jetzt steht Nina in der Küche. Es ist still geworden, und Monika hat zu weinen begonnen. Ein Dackel namens Benny rennt durch die Wohnung und kläfft. Nina hat ihre Mutter über ein Jahr nicht mehr gesehen. Nicht mehr sehen wollen. Gestern früh haben wir uns aber ins Auto gesetzt und sind hierher gefahren.
Mutter Monika bewohnt eine jener großen, modernen Eigentumswohnungen im Stil der 1970er Jahre, mit Balkon und roten Geranien, nahe des Bieler Zentrums. Das Wohnzimmer besteht aus einer riesigen Ledersofalandschaft und einem massiven Bücherregal mit ausgestellten Familienfotos. Vor uns thront ein überdimensionaler Blaupunktfernseher mit Videorecorder, dazu ein Dual-Plattenspieler und eine umfangreiche Plattensammlung, bestückt mit klassischer Musik, Jazz, James Last, Peter Alexander und Herb Alpert.
Es steht ein hübsch geschmückter Weihnachtsbaum neben dem gedeckten Esstisch. Monika steht jetzt hilflos in ihrer Wohnung. Mich erinnert ihre Erscheinung ein wenig an Elizabeth Taylor. Sie tut mir leid.
Ein Mann mit weißem gelocktem Haar sitzt auf dem Sofa und studiert das Magazin *Paris Match*. Es ist Jean, der französischsprachige Freund von Monika. Nina läuft aufgeregt aus der Küche ins Wohnzimmer. Schaut sich um. Beobachtet den kläffenden Benny. In Ninas Gesicht steht jetzt die Frage geschrieben, wie sie den gottverdammten Hund umbringen könnte, um irgendwie damit anzufangen, in diesem Haus wieder Ordnung zu schaffen. Oder wenigsten mit der Vergangenheit aufzuräumen. Monika bringt mir ein kaltes Bier aus dem Kühlschrank. Ihre Augen sind immer noch verweint. Sie umarmt mich lang und innig, sie küsst mich heftig auf die Backen und sogar auf

die Stirn, als ob ich die Lösung für alle ihre Probleme wäre. Ihre Kleider riechen nach Hundeshampoo.
Dann lasse ich den Aluminiumverschluss der Bierbüchse knallen.
Gottverdammter Köter!, brüllt Nina. Benny hatte einem ihrer Slips, die sie im Badezimmer gewaschen und über den Badewannenrand gehängt hatte, den Hosenboden herausgefressen. Benny kaut auch Antennenkabel durch.
Der verdammte Hund ist verrückt. Ihr seid alle verrückt.

Ninas Geschwister kommen eine Stunde verspätet an. Sascha, der jüngere Bruder, Chantal, die ältere Schwester, ihr Freund Thierry und die jüngere Schwester Dominique. Seit mehr als drei Jahren sind sie nicht mehr alle zusammen in einem Raum versammelt gewesen.
Die Stimmung ist explosiv. Es ist eine Frage der Zeit, bis eines der Kinder die große Lebensfrage der Schreier-Bergtold-Familie und Millionen anderer Familien aufwirft: Wieso sind wir so, wie wir sind? Wieso können wir nicht wie eine ganz normale Familie miteinander auskommen?
Nina blickt auf ihre Geschwister, sieht, wie unbeholfen sich die Mutter beim Entkorken einer Weinflasche anstellt. Und sie erkennt das Leben ihrer Familie als einen einzigen Irrgarten, Lügen über Lügen, und sie ist sich längst sicher, dass es auch an diesem Abend unmöglich sein wird, die Verhältnisse zu entwirren und die Feindschaften zu überwinden. Niemand respektiert hier niemanden. Alle sind gereizt. Alle erwarten einen fürchterlichen Showdown.
Nina schaut mich an, sie nimmt meine Hand. Sie sagt, es tue ihr leid. Das sei ihre Familie. Eine Schande. Eine einzige Peinlich-

keit. Ich schüttle den Kopf. Ich erkenne es auch, das Chaos. Das Entwürdigende. Kein Mensch möchte, dass die eigene Mutter so von ihren Kindern behandelt wird.

Der Bruder hat jetzt ebenfalls begonnen, an seiner Mutter und ihrer Unfähigkeit herumzunörgeln, eine anständige Mahlzeit zum korrekten Zeitpunkt zu servieren. Er sagt, sie solle sich eine Beschäftigung suchen, wie andere Leute in ihrem Alter, Stricken vielleicht, oder Kartenspielen in einem Senioren-Treff, oder in die Kirche gehen. Aber das ist sicher keine Lösung. Denn Monika ist einfach vom Leben überfordert. Das ist eindeutig. Was sie braucht, was wir alle brauchen, ist eine Hand, die sie führt. Aber die gibt es nicht.
Chantal streitet sich jetzt mit Dominique, weil Dominique unbedingt eine Bon Jovi-Schallplatte hören will. Chantal sagt, am Weihnachtsabend hören wir nicht Bon Jovi.
Dominique fragt mich, ob ich Bon Jovi kenne. Ich schüttele eine Kippe aus einer Zigarettenpackung. Ja, schon gehört. Ich kann ihn nicht leiden, aber das sage ich nicht. Stattdessen gehe ich ins Badezimmer und betrachte mich im Spiegel. Wieso bin ich in diese Familie geraten? Zur Hölle mit allem und jedem hier in der Schweiz. Hier kann man doch nicht leben!
Dann kommt Nina ins Badezimmer. Sie zieht sich aus, steigt in die große marmorgekachelte Dusche, dreht das Wasser auf, legt sich auf den Boden, der Wasserstrahl trifft auf ihre Brustwarzen, Tropfen prasseln auf ihr Gesicht, prasseln auf ihren sehnigen, burschikosen Körper. Der Strahl hat Kraft, und vielleicht hat Nina jetzt das Gefühl, als würde jemand eine Hand auf ihr Brustbein drücken und ihren Körper mit hundert kleinen Fingern kitzeln, sie bleibt auf dem schwarzen Marmorfuß-

boden liegen und lässt das Wasser prasseln, fließen, strömen. Dann steigt sie aus der Dusche, trocknet sich ab und reibt sich mit einer teuren Hautcreme ein. Sie begutachtet ihre Haut und schüttelt den Kopf. Ich muss hier weg, sagt sie. Es war ein Riesenfehler. Lass uns abhauen.

Als wir im Esszimmer wieder zur Familie stoßen, sitzen alle bereits am Tisch.
Ich hoffe, es schmeckt euch allen gut, sagt Monika. Ich hoffe, der Braten ist durch. Sie hebt den Deckel von einer Bratpfanne und sticht eine Gabel in das Fleisch. Wisst ihr, ich kann meinen Herd immer noch nicht richtig einstellen. Und ihr müsst leider aus Pappbechern trinken, entschuldigt. Ich habe gestern vergessen, die Spülmaschine anzustellen. Ich hätte euch sagen sollen, dass ihr Gläser mitbringen sollt. Dann schaut sie sich um, ob sie noch was vergessen hat. Salz und Pfeffer.
Jean klopft sich währenddessen auf den Bauch und sagt Monika, wie herrlich der Braten schmecke. Ninas Augen glühen, sie kocht fast über. Ich versuche zu lächeln.
Du bist die beste Köchin der Welt, Mama, sagt Nina und lächelt ihre Mutter gespielt freundlich an. Eine der Schwestern sagt, sie soll sofort mit dem fiesen Ton aufhören.
Dann sitzen wir eine Weile da und essen. Niemand redet.
Monika sieht, dass ich schon nach wenigen Bissen nach einem Aschenbecher Ausschau halte. Hinter dir, Schatz, sagt sie, dort auf der Kommode. Aus dem Radio strömt leise Hintergrundmusik. Irgendwann fragt Nina, wieso Papa eigentlich nicht hier sei.
Ich setze mich weg vom Esstisch, rauche und trinke Bier aus einem Pappbecher.

Hör zu, sagt Sascha jetzt zu Nina, es gibt wirklich nichts, was Mama unserem Vater zu sagen hätte, und ganz gewiss auch nichts, was er uns sagen möchte.
Stimmt doch gar nicht, sagt Dominique.
Bitte redet nicht über Vater, sagt Chantal.
Jean wäre jetzt bestimmt gerne mit einem Scherz über die Vater-Debatte hinweggegangen, doch Chantal kommt ihm zuvor.
Wieso fängst du immer wieder damit an, Nina?
Entschuldige, Schätzchen, sagt Nina, ich will dich nicht ärgern. Warum machst du eigentlich so einen nervösen Eindruck … als würde dich irgendwas bedrücken?
Chantal schaut ihre Schwester hämisch an.
Die Mutter fragt, ob jemand ihre Nachspeise versuchen wolle. Sie will schlichten. Weiß aber nicht, wie. Hat es nie gewusst.
Niemand möchte Nachspeise.
Nina steht auf. Ich kann es ihrem Gesicht ansehen. Jetzt tritt der Abend in die entscheidende Phase.
Weißt du, Schwachkopf-Schwester, ich hatte eine Abtreibung.
Monika erstarrt. Sie schaut zu Nina. Ihre Augen bohren sich ängstlich in Ninas Gesicht.
Stille. Sascha schüttelt den Kopf.
Dann sagt Monika, die Eiscreme werde zur Suppe, wenn jetzt niemand was davon nehme.
Ich merke, dass ich was sagen müsste. Aber ich weiß nicht, was. Nicht mal zum Wetter fällt mir irgendwas ein.
Dann holt Nina tief Luft. So sieht es jedenfalls aus.
Tom hat mich in Barcelona gefickt.
Alle schauen auf mich. Aber ich lasse lässig die Zigarette im Mundwinkel hängen und grinse, als ob ich Ninas kleines Theaterstück längst als solches erkannt hätte.

Und zwar hat er mich so gefickt, wie mich noch kein Mann gefickt hat. Und da sein Sperma hochexplosiv ist und wir Empfängnisverhütung hassen, ist es halt passiert. Und darum musste ich in so einem großen, weißen Raum in Toulouse meine Beine spreizen und abtreiben, so, jetzt weißt du es genau. Dort waren wir nämlich zusammen, in Toulouse.

Monika versucht Nina zu bremsen. Lass doch sein, Kleines.

Abtreibung?, fragt Dominique nach. Wie blöd kann man nur sein?

Können wir von was anderem sprechen?, sagt Sascha.

Nein, hört mir gut zu, liebe Familie, ich erzähl euch jetzt eine Weihnachtsgeschichte.

Mais arrête, Nina, sagt Jean jetzt laut und streng. Ist doch blöd, an diesem Abend alles kaputtzureden.

Thierry steht auf und schaltet den Fernseher ein. Es läuft eine Sendung mit Kurt Felix.

Jean macht eine böse Miene, als ob er gleich die Sittenpolizei rufen möchte.

Alle anderen starren auf Nina. Sie steht immer noch vor dem Esstisch und beginnt mit ihrer Story.

Wollt ihr wissen, wieso man schwanger wird, hä?

Stille.

Weil wir betrunken waren, weil wir Drogen nehmen. Tom ist ein richtiges Schwein. Und da mein Gehirn von meinem Leben mit euch in sechzehn Jahren so was von abgestumpft wurde, ist meine Wahrnehmung verblödet. Darum muss eine wie ich abtreiben. Wie eine dumme Gans.

Pause. Nina zieht jetzt etwas kräftiger an ihrer Zigarette als sonst.

Und du, meine kleine Schwachkopf-Schwester, halt bloß dein

Maul. Alle deine Jungs, die du gebumst hast, haben sich geweigert, Präservative zu nutzen. Bei dir hätte aber auch ein kaputter Kleiderbügel in deiner Fotze nichts genutzt.
Nina zieht jetzt noch kräftiger an ihrer Zigarette.
Obwohl, das stimmt nicht ganz, Schwesterchen. So ein Kleiderbügel in deiner Fotze hätte vielleicht doch was Gutes gehabt: Vielleicht wärst du dann auch noch verreckt.
Stille.
Ich sitze jetzt einfach da. Warte ab. Die Schwestern sind aufgestanden. Monika versucht, ihre Kinder mit Handbewegungen zu beruhigen. Setzt euch doch wieder hin. Es ist Weihnachten, Kinder.
Stimmt. Es ist Weihnachten, wiederholt Nina. Heute Nacht ficken Tom und ich nicht. Das kann ich euch hier ganz offiziell bekannt geben. Schließlich feiern die Schreier-Bergtolds Weihnachten. Obwohl ich ziemlich wild bin auf Tom. Und wenn es nach mir ginge, könnten wir diesen verdammten Weihnachtstisch abräumen und es gleich hier machen.
Stille.
Mir kommt es jetzt vor, als ob Nina in den abgefucktesten Bereich ihres Lebens eindringen will. Weil ihr selbst der abgefuckteste Bereich ihres Lebens angenehmer vorkommt als ein Weihnachtsessen mit ihrer kaputten Familie. Und vielleicht war für Nina der richtige Zeitpunkt gekommen, sich von einem tieferen Schmerz freizusprechen.
Es ist ein weißer Raum in Toulouse, erzählt Nina. Sie hüpft jetzt in ihrem weiten rosa Röckchen und dem engen gelben T-Shirt mit der Aufschrift »Feliz Navidad« wie eine Weihnachtsfee durch den Wohnraum und berührt mit dem Finger eine ausgeblasene Kerzenspitze am Weihnachtsbaum.

Monika sitzt neben Jean und hält seine Hand fest. Sie zittert. Die Geschwister stehen verstreut im Raum, lehnen sich an Stühle. Alle sind gespannt, was Nina als nächstes tun wird.
In diesem weißen Raum in Toulouse warten fünfzig Mädchen, erzählt Nina. Sie stehen Schlange. Die meisten sind allein.
Dass ich bei Nina bin, sagt sie nicht.
Wir unterschreiben Formulare, die mit dem Absatz enden, dass der besagte Arzt berechtigt ist, ganz das zu tun, was er will, und dass es nicht seine Schuld ist, wenn wir hinterher tot sind. Alle unterschreiben. Tom zahlt fünfhundertachtzig Francs. Die Schlange wird dann in einen blassgrünen Raum geführt. Dort wird uns Frauen nochmals erklärt, wieso wir hier sind und was sich genau ereignet hat: dass ein Ei aus den Eierstöcken runterfällt, und wenn der Schwanz in den Kanal eindringt – der Kanal nenne sich übrigens der Uterus …
Nina richtet jetzt den Blick auf ihre Schwachkopf-Schwester, von der sie vermutet, dass sie das noch nicht weiß: dann hinterlässt dieser Schwanz Millionen von … Sie hält kurz inne. Sie ist sich nicht mehr sicher, wie viele Spermien genau in einem Samen sind. Jedenfalls, wenn auch nur ein einziges dieser vielen verdammten Spermien auf das runtergefallene Scheißei trifft, hat das weibliche Wesen einen Haufen Ärger.
Nina greift sich jetzt einen Becher und füllt ihn mit Weißwein auf.
Eine Abtreibung sei eine simple Prozedur, fast schmerzlos. Selbst, wenn sie nicht schmerzlos ist, dauert sie nur fünf Minuten. Für die schwachen, dummen Dinger gibt es Schlafmittel, sagt Nina. Oder eine Spritze. Die kostet aber hundertfünfzig Francs mehr. Die Spritze wird dir in die Lippen der Möse gesteckt, aber die betäubt überhaupt nicht. Jedenfalls seien die

Wände im Operationssaal von Toulouse nicht dick genug gewesen, um die Schreie der anderen Frauen zu ersticken.
Stille.
Nina geht jetzt näher an Dominique heran. Eine Abtreibung über sich ergehen zu lassen, brüllt Nina jetzt, sei so was Ähnliches wie sich ficken zu lassen. Wenn du die Augen dann endlich geschlossen hältst und die Beine spreizt, dann kümmern sich die Krankenpfleger um dich. Sie ziehen dir die Kleider aus und geben dir weiße Laken, um dich abzudecken. Und es sei super, wenn sich Männer um dich kümmern. Sie fahren dich dann in einen orangenen Raum.
Jedenfalls habe ich mich dort besser gefühlt als hier, bei euch!
Stille.
Ich hätte echt gerne mein Gesicht gesehen, als ich dann endlich aus dem Operationssaal rauskam. Aber vielleicht kann Tom dazu was sagen.
Nina wendet sich an mich.
Er hat mich ja abgeholt. Er war der Einzige, auf den ich mich verlassen konnte.
Sie schaut mich jetzt an. Sie schickt mir einen gespielten Kuss zu.
Nina! Verdammt nochmal. Hör jetzt bitte auf!
Monika hat geschrien. Sie ist aufgestanden. Alle sind erschrocken. Offenbar haben die Kinder ihre Mutter noch nie so schreien gehört.
Nina schüttelt nur kurz den Kopf. Sie senkt den Blick auf ihren Becher und gießt sich noch etwas Wein ein. Ach, Tom will nicht reden. Es ist ihm hier wohl zu viel geworden. Ich kann euch aber auch verraten, wie ich ausgesehen habe. Ich bin nämlich sofort zur Toilette gelaufen, vor einen Spiegel. Ich werde mein Gesicht

nie vergessen. Liebe Mama, mein Gesicht sah noch verwirrter aus als damals, als ich aus deiner Möse herauskam.
Stille.
Ich muss mich heftig zwingen, mein Lachen zu unterdrücken. Ninas Aufführung ist großartig.
Mein Gesicht war totenbleich, liebe Familie. Und meine Augen waren so weit aufgerissen wie tote Fischaugen.
Stille.
Nina stellt den Weinbecher ab und geht auf mich zu. Sie nimmt meine Hand. Lass uns verschwinden, sagt sie.

Ich umarme Monika und gebe ihr drei Küsse. Ich will noch was Nettes und Abschließendes sagen, finde aber keine Worte. Ich schüttele höflich die Hand von Jean, der Großmutter und den drei Geschwistern. Nina steht einfach mit finsterer Miene da.
Ich blicke ein letztes Mal durch die Fenster und sehe Krähen im Vorgarten, die sich am Rasen abarbeiten. Nina schaut noch einmal giftig grinsend zurück zu ihrer Mutter, als ob es der allerletzte Blick sein würde, den sie auf Monika werfen wird. Ich lächle Monika an und versuche, sie mit einem charmanten, lieben Blick zu beruhigen. Aber sie nimmt meinen Blick nicht an und bläst die Kerzen aus. Das ist alles.

18

Eine Suite im obersten Stock des Hilton-Hotels in Downtown. Nina steht vor einer riesigen Fensterfront. Dahinter erstreckt sich eine Stadt von sagenhaften Ausmaßen, strukturierter Lichtteppich in der Ebene, das Summen der Polizeihubschrauber, ein Chaos von Zeichen. Ein Ineinander von Wirklichem und Mythischem.

Es ist Ninas erste Begegnung mit Amerika und Liebe auf den ersten Blick. Und es ist meine erste Überseereise als *Tempo*-Reporter. Ich soll Michael Jackson verfolgen.

Ich habe mittlerweile bei *Tempo* einen Stil entwickelt, der aussieht wie Journalismus, aber womöglich was ganz anderes ist. Ich weiß es nicht genau. Es ist nicht so, dass ich etwas missverstanden hätte. Natürlich habe ich einige Grundregeln des klassischen Journalismus gelernt, setze diese Bestandteile aber strategisch ein, um den Lesern das Gefühl zu geben, es handle sich um Journalismus, und fülle den Rest mit einer Mischung aus Fakten und Fiktionen auf, die ins Fantastische abhebt. Nina nennt es Borderline-Journalismus, aber das klingt mir zu pathologisch.

Im Flugzeug hat Nina wenig gesprochen, sie kratzt ihre Haut, die Ausschläge werden schlimmer. Sie beklagt sich über den

Salzgehalt der Salzstangen. Sie findet die Verpackung öde. Dann döst sie immer wieder ein. Sie hat viermal Gin Tonic bestellt. Bei der fünften Bestellung behauptet der Swiss-Steward, es gäbe keinen Gin mehr. Bevor Nina ausflippt, beuge ich mich zu ihr hinüber und küsse sie sanft. Sie wehrt sich nicht, sie fühlt sich gut an, riecht gut, schmeckt gut, unsere Münder öffnen sich langsam, wir erkunden einander, als ob wir es das erste Mal täten, Ninas Hand streicht über meinen Hinterkopf, ihr Körper ist angespannt wie immer, wir kommen einander näher, ich klappe die Armlehne hoch, schiebe meine Hand zwischen ihre geöffneten Beine. Wir werden wilder. Ich ziehe Ninas Hemd hoch, ich berühre ihre Brüste, sie setzt sich auf mich. Bis der Steward kommt, und sagt, das gehe hier nicht.

Vom Flughafen fahren wir in einem Mietwagen orientierungslos durch die Stadtwüste. Stadtpläne sind keine Hilfe, wir verfahren uns in den Schwarzen-Vierteln von Inglewood, dann östlich Richtung Crenshaw, Watts, South Central. Wir halten auf einem riesigen, leeren Parkplatz vor einer verlassenen Mall an. Nina rennt hinaus und tanzt. Der Parkplatz ist eine leere Fläche mit aufgerissenem Asphalt und vergessenen Autowracks. Zerrissene Werbeplakate schleifen im Wind wie Leichen über die endlose Fläche. Wir setzen uns auf den Boden, zwischen schiefe Telefonmasten, und essen Donuts aus einem Laden namens »Krispy Kreme«.

Am nächsten Tag fahren wir nach Encino. Eine schwüle Dunstglocke hängt über dem San Fernando Valley. Vor Michael Jacksons Villa herrscht totale Stille. Wo früher hysterische Mädchen schrien, bis sie zusammenbrachen, jault heute nicht mal ein

Hund. Nach Auskunft der Nachbarn ist das schon seit Jahren so. Weil es Michael gar nicht mehr gibt. Als Bewohner.
Jacksons Villa ist ein dreistöckiges Haus im Tudorstil, dreißig Schlafzimmer, zehn Bäder, fünfzehn Toiletten, zwei Küchen zu je achtzig Quadratmeter. Wir warten. Ein mexikanischer Gärtner wässert den Grünstreifen vor der Einfahrt. Irgendwann öffnet sich das große Eisentor, und drei weiße Fahrzeuge tauchen auf. Ein Rolls-Royce Corniche mit dem Kennzeichen JL405 4G. Dann ein weißer Rolls-Royce Silver Shadow und ein Coup de Ville. Wir starten unseren Motor. Der Silver Shadow fährt Richtung Ventura Freeway. Eine falsche Fährte. Coup de Ville und Corniche gleiten mit fünfzig Meilen pro Stunde zur Südauffahrt. Dichter fünfspuriger Verkehr. Corniche wechselt in die fünfte Spur, beschleunigt, taucht langsam im endlosen Kolonnenverkehr unter. Ich lasse mich nicht täuschen. Ich weiß, dass Jackson die Freeways meidet. Sein Wagen, der Coup de Ville, fährt vorsichtig auf der ersten Spur, gefolgt von einem alten Ford-Truck mit mexikanischen Arbeitern auf der Ladefläche. Wir bleiben dran. Corniche und Coup de Ville verlassen den Freeway auf Höhe Laurel Canyon Drive. Von dort geht der Weg über die Santa Monica Mountains nach Beverly Hills. Langsam nähern wir uns der höchsten Stelle, Laurel Canyon Boulevard, Nummer 3459, das Haus von Diana Ross. Alles voller Orangenbäume, Orchideen und Zypressen. Coupe de Ville verschwindet in der Einfahrt. Corniche parkt vor dem Eisentor. Drei Bodyguards steigen aus. Sie stecken sich Zigaretten in den Mund und rauchen. Das ist alles.

Vier Stunden später. Es ist Nacht. Vier Halogenscheinwerfer leuchten auf. Sie strahlen direkt in meine Richtung. Der Corniche ist weggefahren. Der Coup de Ville mit Michael Jackson ist immer noch auf dem Gelände von Diana Ross. Nina ist ausgestiegen. Sie läuft jetzt Richtung Abfallcontainer, die in einer kleinen Seitenstraße aufgestellt sind. Sie tragen in weißer Aufschrift gut erkennbar die Hausnummer 3459. Es ist der Abfall von Diana Ross. Nina öffnet einen Container. Übelriechender Matsch kommt ihr entgegen. Laub und Gras. Zur Unkenntlichkeit zerschreddertes Papier, Karton, Folien, Kunststoffrasen, tausendfach durch den Reißwolf gedreht. Zerquetschte Dosen, Kleiderfetzen, Fleischreste, Nudeln, Bananenschalen alles mit einer roten Flüssigkeit gebunden, die den Geruch dämpfen soll. Nina schießt Bilder vom Inneren der Abfallcontainer. Dann kehrt sie zu mir zurück, steckt sich eine Zigarette in den Mund und grinst.

Der erste Tag der Michael-Jackson-Verfolgung ist vorbei. Es folgen drei weitere. Michael Jackson bleibt ein Phantom. Und ich schreibe das einfach so auf.

Nach getaner Arbeit liegen wir auf unserem Hotelbett, nackt unter einer blauen Decke. Kann sein, dass ich gedöst habe. Dieses komische Dösen, bei dem man auch mal träumt. Nina hat die Minibar geplündert und kaut Cheerios-Kartoffelchips, während sie über Los Angeles blickt. Sie atmet langsam und tief. Der Westen Amerikas sei Hoffnung, habe ich gelesen. Oder Verdrängung. Vielleicht auch Wunsch nach Heimat.

Hier sei alles anders, sagt Nina.

In Berlin habe sie sich gelangweilt. Besonders seit ich diesen Job bei *Tempo* angefangen hätte und die Hälfte meiner Zeit in der Hamburger Redaktion verbringe. So redet sie jetzt, den Mund voll Cheerios.

Außer dem Wechsel von Tag und Nacht hätte sie keine Abfolge von bemerkenswerten Ereignissen mehr erkannt. Die letzten Wochen in Berlin seien leer gewesen, die Zukunft ein langer dunkler Gang mit festverschlossener Tür am Ende.
Ich weiß nicht, ob es so was wie existenzielle Langeweile ist oder die Unauffindbarkeit des Lebens, was sie quält. Vielleicht braucht Nina Klarheit und Wahrheit, eine verbindliche Moral. Aber das kann ich ihr nicht bieten. Die Achtziger sind bisher das Jahrzehnt der Verwirrung, so steht es auch in *Tempo*, obwohl ich nicht weiß, ob ich dem Typen namens Maxim Biller, der das so hingeschrieben hat in seiner Kolumne, wirklich trauen kann. Natürlich erkenne ich auch das Durcheinander in meinem Kopf, in der Seele. Aber ich muss meinen Trümmerhaufen nicht ordnen, zusammenfassen und ihm einen Sinn geben. So eine Verfolgungsjagd wie heute in Los Angeles ist genau das, was unser Leben braucht. Die Jagd nach einem Phantom. Nina stimmt mir zu. Sie ist glücklich.
Im Halbschlaf sehe ich sie am Fenster stehen und stelle mir vor, sie würde einfach springen, mitten durch die riesige Fensterscheibe. Ich schrecke auf. Wäre sie dazu fähig? Sie steht immer noch da. Sie hat wieder angefangen zu tanzen, vor ihr der Lichterteppich, sie wirft ihren Kopf hin und her und schnalzt mit den Fingern. Aber springen würde sie nie.
Sie trägt inzwischen ein langes, weites rotes Kleid, mit einem großen schwarzen Auge drauf, vielen bunten Blümchen am Saum, ein Hippie-Kleid wie es Mama Cass von The Mamas and The Papas getragen hätte. Noch sind rote Flecken an ihrem Hals erkennbar. Aber sie kratzt sich nicht mehr. Auch nicht an den Beinen, wo sich Pusteln und Bläschen gebildet haben. Ihre Haut ist trocken und schuppt ab. Sie redet weiter vor sich hin. Sie er-

zählt von ihren Beobachtungen, seit wir in Los Angeles angekommen sind und Jackson verfolgen. Sie analysiert nochmals den *In & Out*-Burger, den wir in Crenshaw gleich nach Ankunft gegessen haben, sie kann das fast schon in einem feuilletonistischen Ton beschreiben, der erste und letzte Biss in den besten Hamburger der Welt. Oder jetzt, das Gefühl beim Kauen von Cheerio-Chips, dann wieder der Blick auf den Fernseher und ein minutenlanger Kommentar über das, was sie da gerade sieht. Einfach Werbung für eine Heimfitnessanlage kommentieren. Dann betrachtet sie ihr neues schweres Feuerzeug, auch dazu hat sie einiges zu sagen. Dann die Turnschuhe, die sie auf den Straßen sieht, von schwarzen Jugendlichen getragen, als ob es Edelsteine wären. Versucht sie, einen Zeitgeist zu entschlüsseln? Irgendwas nagt an ihr.

Nina spricht jetzt von einem Studium an der University of Southern California, wo die Studenten höhere Studiengebühren zahlen als eine vierköpfige Familie im umliegenden Problemviertel im Jahr verdient. Sie sagt, dass sie hier jede freie Minute im Fitnessstudio trainieren würde, und sie lacht über diese idiotischen Ideen ein Lachen, wie ich es in Berlin noch nie von ihr gehört habe. Sie redet in Los Angeles von einem Traum, der nichts mit der Realität zu tun haben kann. Und trotzdem wiederholt sie es immer wieder: Lass uns hier bleiben. Und ich spüre bei diesem Gedanken einen leichten Kopfschmerz hinter den Augen.

Ich kann nicht einfach so nach Kalifornien abhauen.

Doch können wir, sagt Nina.

Ich habe doch erst gerade eine neue große Sache bei *Tempo* begonnen.

Was für eine große Sache?
Schreiben, was ich will, und dabei um die Welt reisen, und dafür auch noch bezahlt werden. Ich hab einen Sechser im Lotto gezogen. Und das ist erst der Anfang, Baby. Du hast mir Glück gebracht. Verstehst du das nicht? Und du bist immer bei mir. Immer!
Verstehe ich nicht, sagt Nina. Lass uns einfach nach Kalifornien verschwinden, und dort schauen wir dann, wie wir über die Runden kommen.
Wovon sollen wir leben?
Denk mal scharf nach, sagt Nina. Dann wischt sie sich Tränen aus den Augen.
Vielleicht ist es der künstliche Lichtschein, der sich durch das Fenster in ihre Hirnmaschine brennt. Die blutrote Sonne ist längst hinter Malibu weggetaucht. Aber Nina träumt immer noch. Sie will Befreiung von der eigenen Geschichte, ein Neubeginn, weit weg von Europa. Sie will suchen – nach Utopien, neuen Welten, Gegensätzen: der Glamour in den Hollywood Hills und das Chaos unter den Heimatlosen von Skid Row in Downtown. Die Gewalt in den Schwarzen-Vierteln, Rap, und die Schönheits- und Körperfanatiker in Venice Beach. Zwischen der höllischen Atmosphäre von leeren Wolkenkratzern, in denen Speed-Freaks und Heimatlose hausen, und den geheimnisvollen Villen in Silver Lake, wo wir mit zwei New Yorker Homeboys einer Gruppe namens Beastie Boys herumhängen.

Am vorletzten Tag trinken wir lauwarme Bacardi-Coke. Wir treffen auf einen Typen namens David Fincher, einen Regisseur, der uns ins Chateau Marmont mitnimmt, wo ein neuer

Musik-Mogul namens David Geffen eine Party gibt. Dort sitzt ein blondhaariger Junge namens Kurt Cobain. Er kaut Gum und trinkt Fruitopia. Wir essen Tamales mit einer Reporterin vom *Details*-Magazin. Zum ersten Mal bemerke ich, dass mir so eine Art Respekt entgegengebracht wird, weil meine Zeitschrift *Tempo* einen guten Ruf unter jungen US-Journalisten genießt. Jedenfalls findet die *Details*-Reporterin den Stil von *Tempo* »hilarious«, sie meint, so ein fiktionaler und konzeptioneller Journalismus wäre in den USA nicht möglich.

Die *Details*-Frau hat ihre Sonnenbrille abgenommen und studiert Ninas Körper. Vielleicht, um zu entscheiden, ob Nina ein Junge oder ein Mädchen ist. Verschiedene Girls laufen jetzt am Pool vorbei. Ein paar sagen *hi* zu mir, aber ich ignoriere sie lässig. Eine fragt, ob ich zur Todd-Oldham-Show mitkomme. Ich grinse. Nina schaut den Mädchen skeptisch nach. Ein Fotograf namens Michael Lavine macht Bilder von Nina, er ist so was wie die Annie Leibovitz des Alternative Rock. Nina wirft jetzt ihr rotes rundes Wildlederhandtäschchen mit Reißverschluss über die Schulter und zieht ihre Matsuda-Sonnenbrille von der Nase. Wo hat sie die geklaut? Sie schiebt schmollend ihre Lippen vor. Sie nippt an einem Pink-Grapefruit-Eistee. West-Berlin ist ganz weit weg.

Langsam wird es wieder Nacht, unten in Hollywood schießen gigantische Lichtkegel Richtung Himmel, es sind die Scheinwerfer, die eine große Filmpremiere ankündigen.

Nina wird von einem Jüngling namens Spike angemacht, er macht Videos für die Beastie Boys, und ihm wurde von der Produktionsfirma eine Riesensuite mit einem noch mal doppelt so großen Balkon im Chateau Marmont reserviert, obwohl er dort überhaupt nicht hingehört. Weil er lieber mit uns und seinem

komischen Anhängsel namens Skateboard, das er in den Armen trägt, nach Downtown fahren würde.
Dort will ich mir einen Künstler namens Mike Kelley anschauen, der so zerschlissene Kinderpuppen herstellt, und zu seinem Opening spielt eine Band namens Sonic Youth. Dieser Spike Jonze steht total auf Nina und schmiert ihr mit seinen L. A.-Storys Honig um den Mund.
Irgendwann will Nina weg von den Partys, der halluzinierenden Realität, den fiktiven Räumen, der prunkenden Natur und dem Trugbild davon. Sie spürt erstmals so was wie die Abgründe von Los Angeles. Und als wir im Taxi Richtung Hilton-Hotel sind, sagt sie: Eigentlich bin ich an dieser ganzen Hollywood-Szene nicht besonders interessiert.
Welche Szene, Baby?
Die, in der es nur darum geht, wer berühmter ist.
Wieso, Baby?
Nenn mich nicht Baby.

19

Es ist morgens um fünf Uhr, und Nina hat mich geweckt, um von ihren Träumen zu erzählen. Ich komme darin nie vor, also interessiert es mich nicht. Es sind meistens surreale Begegnungen mit Menschen aus ihrer Barcelona-Zeit, Partys, seltsame Hunde bellen, Menschen, die an Aids erkrankt sind, Episoden, aus »Love Story«. Immer öfter sehe sie in Träumen ihre Mutter, zu der sie keinen Kontakt mehr hat, und ihren Vater, der zurückgezogen in einem Solothurnischen Bauernhof haust.

Wenn sie so redet und ich müde gegen die Decke starre, beginne ich manchmal langsam bis hundert zu zählen und denke an die nächste Runde Sex, bevor ich wieder etwas sage. Dann höre ich auf zu zählen und zünde mir eine Zigarette an. Ich ziehe die Beine an, stütze mich auf den Ellbogen und streife irgendwo die Asche ab. Nina arbeitet jetzt teilzeitmäßig in einer Schöneberger Werbeagentur, um mir zu beweisen, dass sie nicht faul ist. Aber das bringt nichts. Sie hasst Werbeleute. Sie sagt jetzt, dass alles echte Leben im Konsum des »Turbokapitalismus« verschwinde, im Spektakel. Dann erzählt sie von der Kunst in West-Berlin, die sich nur um Verkaufsstrategien drehe, und dass sich selbst die Verweigerung als eine Strategie entlarve.

Gerade hat sie die Werke Bretons und Burroughs' entdeckt. Und sie will davon erzählen. Ich taste zwischen ihre Beine. Sie schiebt meine Hand weg. Wie lange sind wir jetzt zusammen?, frage ich Nina.

Lange. Schon sehr lange.

Also wieso kann ich nicht meine Hand dort zwischen deine Beine gleiten lassen?

Weil ich dir jetzt etwas erzählen will. Sie spricht wie eine Besessene. Sie muss alles und jeden analysieren. Ihre blauen Augen sind voll des Staunens über das Abheben im Rausch, wie ein Fluss, in dem sich alles spiegelt. Sie erzählt, dass der Körper der Frau, ihr Körper, etwas Vollkommenes hat, etwas, das ich niemals besitzen, niemals verstehen werde, auch nicht, wenn ich sie liebe. Sie redet von Bands wie Depeche Mode und Pet Shop Boys und versucht sie zu vergleichen. Es gäbe solche Bands, die ihr Showtalent auf der Bühne zeigten, und solche, deren Musiker ungerührt an ihren Maschinen stünden und arbeiteten. Das gefalle ihr besser. Wie die Jungs von Kraftwerk. Dieses Autistische. Nina hat dieses Autistische in drei Jahren West-Berlin perfektioniert und kann es im richtigen Augenblick ausspielen. So war sie nicht, als ich sie in Barcelona kennengelernt habe. Damals war ihr das Wilde und Exaltierte von Bands wie Bow Wow Wow viel näher – oder die künstliche Exotik einer Grace Jones. Jetzt will sie sich hinter einer kühlen Haltung verbergen. Sie verweigert sich der Rührung. Sie bewegt sich in einer narzisstischen Schleife. Das macht sie so unnahbar. Und für mich leider auch sehr anziehend.

Sie legt ihren Kopf zwischen meine Beine und rattert Zahlen herunter. Das menschliche Herz schlage im Laufe eines siebzigjährigen Lebens durchschnittlich 2,6 Milliarden Mal, erzählt mir Nina. Dabei pumpt es über 200 Millionen Liter Blut in den Körperkreislauf – also etwa 7000 Liter am Tag, ca. 50 Badewannen!

Ich sage: Wow! Können wir später weitersprechen? Lass uns ficken, bitte! Und Nina beginnt zu lachen und umarmt mich herzlich. Sie lacht nicht oft. Und wenn sie lacht, dann ist es hemmungslos und kommt tief aus dem Inneren. Sie findet, das Komische sei ein Mittel, um Schwäche zu demonstrieren. Das mag sie an Männern, besonders Machos, wenn sie Schwäche zeigen. Weil menschliche Schwäche neu definiert sein müsse. Männliche Schwäche. Und das Gequassel geht wieder von vorne los.

Körperliche Schwäche, geistige Schwäche, man müsse sich öfter der Lächerlichkeit preisgeben. Mit Schwäche irritieren. Nicht so wie du, Tom, der immer Stärke beweisen will. Weil mit Schwäche Distanz zu einer nur auf Stärke ausgerichteten Gesellschaft geschaffen werden könne. Schau dir doch die coolen Dandys an.

Wieso erzählst du mir das, Nina? So musst du nicht mit mir reden, nur weil du glaubst, ich will das hören. Eigentlich solltest du einfach neben mir liegen und einen ganz tiefen, erholsamen Schlaf schlafen.

Kann ich nicht.

Ich berühre sie am Arm, um zu beweisen, dass alles in Ordnung ist, dass es mir im Grunde nichts ausmacht.

Lass uns schlafen.

Wird uns was Grässliches passieren, wenn wir nicht schlafen?

Eine nervöse Unruhe hat Nina erfasst.

Schau dir meine Haut an. Darum erwache ich. Ich spüre meine Schläfen. Adern. Alles pulsiert. Alles pocht. Ich bekomme sicher einen Hirnschlag. Das liegt in der Familie. So fühlt es sich an. Es ist Veranlagung. Du hast diese Probleme nicht. Du bist Sportler. Du bist Kämpfer. Ich habe dich auf dem Tennisplatz gesehen, gegen diesen Monroe. Du bist hart gegenüber dir selbst. Ich finde das aber nicht attraktiv, wie du Sport treibst. Es turnt mich nicht an. Darum habe ich geklatscht. Um diesen Monroe zu ermutigen. Und du glaubst, ich habe wegen seiner Fehler geklatscht. Nein, dieser Monroe aus Argentinien ist mein Typ gewesen.

Ich betrachte den Rest meiner Zigarette, zerquetsche sie im Aschenbecher und wedele den Rauch weg. Nina hat meine Hand von ihrem Arm geschoben.

Vielleicht sollten wir das Thema wechseln.

Aber sie hat noch nicht genug.

Ist es nicht merkwürdig, wie sich dein wechselhafter Charakter beim Sex offenbart?

Du bist oft nervös, schüchtern, beunruhigt, ängstlich. Wie du dich dann bemühst, wie du fürchtest, deine Potenz könnte dich im Stich lassen. Aber wenn du richtig gut drauf bist, dann lässt du dir Zeit, du fühlst dich sicher, machst es dir gemütlich in deiner Geilheit. Und du genießt es. Aber das passiert immer seltener, seitdem du diesen verdammten Job angenommen hast. Was ist los mit dir, Tom?

Und ich wollte gerade fragen, was ist los mit dir, Nina.

Eine Stunde später lege ich mich wieder zurück auf die Matratze und starre an die Decke. Nina liegt immer noch nackt und verschmiert am Boden. Sie hat sich gerade von mir wie eine Prostituierte behandeln lassen. Sie ist vor mir auf allen vieren herumgekrochen und hat mich aufgefordert, sie nicht etwa zu küssen, sondern wie ein Tier überall abzulecken. Sie forderte die Wildheit eines Angreifers. Und es war ihr scheinbar egal, ob ich dabei ihre Knochen breche.

Es ist klar, dass in ihr ein Feuer lodert, das sich nur schwer löschen lässt. Nichts genügt ihr. Weder der Mund, die Zunge, noch ein Schwanz, der in ihr ist. Es ist ein Fieber, vielleicht auch ein Pochen im Schädel, eine Hautirritation, ein Herzflattern, eine Krankheit, die selbst ein Orgasmus nicht lindert. Ich habe sie in den Arm gebissen, ihr die Kehle zugedrückt, sie hat die Besinnung verloren. Aber immer grinst sie mich danach nur verschmitzt an. Und sagt nichts. Als ob ich bloß eine Attrappe von irgendwas Jenseitigem bin, von dem sie jede Nacht träumt.

Erst, als sie am Fenster steht und über die Yorckbrücken blickt, dabei zittrig eine Zigarette an den Mund führt, wird mir klar, dass da immer noch eine Art Ekstase in ihrem Blut pulsiert. Und so stelle ich mich neben Nina und nehme sie zärtlich in die Arme.

Ich glaube, wir sind in solchen Momenten ziemlich glücklich.

Aber dann schiebt sie meinen Arm weg. Sie sagt, wir sollten langsam mal ans Duschen denken. Und dass sie von Zeit zu Zeit starke Schmerzen habe in der Seite.

Welche Seite?

Die linke.

Das kann der Blinddarm sein.

Sie zuckt mit den Schultern.

Ich habe das Stechen von Zeit zu Zeit da unten, zwei, drei Minuten lang. Es tut sehr weh. Zuerst dachte ich, es sei eine Muskelzerrung. Auf welcher Seite ist eigentlich die Galle?

Ich sage nichts.

Bitte versprich mir, dass du mir hilfst, wenn ich krank werde.

Sie rührt sich nicht von der Stelle. Sie will eine Antwort.

Aber aus mir kommt nichts heraus.

20

Sommer 1988, es geht quer durch Deutschland. Ich soll Drogen einkaufen, testen und die »ultimative Drogenlandkarte Deutschlands« erstellen.
Wir steigen in einen gemieteten BMW. Wir fahren Richtung Westen. Nina sagt kein Wort bis Braunschweig. Vor Dortmund bläst sie mir einen, und dann wieder vor Duisburg. In Düsseldorf kaufe ich Kokain im Wert von zweitausend Mark. Dann miete ich ein Motelzimmer. Immer wieder ein anderes deutsches Motel. Manchmal fällt Nina über mich her, sobald sich die Tür hinter uns geschlossen hat. Danach liegen wir im Bett, ihr Kopf ruht auf meiner Brust. Durch einen Vorhang fällt Licht. Ich rapportiere meinem Chef jeden zweiten Tag, was so läuft. Bald wird klar: Die Geschichte ist zu aufwendig geplant und wird nie vollendet. Wir finden kein Labor, das unsere illegal erworbenen Drogen einem offiziellen Qualitätstest unterzieht. Was übrig bleibt, sind Heroin und Kokain im Wert von etwa zwanzigtausend Mark – und Gerüchte über unsere ausufernden Drogenexperimente.

Im Sommer 1989 beginne ich eine nie endende Recherche zu den »wichtigsten Orten der Pop-Geschichte«. Nina begleitet mich. Unsere zweite Reise beginnt im Hilton-Hotel in Amsterdam, wo Yoko und John im Mai 1969 vom Bett aus Interviews gaben, um ein sichtbares Zeichen für den Frieden zu setzen. Wir inszenieren unser eigenes Bed-In und machen endlos lange Sex-Tapes mit einer Panasonic-Kamera, die ich gerade erstanden habe. Wir fahren von Amsterdam in einem Mietwagen nach Obertauern in Österreich, wo die Beatles den Film »Help!« gedreht haben. Wir untersuchen die Stimmung im Hotel Marietta, der Residenz der über sechzigköpfigen »Help!«-Crew. Von dort nach Windsor, wo der Led-Zeppelin-Drummer John Bonham in seinem Pool ertrunken ist. In England kaufe ich neue Doc Martens.

Es sind sinnlos aufwendige Recherchen, die wir zu unserem eigenen Spaß nutzen. Nina ist immer neben mir, und wenn ich mal alleine das Hotel verlasse und Locations auskundschafte, fühle ich mich leer und einsam und unsicher, obwohl ich weiß, dass ihr Geist mir überallhin folgt.

Sie lebt jetzt in mir, und stürbe ich, würde sie mit mir sterben.

Im Frühjahr 1990 fliege ich mit Nina nach Londonderry, um über die IRA zu berichten. Wir wohnen im Haus des damaligen Sinn-Feins-Abgeordneten Martin McGuinness, der zusammen mit Gerry Adams Mitglied des IRA-Armee-Rates gewesen sein soll. Nina zeichnet sich mal wieder dadurch aus, im falschen Moment draufloszureden. Was mich in den Wahnsinn treibt.

Sie redet vor dem großen IRA-Mann von »unseren Zeiten«. »Schreckliche Zeiten«, in denen man von Trendscouts diverser global agierender Symbolkonzerne »entdeckt« und als Hipster des Kunst- und Lebensstil-Betriebs gepflegt und entmündigt werde. Da täte die großartige Art von Solidarisierung, wie sie die IRA pflege, extrem gut. Besonders angesichts der Auflösung des kritischen Potenzials von Jugendkultur. Auch wegen

Magazinen wie *Tempo*. Hier in Nordirland seien die Leute noch eindeutig: WIR.

Gut gebrüllt, dumme Gans!

Ich schlage meinen Stiefel unter dem Tisch gegen Ninas Bein, um sie zu stoppen. Aber Nina ist in solchen Momenten nicht zu stoppen. So versenkt sie mein Gespräch in ihren Abgrund. Und ich habe keine Chance.

Wie können wir zusammenleben, fragt sie McGuinness mit glühenden Augen. Die Antwort gibt Nina natürlich selbst, bevor McGuinness etwas dazu sagen kann: indem wir ein Grundrecht auf eine eigene Kultur und eine Moral der wechselseitigen Achtung einfordern. Es geht um Harmonie. Liebe. Um die Kreuzung, an der Arm und Reich, Gesund und Krank aufeinanderstoßen und sich dabei nicht bloß wie ausgesetzte Tiere anstarren.

Wo hat sie diesen Scheiß her? Was ist das für eine Frau? Ist Nina mein Werk? Sie filtert nichts. Ihr liegt an der Wahrheit. Ganz im Gegenansatz zu mir, der die Wahrheit für ein Gespenst hält. Eine Einbildung von Leuten, die hoffen, dass alles real ist, was ihnen widerfährt. Nina gehört auch dazu. Diese Treue gegenüber der Wahrheit unterscheidet uns. Das ist der große Unterschied zwischen ihr und mir.

McGuinness scheint von Ninas Gelaber fasziniert zu sein. Dabei unterschätze ich, wie Nina durch ihre draufgängerische, ehrliche Art sehr viel sympathischer erscheint als ich, der offenbar für die Gesprächspartner immer etwas Bedrohliches ausstrahlt.

Das zeigt sich bei meiner nächsten *Tempo*-Story. Ich fliege mit Nina nach Paris, wo ich mein erstes Interview mit einem Popstar, Sinéad O'Connor, führen muss. Es endet schrecklich. Sinéad bricht es weinend ab, irgendwie habe ich sie zu hart befragt. Sie bricht ihre ganze Pressekampagne ab und berichtet im *Melody Maker* von einem »German Lunatic«, der sie mit einem »Killerblick« und Fragen über Waffenliebhaberei und Teufelsaustreibung gefoltert hätte.

Wenn wir nicht auf Reisen sind, besteht unser Leben in West-Berlin aus endlosen Spazierfahrten im Mercedes oder mit dem Fahrrad. Aus unserer Spurensuche in Trödelläden, der Suche nach Büchern, den perfekten Momenten in unserer Lieblingsbar Kumpelnest 3000. Wir lesen zu Hause, suchen nach neuen Themen für die wöchentliche Konferenz in Hamburg, zu der ich eingeflogen werde. Wenn möglich Themen, die uns immer aufwendigere Reisen erlauben. Ansonsten liegen wir auf dem Sofa, schauen fern, ich koche. Nina ist immer dabei, ich sehe sie aus den Augenwinkeln oder höre ihre Geräusche.

Manchmal fragt mich Nina, was ich über sie sagen werde, wenn sie mal tot sei. Ich sage dann zum Spaß, dass sie wunderschön war, und brilliant. Dass sie »Lindenstraße« und Fassbinder mochte. The Kinks und Annie Lennox. Und mich.

Wir lachen.

Nina geht sogar so weit zu sagen: Wir sind jetzt zusammen, bis uns der Tod scheidet. Aber daran kann ich nicht glauben. Du liest zu viel von diesem »Love-Story«-Quatsch, sage ich. Und sie wird wütend, »Love-Story« sei besser als mein roboterhaftes Ficken.

Was unsere Liebe betrifft, gibt es Millionen von Theorien. Wir schätzen die Liebe nicht, weil sie stärker, sondern weil sie schwächer ist als der Tod. Ich hasse das Idyllische an der Liebe. Und ich sage es Nina absichtlich immer wieder: Du wirst nie-

manden über das Grab hinaus lieben können, nicht auf eine körperliche Art, die der Liebe, wie wir sie kennen, irgendwie gleicht (und wahrscheinlich auch nicht auf eine körperlose Art, obwohl Nina sagt, dass sie sich Hoffnungen macht): die Freude, mich zu sehen, der Sprung, den das Herz macht, wenn am Telefon deine Stimme erklingt, dein Geruch in Bademänteln und Bettlaken, die Freude, Backgammon mit dir zu spielen, im Auto zu sitzen und durch die Landschaft zu fahren, oder in fünf aufeinander folgenden Nächten gemeinsam drei Staffeln »Lindenstraße« zu schauen und dabei Paprikachips zu essen – all das geht nach dem Tod nicht weiter.
Aber du kannst doch meine Asche immer an dir tragen. Machst du das? Versprichst du mir das?
Ich nicke.

21

Strahlend schöner Nachmittag. Jack und Henry sitzen auf der Couch und genießen die Luftwirbel vom Deckenventilator und den Anblick von Dad in der Küche. Ihr wahres Interesse richtet sich auf ihre Handinnenflächen: Auf ihren iPhones hagelt es WhatsApp-Meldungen. Sie bemerken nicht, dass Dad immer tiefer in einen Strudel hineingesogen wird. Wann wird Nina kapitulieren? Heute?

Ich deponiere einen zerbrochenen Teller mit grünen Broccoli-Resten im Abfalleimer. Dann kehre ich aus der Küche zurück zu Nina. Ich putze den Boden neben unserem Bett. Nina hat ihren Teller mit Broccoli-Püree absichtlich runtergestoßen. Und ich sage so unsinniges Zeug wie: Wieso regst du dich so auf, Nina? Die Ärzte haben gesagt, du sollst mehr essen.

Fuck these Doctors!, schreit Nina. Sie vergräbt ihr Gesicht im Kissen.

Ich setze mich auf den Bettrand, der noch grün verschmiert ist. Ich gebe mir jeden Tag Mühe, Mahlzeiten zuzubereiten und auf einem Tablett zu servieren. Mit Blümchen drauf, und dazu das Feuilleton der *Los Angeles Times*.

Ich hasse Broccoli!, hat Nina geschrien und den Teller weggestoßen.

Nina, *come on*! Ich schaue Nina jetzt an wie ein enttäuschter Pu-

del, der nicht versteht, wieso er gerade keinen Gummiknochen zur Belohnung bekommen hat.
Freu dich doch selbst an der Broccoli-Scheiße!, schreit Nina. Freu dich, dass du atmen kannst. Und Nina schaut mich angewidert an. Als ob sie mir gleich die Zunge aus dem Maul reißen und mitsamt dem Scheißbroccoli zurück in den Hals stopfen möchte.
Cool bleiben, Tom!
Jack schreit jetzt aus dem Wohnzimmer, es habe schon wieder jemand an der Tür geklopft.
Ninas Satz, ich solle mich daran freuen, atmen zu können, brennt sich in mein Hirn ein.
Sie hasst nichts mehr als eine fürsorgliche Geste. Kleine Scheißblümchen. Sie hasst jetzt auch meine Kochkünste. Sie hat den Punkt erreicht, an dem sie nicht mehr verbergen will, wie schlecht es ihr geht. Vielleicht will sie die endgültige Kapitulation auch nicht mehr hinauszögern. Sie führt ein Rückzugsgefecht. Sie will nicht mehr essen.
Es gäbe etwas Kostbareres als ihr Leben, sagte Nina. Ohne dieses Etwas sei ihr Leben die Hölle, schlimmer als der Tod, ja der Tod ist eher ein Geschenk als eine Bedrohung.
Was ist kostbarer?
Sie überlegt nicht lange.
Schneller Tod. Wie auf Knopfdruck.
Ihre Stimmung hat sich dramatisch gewandelt, seit sie es nicht mehr allein ins Badezimmer schafft. Ständig spüre sie Übelkeitswellen in sich aufsteigen. Sie muss den Kiefer zusammenpressen, während Krämpfe ihren Körper krümmen. In ihrer Nase brenne ein Geruch, der wie ein Todeshauch ihre Sinne trübe. Manchmal wird sie ohnmächtig. Aber dann zerren Kör-

per und Seele sie gegen ihren Widerstand wieder ins Bewusstsein zurück. Dieses verdammte langsame Sterben ist das Fürchterlichste, was es gibt.

Jetzt ist Rückzug angesagt. Ohne mich ist sie aufgeschmissen.

Auf dem Bett rollt sie sich ein wie ein Fötus.

Brauchst du Wasser? Ich kann in ihrem halbgeöffneten Mund erkennen, dass die Zunge am Gaumen klebt. Ihre Augen brennen, sie schließen sich, sie öffnen sich, sie schließen sich.

Plötzlich schreit Jack aus dem Wohnzimmer. Da ist ein Mann an der Tür!

Pizza Delivery.

Mach mal auf, Dad.

Ich stehe wie angestochen vom Bett auf, laufe zur Couch, packe Jack und schüttle ihn durch, zerre sein Gesicht ganz nah vor meines und starre ihn wütend an: Jack, wieso öffnest du nicht selbst die verdammte Scheißtür, wenn Dad mit Mom beschäftigt ist! Ich brülle meine Worte direkt in sein Gesicht und zerre an seinen wilden Locken, als ob ich sie ihm ausreißen möchte.

Als ich meine Hand langsam aus seinen Haaren löse, entkommt Jack und rennt zu Ninas Bett. Er schmeißt sich neben Nina aufs Kopfkissen. Und ich höre, wie er sagt, dass Dad wieder dieses Killergesicht mache, wie die Zombies in »Walking Dead«.

Ich laufe zurück ins Schlafzimmer. Ich will Jack in die Arme nehmen.

Nina öffnet die Augen. Sie drückt Jack an sich heran. Ihr Morgenrock wird fleckig von Jacks Tränen. Jack klebt sein Gesicht an Ninas Mund. Er schließt seine Augen.

Vielleicht riecht er gerade Ninas warmen, süßen Atem.

22

Es ist schon fast Mittag. Der Berliner Himmel ist grau. Es gibt mal wieder keinen Grund aufzustehen. Meine Hand liegt auf Ninas linker Brust, und ich spüre ihren Herzschlag unter meinen Fingern.
Wieso bleibst du bei mir?, frage ich und tippe mit den Zehen an ihren Fuß.
Was soll die Frage. Ich bin deine Muse. Lass mich bitte schlafen.
Ich weiß nicht, wieso Nina Muse sagt und was sie damit verbindet. Liebhaberin? Seelenmasseuse? Kritikerin? Macht sie das wirklich glücklich, meine Muse zu sein?
Wieso sagst du das mit solcher Überzeugung?
Weil ich selbst keine Ambitionen habe. Lass mich schlafen.
Ich richte mich im Bett auf, versuche es mir bequem zu machen.
Was ist eine Muse?
Lass mich weiterschlafen, sagt Nina. Du weißt ganz genau, was eine Muse ist. Du willst mich bloß quälen. Sie inspiriert einen anderen Menschen zu kreativer Leistung.
Nina spricht ins Kissen: Das ist doch was. Schon die alten Griechen hatten die Vorstellung, dass sich Ideen nicht von selbst entwickeln, sondern von Göttern eingegeben werden.

Kannst du mir eine Muse nennen?
Stille.
Disco-Queen Amanda Lear ist so eine Göttin, sagt Nina. Sie war die Muse von Salvador Dalí. Von ihr lese ich gerade eine Biographie. Oder Edie Sedgwick. Aber lass mich jetzt schlafen.
Ich weiß nicht, was Nina mit diesen Frauen verbindet und wieso sie deren Biographien liest.
Sag mir doch einfach mal, was du gerne machen möchtest mit deinem Leben.
Sie dreht sich auf die andere Seite, mit dem Gesicht ganz nah an die Wand.
Ich lese gerne Bücher und Zeitschriften. Ich mag Sex mit dir. Was willst du, dass ich sage? Ich kann sonst nichts. Außer durch die Nächte treiben und am nächsten Morgen lange im Bett liegen. Das würde ich gerne für immer tun. Das willst du doch hören.
Das tust du doch eh immer, antworte ich.
Nina dreht sich um, diesmal ganz auf den Bauch, das Gesicht in das Kopfkissen getaucht. Ich höre, wie sie zu weinen beginnt.
Ich habe Nina aus Wut schon mehrfach gesagt, sie besitze kein eigenes Talent, sie sei übellaunig, anrüchig, faul, eine Nervensäge und dazu quatsche sie zu viel. Der Sex sei nur noch freudlos. Was nicht stimmt, aber es tat gut, sie damit zu verletzen. Wieso bleibt Nina bei mir? Und das jetzt schon seit über sechs Jahren?
Ich lege mich zurück und konzentriere mich auf meinen eigenen Herzschlag. Vielleicht haben wir uns gegenseitig ein sexuelles Verständnis geschenkt, von dem wir nicht mehr loskommen. Sex mit Nina macht es mir möglich, meine eigenen Dämonen zu beherrschen. Sie half mir, meine Scheu abzulegen. Sie heilte mich von selbstzerstörerischer Raserei. Sie gab

mir Disziplin. Sie nimmt das Leben nach außen nicht zu ernst, sie demonstriert ein Gefühl für die großen Sehnsüchte, die großen Dinge, die weite Welt. Aber sie kann kleinlich sein, das Leben unter dem Mikroskop betrachten, und nur darauf warten, einen Fehler zu finden, den sie aufblasen kann.
Und manchmal weint sie den ganzen Tag lang. Und ich frage auch nicht mehr danach, ob ich irgendwas dagegen tun kann. Ich kann nur zuschauen, wie Nina weint. Tränen sind ihre Art der inneren Säuberung. Damit steckt sie alles weg. Körperlich wie seelisch. Wohin sie es steckt, weiß ich immer noch nicht.
Nina schluchzt jetzt noch ein bisschen mehr. Ich lege meinen Arm über ihren Rücken. Aber sie befreit sich davon. Sie will keine Berührung.
Ich klettere über das untere Ende aus dem Bett. Ich wasche mir im Badezimmer Hände und Gesicht, putze meine Zähne und studiere mein Gesicht im Spiegel.
Man sagt, Menschen die lange zusammenleben, werden sich ähnlich. Auf Bildern von Nina und mir sehen wir uns gespenstisch ähnlich. Wir sehen aus wie Geschwister. Man sagt, das sei ein Zeichen wahrer Liebe.
Aber wie steht es um zwei Gefangene? Manchmal können wir unseren Anblick nicht mehr ertragen, aber wir sind jetzt dazu verdammt, uns jede Minute des Tages zu sehen, ohne Ende. Wir baden zusammen, essen und schlafen zusammen. Wir machen das einfach, weil wir nicht mehr voneinander loskommen.
Manchmal wird mir unwohl, wenn ich mich im Spiegel ansehe. Dann muss ich lachen. Ich bin immer wieder überrascht, wie mein Gesicht aussieht. Du inszenierst dich als Ausgestoßener, Gesetzloser, hat Nina mal gesagt und gelacht. Männer, die sozialer Ausschuss geworden sind, haben deine Physiognomie.

Wie ich diesen Kriminellen-Lumpenproletarier-Typ verabscheue. Sie umarmt mich dann und schiebt ihre Zunge zwischen meine Lippen.
Nina langweilt sich. Dabei wütet draußen eine Revolution. Die Mauer fällt.
Wollen wir nicht raus und mal schauen, was da los ist?, frage ich Nina.
Was soll ich dabei tun? Mich krummlachen? Feiern?
Wir liegen hier herum, während draußen Geschichte geschrieben wird.
Das ist nicht meine Geschichte. Meinetwegen kann die Mauer bleiben. Du hast doch selbst gesagt, dass es dir immer nur um die Freiräume gegangen sei. Das sei Berlin. Du hast gesagt, »Indie« sei das Phänomen der Achtziger-Jahre-Subkultur von West-Berlin gewesen. Doch jetzt ist die Berliner Mauer weg. Das ändert alles.
Nina steht auf. Sie tritt ans Fenster. Der Himmel ist heller als vor vier Stunden, aber noch immer grau. Westdeutschland breitet sich in Berlin aus.
Nina durchquert die Wohnung und geht zurück ins Schlafzimmer. Sie legt sich wieder zusammengekrümmt in die Bettmitte, den Kopf halb unter der Decke. Mit einem Auge schaut sie ihren Lieblings-Porzellanteller an der Wand an.
Was wollen wir hier noch, wenn die Mauer weg ist?, fragt sie irgendwann leise.

23

Wir streiten immer öfter. Und heftiger.
Es beginnt meistens mit einer verbalen Provokation und geht zurück auf ein Körnchen Wahrheit, das wir aufblasen, das in Hirn und Herz eine Spannung erzeugt, die unsere Vernunft wie ein Schraubstock zermalmt.
Dann verwandelt sich unser romantischer Restaurantbesuch in einen Stierkampf oder unsere Küche in eine Stierkampfarena. Die Elemente des Dramas verdichten sich, wir sind wie Berufsschauspieler, die auf der Bühne stehen. Der Matador muss das Tier so lange quälen, bis es ihm gelingt, es bis aufs Äußerste zu reizen. Der Stierkämpfer kann einen tapferen Stier leichter töten als einen feigen Stier. Nina ist nie feige. Und unsere Streitereien sind nie ein entwürdigendes Abschlachten. Nina wirft sich in den Streit, als ob es nur das blutige Ende geben kann. Ich kann in Nina Eigenschaften wecken wie Tapferkeit, Achtung, Intelligenz, List und vieles mehr. Sie dagegen weckt in mir nur den Urinstinkt des Zurückschlagens. Ich will ihr den Mund gewaltsam zudrücken. Da bin ich hilflos, dumm. Nina will verbal zurückschlagen, lädt immer neue Munition nach. Wer bei uns in der Küche der Matador ist und wer der Stier, bleibt meistens unklar. Wir sind ebenbürtige Gegner. Natürlich habe ich die Gewalt auf meiner Seite. Aber Nina hat die Fähigkeit, mich auf

schreckliche Art zu reizen und zu manipulieren. Sie sucht keine Gewalt, sie will nur den Streit gewinnen. Sie hat diese Würde behalten. Ich nicht.

Ich stehe am Herd, Nina sitzt da und kommentiert die Welt, den Alltag, unser Leben. Und dann macht sie eine Bemerkung, die mir nicht passt, und ich stelle fest, dass die Zutaten für das Gericht, das ich kochen wollte, fehlen, weil Nina sie vergessen hat einzukaufen, und natürlich ist das nicht das erste Mal. Ihr geht das ganze Ritual des romantischen Essengehens oder heimischen Kochens am Arsch vorbei. Sie findet es zum Kotzen.
Was hast du denn zur Küchenarbeit beizutragen?
Nina schaut mich wie betäubt vor Zorn an. Wenn du mich kochen lassen würdest, dann hätte ich deine verdammten Ideale schon längst reformiert. Aber du lässt mich ja nicht.
Wie?
Fleischlose Ernährung. Schon mal was von Vegetariern gehört?
Ich will in der Küche stehen und kochen, nach was mir ist. Es entspannt mich, sage ich.
Du pflegst ein beschissenes Ernährungsmodell, Tom. Es stammt aus dem tiefsten 19. Jahrhundert. Als Vegetarier wärst du auch nicht so aggressiv.
Du sagst das alles bloß, weil du zur Hausarbeit unfähig bist. Genau wie deine Mutter …
Mein letzter Satz ist das Signal zum Angriff. Damit habe ich Nina die Capa gezeigt, das rote Tuch des Matadors.
Stimmt, ich werde nie eine Hausfrau sein, wenn du das meinst. Ich werde eine echte Kokotte sein, immer strahlend, nach Parfum duftend und mit manikürten Händen. Ich werde immer al-

les tun, um die Ausstrahlung einer Frau zu haben, die sich nicht anstrengt. Macht dich meine Antwort glücklich?
Nina ist jetzt wütend. Ihre Augen funkeln. Es ist der Moment gekommen, meine Mutter zu erwähnen. Über Heidi Kummer reden wir nie. Sie ist weit weg von unserem Leben. Kommt nur als Telefongespräch vor. Für Nina ist sie jedoch ein Leckerbissen, wenn es darum geht, mich bis aufs Blut zu reizen: Diese Frau, die in Bern sitzt, deine Mutter, die vorgibt was ganz Großbürgerliches zu repräsentieren, aber einfach nur eine Lüge ist. Eine Selbstlüge. Ein großer, aufgeblasener Kontrollfreak. Das ist deine Mutter, Adelheid Kummer.
Und dein Essen kann mich heute auch am Arsch.
Zuerst versuche ich dann, ruhig zu bleiben. Für mich ist das ganze Ritual der Ernährung reine Seelenmassage. Das weißt du doch. Das habe ich von zu Hause gelernt. War schon für Heidi eine wichtige Sache. Kannst du mich nicht ein wenig dabei unterstützen, oder wenigstens das Maul halten und mich kochen lassen?
Wenn du es genau wissen willst, dann bist du und dein Fraß längst aus meinem Leben verschwunden. Du bist gar nicht mehr anwesend.
Ihr Tonfall wird härter, während ich einfach dastehe und im Topf rühre.
Ich hasse dich, wenn du so bist, sagt sie. Ich weiß, dass du mich nicht brauchst. Du träufelst Gift in meine Seele. Du machst mich schwach! Du benutzt mich. Ich bin so dumm, so naiv. Ich kann nicht ewig als deine Sklavin in einem verschlossenen Zimmer leben. Ich habe Pläne. Das, was ich will, ist was ganz anderes als das, was du willst. Du bist nur zufällig zum Schreiben gekommen und weißt noch nicht mal, ob du das willst. Du

machst es nur wegen der Kohle, den Reisen und dem Spaß an der Provokation. Dabei bleibst du so was von oberflächlich, immer in gedanklicher Unschärfe und überhöhst nur deine Rolle, dein Image. Das ist dir das Wichtigste: Image. Und du wirst noch für deine Lügen belohnt. Eines Tages werden sie dich fertigmachen. Das garantiere ich dir. Weil du alles sein willst und dabei nicht mal ein wenig dankbar bist und Geduld zeigst. »Jetzt und Alles« sollte man auf deine Fresse tätowieren. Du willst alles sein, Konzeptkünstler, Hunter S. Thompson, DJ, Medientheoretiker, Star, Konstruktivist. Du bist kein professioneller Schriftsteller und wirst es auch nie werden. Du wirkst auf mich wie ein brutaler Schwächling mit einer kranken Fantasie. Du bist ein Nichts.

An dieser Stelle werfe ich entweder den Esstisch um oder ein Glas gegen die Wand. Manchmal kann ich den Schwung noch abbremsen, sodass der Schaden sich in Grenzen hält. Ich habe Nina auch schon mit Füßen getreten. Ich habe ihr meine Faust in die Schulter geknallt. Ich habe ihr nie ins Gesicht geschlagen. Warum, weiß ich nicht. Aber ich bin immer wieder erstaunt, wie Nina den Mut aufbringt, in solchen Momenten nicht wegzurennen. Sie bleibt einfach sitzen und weint eine Weile.

Danach sitzen wir still und reuig da. Die Zeit senkt sich auf uns herab wie ein Sargdeckel, und manchmal schließt er sich ganz langsam über uns. Wir treiben ins absolute Nichts. Wir tauschen alles miteinander aus, Temperatur und Luftzug, Gerüche und Überbleibsel auf dem Boden und an den Wänden, aber wir reden nicht. Wir sind wie angekettet.

24

Die Erlösung kommt in Form einer Reise nach Südamerika.
In Peru ist die Cholera ausgebrochen, in Bolivien geht die DEA gegen Coca-Bauern vor und bietet den Indios als Austausch Milchkühe für Coca-Felder an. Und als Krönung: In Chile sitzt irgendwo in einem Internat der Enkelsohn von Erich und Margot Honecker.
Drei Storys in sechs Wochen.

In Peru angekommen erscheint mir Ninas Körper noch zierlicher, fast unwirklich. Dabei fällt sie jetzt noch mehr auf, einen Kopf größer als Mestizen und Indios, mit frisch blondiertem kurzem Haar. Wie eine Außerirdische muss sie auf die Peruaner wirken. Nina spricht fließend Spanisch und übernimmt die Rolle der Produktionsleiterin. Sie spricht mit dem Chef der peruanischen Wasserwerke, sie organisiert Besucherbewilligungen für Krankenhäuser, in denen Cholera-Infizierte sterben. Sie verhandelt mit der Militärpolizei und besorgt uns Presseausweise und Passierscheine.
Wir sind im Hilton-Hotel in Lima einquartiert, ein riesiger Kasten für Ausländer und reiche Peruaner. Draußen hinter den Hügel-Ghettos von Canto Grande, wo die Cholera am schlimmsten wütet und jeder zweite Bewohner in irgendeiner Form betroffen

ist, erscheint der Himmel blass, als liege hinter diesen Bergen ein großer, toter Ozean.

Wir gehen so nahe an den Seuchenherd wie möglich. Wir verschaffen uns Zutritt zu den Hütten, beobachten Mütter bei der Hausarbeit, dokumentieren die Wege des Virus. Das Abwasser und der Müll von Millionen Slum-Bewohnern in Lima werden nicht entsorgt. Niemand verfügt in Canto Grande über einen Wasseranschluss. Überall bilden sich »schwarze Zungen«, eine Dreckbrühe voller Fäkalien und Müll. Millionen halten aus Unkenntnis die einfachsten Hygieneregeln nicht ein. In beängstigender Geschwindigkeit breitet sich die Cholera in Lima aus. Vor drei Monaten waren die Bakterien erstmals in der Hafenstadt Chimbote aufgetaucht, nachdem sie den Kontinent fast ein Jahrhundert lang verschont hatten. Womöglich wird die tödliche Epidemie die Anden überwinden und bald die Wälder des Amazonas erreichen. Das Gesundheitsministerium meldet bereits 145 000 Erkrankte und mehr als 1000 Tote, in Ecuador starben bislang 59 Menschen. In den Krankenhäusern herrscht Panik und Meuterei, weiße und wohlhabende Patienten werden den Indios vorgezogen. Die Reichen schicken ihre Hausangestellten los, um Mineralwasser zu horten.

Ich ziehe mich in den zwanzigsten Stock des Hilton zurück. Von dort schreibe ich meine Geschichte. Ich muss sie in drei Tagen fertig haben. Nina recherchiert für mich, berichtet zwischendurch per Telefon.

Sie begleitet eine Familie, dokumentiert den nahenden Tod eines fünfzehnjährigen Mädchens. Nina berichtet mir, wie sich die Ärmsten der Armen in ihren Slums auf den Tod vorbereiten. Wie sie die Vorboten des Todes als wunderbare Erscheinungen aufnehmen. Es sei voller Poesie. Ganz buchstäblich glaube man an die Unsterblichkeit, wozu die gebildeten und wohlhabenden Klassen längst nicht mehr imstande seien. Das sterbende Mädchen bereitet mit Hilfe seiner Mutter das Leichenbegräbnis vor, ihre Blechhütte ist in Schwarz gehüllt worden, und im Voraus wird eine Messe für ihre Seele gelesen. Das Mädchen gibt Anweisungen, um seine letzten Angelegenheiten zu erledigen. Man könnte sich lustig machen über die Religiosität dieser Leute, die den Tod umarmen. Aber Nina berichtet, sie habe noch nichts Schöneres erlebt. Der Tod sei da, die Leute heißen ihn willkommen, niemand versuche, ihn zu täuschen. Der Tod ist hier eine Selbstverständlichkeit. Wer sich da vom Roten Kreuz zu sehr einmischt, der setzt die Ordnung der Welt, an die jedermann in den Blechhüttenslums zu glauben scheint, außer Kraft. Darum der Aufruhr, wenn die Militärs mit ihren mobilen Toiletten einfahren, ihren Hygienikern und Ärzten. Wenn sie sich mit Waffengewalt Zutritt zu den Blechhütten verschaffen, um vor der Weltpresse zu beweisen, sie hätten das Problem unter Kontrolle.

In dieser Welt ist man vertraut mit dem Tod, und nur der plötzliche Tod oder die Einmischung in das Ritual des nahenden Todes kann die Leute erschrecken.

In meinem Hotelzimmer schreibe ich unterdessen Sätze wie: »Cholera ist die Revolution der Kranken gegen alles Gesunde. Cholera, das ist die Angst der Reichen vor dem bakteriellen Krieg der Armen.« Ich dokumentiere per Video-Kamera, wie ich vor einer ausgeliehenen Olivetti-Schreibmaschine sitze und tippe. Manchmal schaue ich über die Stadt und stelle mir Nina vor, wie sie sich dort durchschlägt.

Wie sie mit viel Gespür operiert, um an den Kern der Geschichte zu gelangen, hat mich erstaunt. Ich weiß nicht, wieso ich ihr das nicht zugetraut habe. Vielleicht weil mir für diese journalistischen Prozesse die Geduld fehlt. Das Vertrauen in die Wirklichkeit.

Eine Woche später erreichen wir den Dschungel von Bolivien. Wir übernachten auf offenem Feld, dem Land eines Coca-Bauern. In seine Hütte lässt er uns nicht. Wir sind eingewickelt in Decken. Liegen auf Schlafsäcken unter einem unendlichen Blätterdach. Ungefähr eine Meile entfernt gibt es in der Ebene eine Flussniederung, wo die Drug Enforcement Agency mit ihren Truppen einen Checkpoint eingerichtet hat.

Wir liegen auf der abkühlenden Erde, genau zwischen den Fronten, und sehen zu den Sternen hinauf. Links von uns die dunkle Silhouette eines angepflockten Pferdes. Das Tier hebt ab und an den Kopf und lauscht in die Sternbilder hinein, dann grast es weiter. Nina betrachtet die fahl glühende Dunkelheit und erzählt von einem Traum. Wie sie in Lima in die Tiefe eines Brunnens hinabgestiegen sei und tiefer und tiefer gegraben hat, um die tiefsten Schichten zu finden.

Was für Schichten?

Sie weiß es nicht.

Wenn ich nur tief genug grabe, dann finden wir das reine Wasser, das alle sich teilen, das universale Wasser.

Was ist das? Der Traum klingt geheimnisvoll, und ich versuche Nina so ernst wie nur möglich zu nehmen. Ich glaube nicht an die Symbolkraft der Träume.

Am Tag nehmen wir Kontakt mit der DEA auf. Wir gehen mit den Truppen auf Patrouille und versuchen das Vertrauen der Coca-Bauern zu gewinnen. Dieser Balance-Akt funktioniert in

erster Linie dank Ninas diplomatischen Geschicks, das sie in der rauen Welt der Militärpolizisten und Coca-Bauern mit gestenreicher Rhetorik demonstriert. Sie spielt ihre Rolle als geheimnisvolles Wesen aus. Die Männer wissen gar nicht, wie ihnen geschieht. Ein DEA-Kommandeur, ein bulliger kleiner Mestize mit einem Stierkopf, lässt Nina sogar einen gepanzerten Humvee-Schützenwagen durch den Dschungel steuern. Wir dürfen die Coca-Bauern auf ihrer Tour zum Dorfmarkt begleiten, ihre Frauen und Kinder kennenlernen, und sie lassen uns Coca-Blätter kauen und Coca-Paste rauchen.
Ihre Labors, in denen die Vorstufe von Kokain hergestellt wird, lassen sie uns nicht besuchen. Das erlauben uns dafür die Militärs. Aber erst, nachdem die Hüttenlabors gestürmt wurden und in Flammen aufgehen. Nina hat ihre Kamera mitgenommen und macht unzählige Bilder.
Nachts liegt sie neben mir im Schlafsack, reibt sich mit Hautcreme ein und lauscht dem singenden Dschungel. Sie beklagt sich nicht über die primitiven Bedingungen, die ihre Haut an vielen Stellen wie einen Streuselkuchen erscheinen lassen. Sie liegt einfach neben mir, die hellblauen Augen weit geöffnet. Konzentriert schaut sie gegen das Blätterdach, als könne sie dort die Geschichten sehen, die sich in ihrem Kopf abspielen. Wenn sie müde ist, ist sie so schön, und ihre Stimme ist dann noch rauer und tiefer. Die Stimme hat ihre Schrillheit verloren. Manchmal gähnt sie und unterbricht ihre Erzählungen.
In jenem Moment stelle ich mir unsere Partnerschaft als ein einziges langes Gespräch vor. Wie wir so nebeneinanderliegen, dem Dschungel zuhören und ich darauf warte, vom tropfenden Regenwald vielleicht sogar getauft zu werden, überrollt mich eine wohlige Gefühlswelle. Wir sind im Einklang, denke ich.

Das kann nicht sein. Das muss ein Systemfehler seien. Das liegt am Dschungel. An Ninas geheimnisvollen Träumen, die sie immer wieder in diesen Brunnen hinabsteigen lassen.
Redest du vielleicht vom kollektiven Unbewussten, das du in den tiefsten Schichten des Brunnens zu finden hoffst?
Vielleicht. Jedenfalls erreiche ich dann die Flüsse, die die Brunnen mit ihrem Wasser speisen. Es gibt Tiefen, die man niemals erreicht, wenn man mit anderen oberflächlich verkehrt. Vielleicht ist es mein größter Wunsch, mein tiefstes Selbst zu finden, mein echtes Selbst, das Verantwortung trägt. Und seit ich in Peru angekommen bin, fühle ich mich wie verwandelt. Ich glaube, davon habe ich geträumt. Ich will echte Begegnungen haben, wie mit diesen Familien in Canto Grande, mit den Coca-Bauern hier in Santa Cruz. Ich muss die Rolle, die ich mir zugelegt habe, abstreifen, das falsche Gesicht, das ich der Welt zeige, in dem Bemühen, mich selbst zu schützen. Tom, wir haben eine Festung aufgebaut, und in dieser Festung verwelken wir und sterben vor Einsamkeit. Indem wir uns schützen wollen, begraben wir uns. Wir müssen von nun an immer das tiefste Selbst offenbaren, nur dann sind wir frei.
Blödsinn!

Die Reise geht weiter. In Santiago de Chile offenbart Nina eine weitere Variante ihrer seltsamen Verwandlung. Wir gleiten im Mietwagen durch die versmogte Unwirklichkeit. Die Stadt verdunkelt sich im Dunst, als verschwinde sie in einem Albtraum. Der Regen hinterlässt einen schmutzigen Film auf dem Asphalt. Wir sind auf der Suche nach dem Enkelsohn von Erich Honecker, Roberto Yáñez Betancourt y Honecker. Berichten der Zeitung *La Tercera* zufolge lebe er in einer Hippie-Kolonie in der

Atacama-Wüste und schreibe Gedichte, male und experimentiere mit Drogen. Er tauche immer wieder in der Hauptstadt auf, unterstützt werde er in dieser Zeit von seiner Großmutter Margot Honecker, in deren Haus er auch überwiegend wohne. Er hänge im Künstlerviertel Barrio Lastarria ab.
Ich erreiche Margot Honecker am Telefon, nachdem ich die Telefonnummer von ihrem Schwiegersohn Leo Yáñez bekommen habe. Sie will nicht, dass Familienmitglieder mit einer deutschen Zeitung sprechen. Es dauert nochmals vierundzwanzig Stunden, bis klar wird, dass wir keine Geschichte kriegen. Roberto Yáñez weilt nicht in der Stadt. Doch die Chefs in Hamburg wollen die Story. Entscheidend seien Bilder. Ich soll mich auf Bilderjagd machen. Alle Zeitungsarchive durchsuchen.

Nina sagt, sie werde das Fotoarchiv von *La Tercera* nach Robert Yáñez durchsuchen. Sie hat Kontakt zu einer gleichaltrigen Redakteurin des Lokalteils aufgenommen. Sie fährt mit mir zum Verlagsgebäude am Stadtrand. Sie marschiert am Eingangstor einfach an den Militärposten vorbei, die vor dem Redaktionsgebäude Wache stehen, indem sie mit einem Stück Papier in der Luft wedelt und irgendwas auf Spanisch sagt, das überzeugend wirkt. In der Empfangshalle wird sie von der Redaktionsleiterin erwartet, der sie unseren Auftrag erklärt. Ich bleibe dabei im Hintergrund, mische mich nicht ein. Ich spüre etwas Undefinierbares, ein neuer Magnetismus, der von Nina ausgeht. Es umgibt sie wie eine neue Aura, wie ein neuer Duft. Ninas Look ist glamourös und sexy, sie trägt einen schwarzen Hosenanzug. Das Gegenteil von dem bescheidenen Erscheinungsbild der linken Journalistin, die uns begleitet.
Doch Nina hat die Redakteurin, die um die zwanzig ist und eine

große Narbe über ihrer rechten Gesichtshälfte trägt – ein Säureangriff ihres Vaters, wie wir später herausfinden – längst zur Komplizin gemacht. Sie erzählt ihr von unserem Leben in Berlin, unseren Reportagen in Nordafrika, Amman, Belfast. In Ninas Worten werden daraus Storys über Mut und Freiheit. Dann lässt sie sich in einem Bürosessel nieder und studiert Negative. Negative! Hunderte von Negativen, die ihr die Redakteurin und der Archivar bereits auf einem Leuchttisch zusammengetragen haben. Nina kuschelt sich in den Sessel und lockert jetzt Hals, Arme und Schultern. Sie schlägt die Beine übereinander und lässt sie über die Armlehne baumeln. Sie atmet tief ein, seufzt und beißt sich auf die Unterlippe, wenn sie nachdenkt.

Ich bin selbst in Recherchearbeit versunken, blättere durch Archivbücher der Zeitung, bis zu jener Zeit, als Sonja Honecker Robertos Vater, den Dissidenten Leo Yáñez Betancourt, 1977 in Ost-Berlin kennenlernt.

So vergehen Stunden in den Redaktionsräumen von *La Tercera*. Und als der Nachmittag langsam zur Nacht wird und ich mal wieder in ihrer Leuchttisch-Kammer vorbeischaue, da sehen Nina und die Redakteurin plötzlich wie Verliebte aus. Als ob sie bereits ein zum Zerreißen gespannter unsichtbarer Draht verbindet.

Aber keine Bilder von Roberto Yáñez. Nina will die Nacht in der Redaktion verbringen. Susanne will auch bleiben. Ich kann nicht mehr. Ich bestelle ein Taxi, das mich ins Hotel fährt. Nina ist nicht zu stoppen. Wieso sollte ich sie stoppen?

Ninas obsessives Verhalten wurde oft als neurotisch abqualifiziert. Als sei es bei Künstlerfürsten und Filmemachern, bei Werner Herzog oder Harald Szeemann absolut okay, Obsessionen frei zu entfalten. Junge Frauen dagegen sollten das besser unter-

drücken, denn es haftet ihnen sonst etwas Abnormes an, etwas Krankhaftes. So jedenfalls äußerten sich Jakob und seine Freunde damals in Barcelona über Nina.
Dabei ist es nichts anderes als eine extreme Art der Fokussierung. Nina besitzt diese Fähigkeit. Sie wirkt dabei wie besessen.
Am nächsten Tag meldet Nina den erfolgreichen Fund von vier Schwarz-Weiß-Bildern. Sie sagt es ohne große Euphorie. Fast ein bisschen zu gelassen. Als ob etwas ganz Großes leider zum Ende gekommen ist. Die Bilder zeigen Roberto Yáñez als sechzehnjährigen Jungen mit seiner Großmutter Margot bei einer Veranstaltung in Santiago. Die Redaktion von *La Tercera* schenkt uns die Negative. Wir sollen sie irgendwann wieder zurückschicken.

Auf dem Flug zurück nach Deutschland schreibe ich meine Story über den Enkelsohn von Erich Honecker. Entworfen im Stil von »On the Road« von Jack Kerouac.
Wir sind Engel der Hölle, sage ich zu Nina, als wir in der Lufthansa-Maschine die Anden überqueren.
Sie legt ihren Arm über meine Schulter. Ich lege meine Finger auf ihre Wange und streiche hinunter bis zum Kinn. Ich sehe, wie ihre Lippen zittern: Tom, sagt sie, wie wollen wir jetzt weiterleben?

25

Ninas letzte Fahrt. 07:05 Uhr, Pacific Time. Eine Stille herrscht, als ob sie endgültig wird. Die Fahrt führt von Koreatown Richtung Osten, über die Arlington Avenue, von dort nach links, südwärts, weil ich hoffe, dem starken Verkehr zu entgehen, dann auf den Santa Monica Freeway, westwärts, mit Tempo 10 mph.

Nina sitzt aufrecht in ihrem Sitz, starrt durch die Windschutzscheibe. Sie trägt eine Atemmaske. Wenn sie was sagen will, schreibt sie es auf einen Notizblock. Ihre Hand zittert. Sie schwitzt. Ihre Knie schlottern. Von den Ärzten weiß ich, dass ihre Lunge so winzig klein geworden ist, dass andere, weiter unten liegende Organe hochgerutscht sind. Der Magen ist nicht mehr an dem für ihn vorgesehenen Platz.

Ninas rechte Hand klammert sich jetzt an den Türgriff. Wir fahren Henry und Jack zur Schule. Jack hat sich an den Vordersitz herangezogen und erzählt Mama entspannt ins Ohr, was er heute alles vorhat, berichtet von neuen Freunden und dem Lehrer seiner vierten Klasse, den er besonders mag. Henry, der Highschooler, liegt schläfrig im Fond und hört »Forever Changes« von Love über sein neues iPhone 5.

Nina kämpft unter der Atemmaske. Manchmal sehe ich von der Seite ihre aufgerissenen Augen. Erst als ich meine Hand auf ihr

linkes Bein lege, beruhigt sie sich ein wenig. Ihre Hand tastet über meine Hand. Sie schaut zu mir. Sie führt meine Hand zwischen ihre Beine. Sie drückt meine Hand und starrt durch die Windschutzscheibe. Sie öffnet ihren Mund, als ob sie in Zeitlupe einen langen Schrei simulieren würde. So bleibt sie eine Weile unter der Maske festgefroren. Wie der Schrei von Edvard Munch.
Als Nina noch gesund war, konnte sie schreien, weinen und wüten, als ob sie im Sterben läge. Ihre Schreie waren das Lauteste und Hemmungsloseste, was ich je gehört hatte. Anfänglich hielt ich es für übertrieben. Eine Inszenierung. Der Auslöser konnte irgendetwas sein. Signale der Außenwelt, die auf unser Ende, auf Verluste im Leben verwiesen. Doch im Laufe der Zeit erschreckten mich Ninas Schreie immer mehr, sie erschütterten mich: Es waren Trauer-Attacken. Es kam mir vor, als ob ihre Schreie Löcher in mein Hirn schossen. Ich hatte Angst vor diesen Momenten. Ihr Schreien und Weinen war so real. Gnadenlos. Ihr Anblick schürfte mich auf. Hinterließ Spuren. Ich wurde wütend. Wie kann man so verdammt laut schreien?
Jetzt schreit Nina nicht mehr. Und ich vermisse es. Sie will das Leben nicht mehr zurück haben. Sie hat diesen legendären Fluss längst überquert, der die Lebenden von den Toten trennt.
Natürlich wollten wir Nina über die letzten drei Jahre, seit wir von ihrer Krankheit wissen, zurück haben. Aber es kam der Tag, an dem ich feststellte, dass etwas Beruhigendes in der Tatsache liegt, Nina als körperliches Wesen weiterhin zu erleben, nachdem sie uns im Geiste doch schon längst verlassen hatte.
Und es gibt auch jetzt nichts, was uns aufgrund dieser Tatsache als finsterer Schrecken erscheint. Jack und Henry sind mit ihren iPhones beschäftigt. Ich steuere einen Toyota. Draußen existiert die Welt. Was war daran so besonders?

Vielleicht hatte ich zu viele Studien von Psychiatern und Sozialtherapeuten über Leid und Tod gelesen. Freuds »Trauer und Melancholie« war auch darunter, irgendwann las ich Thomas Manns »Zauberberg« wieder. Und wenn ich jetzt am Steuer unseres Prius so was wie Kontrolle über das Unfassbare demonstriere, dann spiele ich mir womöglich was vor. Was nicht das Allerschlimmste ist. Nichts kann das Gefühl der unüberwindbaren Kluft zwischen Verstand und Gefühl unterdrücken. Natürlich wünsche ich mir die Frau zurück, die ich liebe und die noch immer neben mir atmet. Aber das geht nicht mehr. Selbstmitleid ist ein Zustand wie Daumen lutschen. Man könnte sich daran gewöhnen.

Ich denke nicht daran. Selbstmitleid ist einfach da. Soll anwesend sein. Ist Normalität.

Unsere letzte Fahrt ist nicht traurig. Sondern sehr schön. Gibt es einen melancholischeren Anblick als eine von Palmen gesäumte zwölfspurige Asphaltfläche, verstopft von Tausenden schleichenden Autos, diszipliniert gesteuert von einer Armee Schicksalsgenossen, gefangenen in der Gegenwart, unter einer verschmutzten Wolkendecke? Am Ende dieser Piste, in zehn Meilen Entfernung, endet der amerikanische Kontinent am Pazifik. Dort hört der Traum auf. Für alle.

Dreißig Minuten dauert die Fahrt bis zur Schule, die fünf Meilen entfernt ist. Rushhour. Aber uns stört das nicht. Es ist Teil einer Autokultur, die Nina und ich schon immer als unser L. A.-Glücksgefühl definiert haben. Herkunftsland des Automobils mag Deutschland sein, zum glückspendenden Totem wurde es in dieser Stadt. Es war klar, dass Nina irgendwann nochmal raus auf diese Straßen will. Ich hatte sogar insgeheim gehofft, dass sie den Wunsch äußert, einfach in unseren Wagen einzusteigen

und loszufahren, Musik zu hören – auch wenn es Lebensgefahr bedeutete, wie uns die Ärzte gewarnt haben. Aber was für eine Gefahr soll das schon sein. Es fällt mir auf, dass ich beim Fahren die schönsten Gespräche mit Nina geführt habe. Es floss einfach so aus uns heraus, es gab kein Entkommen im Wagen.
Nina schreibt jetzt auf ihren Notizblock: *Play some Eliott music.* Sie wünscht sich Eliott Smith von unserer gemeinsamen Spotify Playlist. Eliott ist ihr Lieblingssongschreiber, ein verstorbener Kollege, mit dem sie oft morgens in Echo Park im Coffeehouse gesessen hat und durch Trödelläden gestöbert ist. Ein Mann, in den sie vielleicht auch gerne mal richtig verliebt gewesen wäre. Aber Nina konnte sich nicht mehr verlieben. Außer in immer neue Autos und Secondhand-Kleider, in die Werke von Filmemachern und Künstlern, in Steine und Schwemmholz, seltsame Papierfetzen und Umhängetaschen.
Jetzt hebt Nina ganz langsam die Hand, als ob sie mir etwas zeigen will. Dann lässt sie den Arm wieder sinken, kraftlos. Irgendwo dort draußen hat sie etwas gesehen. Sie nimmt das Notizbuch und kritzelt:
»Don't change lanes. Drive easy«.
Nina atmet jetzt schwer hinter der Maske. Es klingt, als würde sie heulen und kommt tief und heiser aus ihrer Kehle. Dann wieder Stille. Die Außenwelt wirkt nicht mehr halluzinierend. Es kommt mir vor, als hätte sich meine Perspektive verändert, und alles, was ich sehe, wäre zweidimensional geworden.
Ich sehe Henrys fragendes Gesicht im Rückspiegel. Er zuckt mit seinen Schultern. Was willst du eigentlich mit dieser Fahrt bezwecken? Mama ist nicht mehr bei uns.
Ich deute hinaus, lenke ihn ab: Dort, siehst du die Leuchtreklame für den neuen George-Clooney-Film auf der riesigen LED-

Leuchtwand? Und davor eine Gruppe arbeitsuchender Latinos, die im Freien übernachtet hat und jetzt lachend um ein kleines Feuer in einem leeren Ölfass steht. Das ist die Welt.
Henry schaut nicht hin.
Die Mündung der Klimaanlage spuckt viel zu kalte Luft aus. Ich fühle mich wie ein Lotse auf einem sinkenden Schiff. Die Hinterräder scheinen mit den Vorderrädern nicht mehr in Verbindung zu stehen. Der Asphalt ist übersprüht von einer imaginären Flüssigkeit, die Welt aus dem Takt geraten, alles wirkt asynchron. Ich könnte Henry jetzt erklären, dass Menschen, die sich von den elementarsten Formen des Glücks beraubt fühlen, das Glück in anderer Form finden werden. Glück ist doch ein grundlegendes Bedürfnis wie der Schlaf. Dürfen wir uns nicht was vormachen, um glücklich zu werden?
Nina kämpft unter der Sauerstoffmaske. Sie schreibt wieder was auf ihren Zettel. Aber dann zerknüllt sie den Zettel in ihrer Hand. Erst später, als wir zu Hause sind, lese ich ihre Nachricht: *Leave him alone.*
Henry hat die Kopfhörer noch immer nicht zurück auf die Ohren geschoben.
Wir hatten Träume, sage ich, und sie hatten nichts mit der Realität zu tun, weil sie ein fernes Unbekanntes sind, eine Unmöglichkeit. Aber das Träumen versprach so was wie eine Steigerung der Empfindungen. Darum ging es. Den raschen und ununterbrochenen Wechsel innerer und äußerer Eindrücke. Das hat uns glücklich gemacht. Es hat die Beziehung von Mom und Dad zementiert.
Henry schaut skeptisch in den Rückspiegel. Eigentlich mag er es, wenn ich ihm »klugen Scheiß« in hochdeutschen Sätzen zu verkaufen versuche. Er mag es noch viel mehr, wenn er das

Ganze mit Lässigkeit und einer von seinen schwarzen Freunden adaptierten Gossensprache abschütteln kann.
Fuck that shiiiit, sagt er.
Los Angeles war für uns wie ein Prospekt, sage ich nach einer kurzen Pause.
Was für ein Prospekt?
Eine Art kinematographische Szenerie. Ein Raum, in dem fantastische Ideen zu Realitäten werden. Und da ist auch kein höherer Anspruch. Einfach eine Fantasie. Es hätte auch andere Fluchtwege gegeben: den Wahnsinn, noch mehr Drogen, Selbstmord …
Aber das sage ich nicht.
Stattdessen sage ich: Los Angeles hat Mom und Dad eine symbiotische Nähe ermöglicht, die sie zu Unzertrennlichen machte. So wurde es uns möglich, eine Familie zu gründen, Kinder zu haben, ein mehr oder weniger glückliches Paar zu sein. Mit euch Kindern auf der Welt gingen Mom und Dad plötzlich viel behutsamer miteinander um, respektvoller und aufmerksamer. Dank euch!
Wieso wegen uns?
Das ist eine lange Geschichte. Es ist die Geschichte von Mom und Dad in Los Angeles. Ihr gabt uns die Möglichkeit, ein Widerstandsnest gegen die Welt zu erfinden. Es war die einzige Form des Glücks, die uns zugänglich war.
Und jetzt stirbt Mom, sagt Henry.
Nie hatten wir das Gefühl, dass Henry oder Jack unseren Seelenstriptease verachten. Diskretion ist nicht unsere Sache. Wir redeten in den letzten Jahren hemmungslos über alles. Der Tag, an dem die Todesnachricht von einer Röntgenärztin kam, war ein sonniger Tag. Es gab kein Klagen. Kein Selbstmitleid. Wir

waren kampfbereit. Und viel realistischer als die meisten Leute, die uns Fantasten nannten.

Unsere Jungs beobachteten uns immer genauer, im Krieg, im Frieden, in Trauer. Trotz widersprüchlicher Gefühle. Immer kamen wir wieder zusammen, vereinigten uns als Familie, auch wenn die Welt zusammenbrach, der Verstand aussetzte und der gefühlte Schmerz unerträglich wurde.

Bei der Ausfahrt »La Cienega« verlasse ich unseren geliebten 10er Freeway, und Nina schaut zum letzten Mal dem amerikanischsten aller Straßenschilder nach:

»EXIT«

26

Nach sechs Jahren trennt sich *Tempo* von mir.
Wir setzen uns zum Abendessen an den Küchentisch, und das Leben, das wir kennen, hört auf.
Was nicht das Schlechteste ist.
Nina will weg. Sie hat sich nach Monaten wieder Make-up aufgelegt und sich die Haare färben lassen. Sie sieht wie eine Frau aus, die nichts aufhalten kann. Einfach die Vergangenheit vergessen und unsere Zukunftsaussichten verherrlichen. Nackt am Strand von Malibu liegen, sich küssen.
Nina berührt meine Kehle, sie fährt mit der Hand meinen Rücken hinunter, vom Nacken bis zu den Pobacken, bis sich mein Körper vor Lust schüttelt. Ich liebe es, gestreichelt zu werden, darin bin ich vielleicht wie eine Frau. Sich hypnotisieren mit Liebkosungen. Das hat Nina in dieser Intensität noch nie getan. Sie sagt, so wird es jeden Tag sein in Los Angeles. Die Sonne wird immer hoch am Himmel stehen. Wir werden das schon schaffen. Wir werden uns mindestens einmal täglich lieben.
Nina redet jetzt immer öfter wie Lula, das Mädchen aus »Wild at Heart«. Verwirrend. Entfremdet. Verloren. Aber unwiderstehlich süß im Tonfall.
Wir verschwinden einfach, sagt Nina. Du hast großes Potenzial.

Du auch, sage ich.
Wir sind höhnisch genug, um Amerika zu ertragen.
Und wir lieben die Macht der Zerstörung.

Es sind unsere letzten Wochen in Berlin. Wir küssen und schmusen ein letztes Mal bei Edeka an der Potsdamer Straße. Nina wirkt so gelöst. Wir mieten ein Segelboot, gleiten über den Wannsee. Wir fahren mit den Rädern ein letztes Mal durch den Tiergarten, wir rennen durch das Gebüsch, erfinden Indianerspiele, Wettrennen mit Handikap. Sie holt mich immer wieder ein, stürzt sich mit Siegesgeschrei auf mich, rollt über Kiefernnadeln, »fesselt« mich, küsst mich. Ich höre mein Herz und wie das Blut durch die Adern jagt. Ich schiebe meine Hand unter ihren Minirock und streichle sie über die Innenseite ihrer Oberschenkel. Meine Hände umfassen ihren Hintern. Nina küsst mich. Sie küsst fester, leidenschaftlicher. Vielleicht ist es die Vorfreude auf ein neues Abenteuer. Sie setzt sich irgendwann auf mein Gesicht. Ich liebe die Nässe ihrer Vagina, sie hängt an meinem Kinn, an den Lippen, an der Nase, und dann vergräbt sie ihr Gesicht zwischen meinen Beinen, um ihre Schreie zu dämpfen. Ich kralle meine Hände in ihren Hintern, ich sauge an Nina. Sie hält meinen Schwanz fest und schiebt ihn hin und her in seiner Haut. Hin und her. Auf und ab. Hin und her. Auf und ab. So vergehen die letzten Tage in Berlin.

27

Nina reist vier Wochen vor mir ab. Ich muss noch zwei Reportagen liefern und die Wohnung an der Yorckstraße untervermieten. Es ist ein gefährlicher Monat. Danach werden wir nie mehr getrennt leben. Nie mehr.
Sie geht mit einem roten Koffer. Über ihrer Schulter baumelt ein kleines Handtäschchen, auf dem »Penny Markt« steht.

Es vergehen vier Tage ohne Meldung. Eine Woche. Nichts. Ich weiß, dass sie bei Musikern der Band Miracle Workers untergekommen ist. Wir haben diese Jungs mal in Bern kennengelernt. Ich finde, das Haus in Long Beach ist keine gute Umgebung für Nina. Aber sie hat es so gewollt.
Dann die Erlösung. Die ersten Meldungen aus L. A. sind euphorisch. Nina findet eine große Zwei-Zimmer-Wohnung in der obersten Etage eines Art-déco-Gebäudes in Koreatown. Mit Sicht auf Downtown, auf die Schwarzen-Viertel im Süden, auf die Hochburgen der zentralamerikanischen Einwanderer: Rampart und Westlake. Vor drei Monaten wüteten in jener Gegend die »L. A.-Riots« und haben Angst und Schrecken in Koreatown ausgelöst. Die Häuser stehen wegen der Unruhen leer. Die Menschen sind geflüchtet. Außer den Gangs, den Koreanern und den Ärmsten. Die Mieten sind niedrig.

Nina lacht am Telefon. Es ist verrückt hier. Die Sonne scheint ständig. Der Himmel ist manchmal blau und rot und manchmal sogar braun. Man kann hier im Bikini einkaufen gehen, dazu trage sie neue Stiefel, von einem Military-Shop am Sunset Boulevard, wo auch »Falling Down« gespielt habe. Der Hauswart im Haus 840 South Serrano heiße Mango. Er steckt voller Hass, ein fieser Nazi-Hund, aber er mag mich, sagt Nina. Er erinnere sie an den Michael Douglas-Charakter in »Falling Down«. So ein Typ sei auch Mango, der Hauswart.

Dann wird unser Gespräch unterbrochen. Tagelang höre ich nichts mehr.

Es kommen Briefe. Nina schreibt mir jeden Tag. Sie berichtet von einem bizarren Autokauf: ein blauer Nissan Pick-up und ein schwarzer Cadillac Coupe de Ville mit leichtem Blechschaden, beide zusammen für 2000 Dollar. Aber wieso gleich zwei Autos?

Sie schickt mir Fotos des schwarzen Cadillacs. Die riesige Ablage über den Armaturen ist geschmückt mit Plastikblumen, Barbiepuppen, Knochen, Steinen, Schwemmholz und der harmlosen aber echt aussehenden Kopie einer Glock-Pistole. Auf einem der Fotos sind im Fond drei Jungs zu erkennen, die wie Cholos aussehen und Handzeichen machen. Nina hat die Kamera einfach auf sich selbst gedreht. Vorn sieht man ihr Gesicht, sie grinst, als ob sie es toll findet, für drei Affen mit 18th Street-Tätowierungen am Hals die Chauffeurin zu geben. Was ist los mit Nina? Hat sie überhaupt eine Ahnung, was die L. A.-Cops mit einem Mädchen machen, das eine Plastikpistole zur Schau stellt?

Als ich sie dann doch wieder ans Telefon bekomme, klingt die Antwort etwa so: Die Kinds in dieser Stadt drehen durch.

Die Nacht ist schwarz.
Die Straßen sind menschenleer.
Nur ich und mein Cadillac.
Ich habe hier Jungs kennengelernt, du wirst es nicht glauben.
Und ich bin das einzige Mädchen, das die reinlassen.
Mein Universum beginnt sich zu drehen.
Manchmal schlafe ich sechzehn Stunden am Tag, manchmal gar nicht.
Alles ist hier gewalttätig, glamourös, easy. Alles Oberfläche.
Du musst kommen.
Komm endlich zu mir.
Komm zu mir.

Ich habe Nina noch nie so vermisst. Ich spüre ständig einen Schmerz im Magen. Ich glaube, ich bekomme ein Magengeschwür. Ich rufe sie immer und immer wieder an. Aber sie nimmt nicht mehr ab. Ein Anrufbeantworter springt an.
Ich hinterlasse Nachrichten, die unbeantwortet bleiben.
Ich melde meine Ankunftszeit. Sie soll mich am Flughafen abholen.
Als ich mich in der fast leeren Wohnung in der Yorckstraße im Spiegel anschaue, sehe ich nicht etwa ein Gesicht, das einen ungezwungenen Blick zurückwirft. Sondern einen unruhigen Menschen mit schlechtem Gewissen und bösen Vorahnungen.
Vielleicht genießt Nina das Leben ohne mich. Ich sehe das Bild vor mir: Sie sitzt mit fetten Cholos in fetten, tiefergelegten Autos und lässt sich fette Joints in den Mund schieben.
Crack-Whore!
Crack-Whore!
Crack-Whore!

So hämmert es in meinem Hirn.
Ich bin eifersüchtig.
Ich hatte es nicht besser verdient. Ich hatte mich in den letzten Wochen selbst zu einer Affäre mit einer Künstlerin namens Pipilotti hinreißen lassen.

Als ich in Los Angeles ankomme, regnet es in Strömen. Ich marschiere in die Ankunftszone des International Airport wo die Passagiere von einem Meer aus wartenden Angehörigen und Fahrern verschiedener Limousinen-Dienste empfangen werden.
Ich habe schlechte Laune, bin wütend. Ich kann Nina nicht verzeihen, dass sie sich nicht mehr bei mir gemeldet hat und will sie das spüren lassen.
Sofort erkenne ich sie in der Menschenmenge. Sie quatscht mit einem schwarzen Riesen in der Uniform der Los Angeles Clippers. Sie redet mit ihm, als ob es ihr bester Freund wäre. Sie hält nicht Ausschau nach mir. Sie trägt Korsett, martialische Stiefel, hautenges Leder, einen schwarzen Regenmantel, alles, was sich ein Fetischist erträumt. Ihr Gesicht ist supergebräunt. Ihre Hände wirken noch länger, mit grau lackierten Nägeln. Ihre Lippen sehen noch voller aus, hohe Wangenknochen, Stupsnase, die Haare kurzgeschoren, langer Hals, spitze Ellenbogen. Vielleicht stimmt das Klischee, dass man als It-Girl in Los Angeles nur überleben kann, wenn man wie eine Schokoladentorte oder Pornodarstellerin aussieht.
Ich sage zuerst nichts. Wir umarmen uns kurz. Ich schaue weg. Nina versucht cool zu bleiben.
In der Parkgarage stellt sie mir stolz ihren schwarzen Cadillac Coupe de Ville vor. Ein Monster. Das größte Auto, das jemals

in Detroit hergestellt wurde. Ich setze mich in einen Sessel, der sich wie ein Ledersofa anfühlt. Im Wagen riecht es nach Räucherstäbchen. Dazu läuft irgendwas von Cypress Hill. Nina grinst. Sie gibt mir eine grüne Flüssigkeit aus einer Glasflasche zu trinken. Ich überlege nicht und trinke.

Sie lächelt und kümmert sich nicht weiter um meine Laune. Sie fährt durch Inglewood, dann ostwärts, Richtung Florence und Normandie, wo die Aufstände am blutigsten wüteten. Sie ist so was von high und rattert einfach drauflos. Die Crips sind die härtesten, sagt sie betont wissend. Sie tragen blaue Jacken, Kopftücher und Baseballkappen. Die Bloods zeigen Rot. Wenn ein Roter in ein blaues Viertel gerät, dann greifen die Blauen zu den Waffen. Und dann gibt es die alteingesessenen Cholos, die bei uns in Koreatown leben. Zwischen denen und den nachgeborenen Schwarzen-Gangs herrschte von Anfang an Krieg.

Um was geht es denn?

Um *Turf*. Und noch was anderes. Da die Mexikaner seit hundert Jahren als Wirtschaftsflüchtlinge nach Los Angeles einwandern, sitzt der Hass der Schwarzen tief. Die Mexikaner sind fleißig, die Schwarzen faul und gefährlich. So jedenfalls wird geredet. Der Kampf um Jobs hat sich längst für die Mexikaner entschieden. Das sind meine Freunde.

Nina redet pausenlos, sie lenkt und findet doch noch Zeit und Lust, mir zwischen die Beine zu fassen, um zu prüfen, ob alles da ist. Sie lächelt.

Ich nicht.

Sie weiß Bescheid. Oder tut jedenfalls so. Ich weiß nichts.

Ich will nur schlafen.

Was ist hier passiert?

Es regnet in Strömen.
Was war in dieser grünen Flüssigkeit, die mir Nina verpasst hat?

Als ich erwache, sehe ich unser neues Zuhause zum ersten Mal bei klarem Verstand. Das Schlafzimmer. Los Angeles schläft noch. Außer dem Rauschen des zwei Kilometer entfernten Santa Monica Freeways sind Alarmanlagen zu hören, gelegentlich ein kreisender Helikopter. Die Sonne brennt ihre Laserstrahlen durch die Jalousien. Vorsichtig setze ich mich auf, anscheinend habe ich den größten Teil eines möglichen MDMA-Rausches schon im Schlaf bewältigt. Mein Schwanz steht blutverschmiert zwischen meinen Beinen. Ich taste über die Blutspuren auf meiner Brust. Ich kann mich an nichts erinnern. Ich schaue mich um: Nina liegt eingewickelt in einer weißen Decke neben mir – wie ein Leichnam. Der Raum ist in Weiß gehalten, total minimalistisch eingerichtet, eine große Vase mit gelben Sonnenblumen steht neben dem Bett, an der Wand hängt eine ramponierte Puppe.
Ich blicke durch die Lamellen der Jalousie, schaue hinaus auf die Straßen. Es gibt keine Uhr im Zimmer. Ich weiß nur, dass die Sonne brennt, obwohl sie gerade erst über Downtown aufgestiegen ist. Ich überprüfe den wild blinkenden Anrufbeantworter, drücke die Taste und höre Stimmen. Einen schweren Latino-Akzent. Immer und immer wieder. Die Sekretärin eines gewissen Lawrence Bender lädt Nina zu Dreharbeiten ein. Jemand brüllt: Trailer Trash! Trailer Trash! Ich gehe ins Bad neben dem Schlafzimmer und will duschen. Offenbar haben wir gestern Nacht die Badewanne benutzt, sie ist noch voll, meine Unterhose schwimmt oben auf, auf dem Rand klebt Kerzenwachs,

auf dem Boden liegt Ninas T-String. Neben dem Waschbecken stehen säuberlich aufgereiht Shampoo-Flaschen von »Paul Mitchell«. Ich streife einen Bademantel aus dem Chateau-Marmont-Hotel über und gehe langsam ins Wohnzimmer.

Die Farbskala der Wohnung umfasst Aqua, Apfel und Creme, aber das Aschfarbene des Sofas, des Esstischs und der Vasen, die auf blassem Eichenparkett stehen, dominiert. Sonst gibt es nichts – außer verstreute Bücherhaufen und Stapel von *Vanity Fair, ID, Details*-Magazinen und Kataloge von Modemachern, Künstlern und Fotografen aus Los Angeles.

Die Fenster sind aus Quadraten zusammengesetzt und geben einen Panorama-Blick über Los Angeles frei. Wir leben tatsächlich über den Dächern von Koreatown. Alles wirkt provisorisch. Der Raum ist gut hundert Quadratmeter groß, Fliesen in der Küche, viel Stauraum in eingelassenen Wandschränken, hohe Decken. Auf einem übergroßen Bildschirm flackern »Beavis & Butthead«, der Ton ist abgeschaltet. Die frischgestrichenen Wände wirken wie magische Leinwände.

Ich höre ein Klopfen. Einen Schrei. Dann Stille. Werfe einen Blick in den düsteren Flur des sechsten Stocks: Ein Briefbote von »Federal Express« klopft gegen die Tür 610.

Ein gespenstisches, metallenes Schlagen hallt durch die Gänge. Es jagt aus der Tiefe des Heizungskellers durch die Heizungsrohre des ganzen Hauses. Alles hier erinnert an einen Film noir. Die Sonne wirft düstere Schatten in lange Flure. Eine junge Frau im Morgenrock sucht aufgeregt nach ihrem Haustier, einer Ratte namens Marilyn.

Ich lehne mich aus dem Fenster, blicke Richtung Beverly Hills, schaue die Fassade hinunter, erkenne Art-déco-Verzierungen, abgeblätterte Farbe. Ich kontrolliere die gusseisernen Fensterrahmen, streiche über das Glas – und bin beeindruckt. Wie hat Nina das nur geschafft? Dieses Haus ist ein Wunder.

Aber was ist mit uns geschehen?

Wir sind zu abstrakten Zeichen geworden, alles fühlt sich künstlich an.

Wir sind wie erfunden.

28

Nina wirkt gespenstisch. Ich studiere ihre Bewegungen, den durchsichtigen Bademantel, die blumenverzierten Badesandalen. Sie schwebt durch die Wohnung wie ein Bonbon, das man auf der Zunge zergehen lassen möchte.
Sie wirkt glücklich. Seit fünf Wochen existiert sie in einer Atmosphäre aus Sonnenlicht. Die Jahreszeiten zerfließen im Stundenrhythmus zu einer schwebenden Ewigkeit. Morgens bricht der Frühling an, mittags ist Sommer, abends kommt der Herbst. Ich komme mir unter dieser Sonne schwach und blass vor, hervorgekrochen aus den dunklen Räumen, in denen ich in Berlin dahinvegetiert habe.
Nina lächelt souverän, ist verspielt, macht Späßchen, die man eher von kalifornischen Beachvolleyballspielerinnen erwartet. Ich sehe sie bereits Bälle über den glühenden Sand smashen. Meerwasserversetzte Schweißtropfen fliegen aus ihrem Haar. Gänsehaut von der leichten Brise des Ozeans. Sommersprossen. Die feinen Sandkörner auf ihrer schmalen Schulter schimmern wie Pailletten.
Was wird aus uns in dieser Fata Morgana namens Los Angeles?

Wir beschnuppern uns, wie zwei Tiere, die sich ein Gehege teilen. Ich studiere Ninas Körper, ihren Ausdruck, kontrol-

liere alles. Das geht ihr auf die Nerven. Sie liegt nackt auf der Couch und trägt Kortison-Salbe auf. Sie schaut an sich herunter, selbstverliebt und kritisch zugleich. Ihre Haut nimmt sie voll in Anspruch, obwohl ich keine Ausschläge erkennen kann. Ninas nackter Körper ist prächtig braun, aber voller Beulen und Schrammen. Sie hat eine Vicodin geschluckt und hört zum dritten Mal ein Album namens »Doggystyle«. Sie ignoriert mich. Als ich sie frage, ob wir nicht mal was essen sollten, sagt sie, in L. A. habe sie kaum mehr Appetit.
Vielleicht einen Salat, später?
Vielleicht.
Dann lass uns eine Runde mit dem Auto drehen.
Sie geht nicht darauf ein.
Ihre Zähne wirken weißer als früher. Unheimlich weiß. Im Badezimmer habe ich neuartige Klebestreifen entdeckt, mit denen man die Zähne aufhellen kann. Gleichzeitig fällt mir das Ausgemergelte auf, eine fast kränkliche Schlankheit, verbunden mit etwas – wie soll ich es nennen? Glasige Augen, leicht betreten – Kosmischem? Ich erkenne am Unterarm eine aufgeritzte Stelle, die wie ein Hakenkreuz aussieht.

Bloß nicht nervös werden. Ich muss mich an die neue Umgebung gewöhnen, Apartment 606, sechster Stock, freier Blick Richtung Downtown und Rampart District. Ich wollte die Übersiedlung in die City of Quartz. Alles meine Schuld. Das Licht wird es schon richten. Die Sonne. Die Überbelichtung.
Unter uns, im Vorgarten eines Bungalows, lungern glatzköpfige Latinos in weiten weißen Hemden, riesigen Basketballshorts und bulligen Basketballschuhen herum. Auf einer Häuserwand hat jemand in grellen Farben eine Madonna gemalt. Da unten

beginne das Revier der Playboys, eine kleine Gang, sagt Nina, die Gang-Expertin. Etwa fünfzig Mann, die sich ausgerechnet die 18th Street-Gang zum Feind gemacht habe – das ist eine der größten Gangs von Los Angeles, mit gut fünfhundert Mann. Unser Stadtteil heißt zwar Koreatown, aber es ist vornehmlich ein Viertel der Zentralamerikaner. Salvadorianer beherrschen die Straßen. Eine Gegend mit Sozialbauten, die aus den glamourösen dreißiger Jahren stammen, mit bröckelnden Fassaden. Es gibt kaum Wände in der Gegend, die nicht mit Graffiti besprüht sind, mit roten und blauen Gang-Hieroglyphen. Und immer wieder Polizeihubschrauber am Himmel. Mit bedrohlich klopfenden Rotorblättern kreisen sie über uns.

Nina hantiert mit Zeitungsausschnitten, die sie sorgfältig in einem großen schwarzen Notizbuch aufbewahrt. Sie läuft nachdenklich durch die Räume, als ob sie Pläne schmiedet. Manchmal bleibt sie am Fenster stehen und blickt über die Häuserlandschaft. Sie fragt mich nicht, wie es mir geht, welche Aufträge ich aus Deutschland mitgebracht habe. Sie ist nicht daran interessiert, was sich in den letzten Wochen in Berlin ereignet hat. Sie will nichts über die neuen Vereinbarungen mit meinen Auftraggebern in München oder Zürich erfahren. Sie hofft vielleicht, dass ich meinen Job an den Nagel hänge und mich ganz ihren Ambitionen widme.

Im Schlafzimmer hängen Schwarz-Weiß-Fotografien von Mädchen, die Nina in Beverly Hills aufgenommen hat. Sie stellt sich jetzt neben mich, während ich ihre Bilder studiere. Da sind junge dünne Dinger zu sehen, die vor einem Pool posieren und scheinbar in einer Welt leben, in der das einzige Abenteuer Poppen ohne Präservativ ist. Alle haben den gleichen Mund. Sie wirken

wie posthumane Geschöpfe, befreit vom Unrecht der Hässlichkeit. Alle mit unschuldig gewölbter Stirn, seidenschimmernder Haut, Mandelaugen, Stupsnasen. Makellose Schönheiten in roten und schwarzen Bikinis im Schatten einer gerupften Palme.
Ich heuchle Interesse und frage: Was willst du mit diesen Bildern sagen?
Weiß ich nicht.
Sie sei einfach eine neugierige Beobachterin. Sie habe ein paar gute Kontakte zu Mädchen aus der Filmindustrie. Das Thema könnte vielleicht lauten: »Studie über junge Frauen in Beverly Hills zu Beginn der neunziger Jahre«. Sie mache die Bilder wie ein Biologe, der Bakterien unter seinem Mikroskop studiert.
Ich erwähne, dass ihre Art der Fotografie auch Magazine interessieren könnte.
Sie schüttelt den Kopf. Bloß keine Magazine. Das ist Dreck.
Wieso? Sie fotografiere ihre Girls doch in Werbeposen, sage ich. Sie nehme doch eine Perspektive ein, die aus der Modefotografie bekannt sei.
Stille.
Ich mache was anderes, sagt Nina.

Ich nehme sie in die Arme, ganz ohne Absichten. Ich drücke sie fest an mich, und wir fallen aufs Bett. In ihren geröteten, tränenden Augen erkenne ich diesen strengen, nachdenklichen Blick. Ihre Augen irritieren mich auf vertraute Weise.
Nina dreht sich weg von mir, steckt sich eine kleine, glänzende Porzellan-Pfeife in den Mund und zündet sie an. Sie zieht den Rauch tief in ihre Lungen, hält die Luft an und bläst weißen Qualm über meinen Oberkörper. Sie beugt sich zu mir hinüber und greift mit einer Hand nach meinem Schwanz. Mit der ande-

ren krallt sie sich in mein Fleisch. Sie hat scharfe Nägel, tut mir weh. Dann bewegt sie ihre Hand über meinen ganzen Körper, bedächtig, genussvoll. Sie streichelt mich ganz sanft. Sie lächelt mich an, sie fährt mit ihrer Hand an meinem Bein entlang, als wolle sie ihm eine neue Form geben.
Ich kenne deinen Körper so gut, Tom, sagt sie jetzt.
Sie merkt, dass ich wieder auf ihre Bilder an der Wand starre, und fragt mich erfreut, was ich genau anschaue.
Deine Frauen blicken immer ins Objektiv, ohne jede Scheu. Wie hast du das hinbekommen?
Nina schüttelt den Kopf. Keine Ahnung.
Die Frauen blicken offen, herausfordernd und manchmal aggressiv zum Betrachter; mit ihren geöffneten Mündern, den blitzenden Zähnen und ihren langen Fingernägeln ähneln sie Raubtieren.
Du hast sie an Orten fotografiert, die ein Gefühl der Entfremdung erzeugen. Ist das Absicht?
Sie schüttelt den Kopf, streift mit der Hand über meinen harten Schwanz und greift sich die Porzellan-Pfeife, zündet sie an und inhaliert.
Sie versteht nicht, wovon ich rede.

So vergehen die ersten Tage in Apartment 606. Manchmal laufen wir durch die Gänge im fünften und sechsten Stock. Am Notausgang flackert ein Neonlicht. Das grüne »EXIT«-Zeichen ist zerschlagen. Das ehrwürdige Art-déco-Haus hat schon glamourösere Zeiten gesehen.
Wie bist du auf dieses Gebäude gestoßen?
Ein Location-Scout von David Lynch hat mir den Tipp gegeben.

Location-Scout, was ist das?
Leute, die Drehorte auskundschaften.
Dir hat es hier sofort gefallen?
Sofort. Ich glaube sogar, Apartment 606 kann uns abheben lassen. Es gibt hier eine Art, durch die Flure zu gehen: Eine Art, die dir das Herz aufgehen und die Gegenwart hereinströmen lässt.
Was heißt das, Nina?
Früher, in Barcelona und Berlin, habe ich mich manchmal selbst verabscheut und verachtet, weil ich wie in einem Gefängnis gelebt habe. Hier ist alles anders. Es hat etwas mit dem Licht zu tun. Und mit dir.
Wieso mit mir?
Du bist anders hier. Weicher. Sanfter. Ich mag das. Es ist zwar gut möglich, dass ich noch immer wütend bin und wütender werde. Es ist gut möglich, dass ich alles hasse, was nicht wild und frei ist, sagt Nina. Wild und frei ist nur jemand, der es sinnlich mag: alles zusammenhauen … knietief durch den Abfall spazieren …
Nina quatscht vor sich hin. Ich verstehe die Zusammenhänge nicht: … unrasierte Männer hängen über Kokain … Farben und Farben … ich mache einfach weiter … es gibt keine Vorschriften mehr … uns ist wirklich scheißegal, ob wir leben oder sterben …
Nina! Was redest du da?
Es gibt an der Riviera Möwen, die eisgekühlten Gin süffeln. Darüber sollten wir reden. In jedem dritten Eiswürfel steckt Hirngewebe ausgerotteter Dinosaurier.
Nina!

Ich halte Nina an der Schulter fest. Sie dreht sich von mir weg. Sie verlässt die Wohnung, und ich finde sie später unten am Pool wieder. Sie hängt in einem Strandstuhl unter einer Stechpalme und beobachtet ein gelbes Segelflugzeug aus Balsaholz, das leicht im Wind dreht. Als es kühler wird, wirft sie sich in den beheizten Pool, taucht zur Unterwasserbeleuchtung und starrt durch blau-chloriertes Wasser ins Licht. Einfach ins Licht starren.

Die Tage gehen wie Überblendungen ineinander über. Ich hänge mich an Nina, und wir ziehen durch die Stadt. Sie trägt einen lemongelben Catsuit, eine weiße Lederjacke und schwarze McDermott-Plateauturnschuhe. Sie sieht in dieser Verkleidung aus wie eine von »Charlie's Angels«. Zwischendurch drückt sie mir eine Art Lippenstift mit vier kleinen Löchern in die Hand. Ich soll mir das Ding in die Nase stecken und voll durchatmen. Die Wirkung ist heftiger als alles, was ich mir jemals ins Hirn gezogen habe. Ich frage nicht, was es ist. Ich lasse mich von Nina führen.

Wir fahren über die endlosen Nervenstränge, die Los Angeles zusammenhalten – die Freeways. Nina hält meine Hand. Der Verkehr bewegt sich wie in Zeitlupe. Das Licht erscheint wie inszeniert. Schneidende Helligkeit. In der Ferne, unter einer goldfarbenen Smogdecke erhebt sich Downtown. Gefesselt von vier achtspurigen Autobahnen.

Wir erleben Los Angeles wie ein gigantisches Hologramm. Alles – irgendeine Straße, ein Parkplatz, ein Haus, ein McDonalds, ein Pontiac GTO – macht auf uns den Eindruck, als würde es aus irrealer Materie bestehen und im Leeren kreisen. Als würde man sich versehentlich durch die grellen Lichteffekte eines

Filmsets bewegen. Man muss hier auch glauben können. Paranoia ist ein längst etablierter Geisteszustand.

Wir sind das dramatischste Paar des L. A.-Glamour, sagt Nina und grinst.
Wir schauen uns im Spiegel an, Arm in Arm. Ich spüre Glück. Wir sehen uns immer ähnlicher. Wir sehen kühn aus. Nichts kann uns einschüchtern.

29

Wir fahren direkt zur nächsten Party.
Mullholland Drive.
Nichts entspricht unserem neuen Denken so sehr wie der Blick vom Mullholland Drive über die glühende, geometrische Unendlichkeit. Es ist der Blick aus dem Weltraum auf den Planeten Erde. Wir sehen von der Straße aus die Lichter im Haus von Jack Nicholson, Ann-Margret, Harrison Ford – und Nicky Styne. Es ist eine Villa im Fünfziger-Jahre-Kaufman-Stil, mit hohen Glasfenstern und Flachdach. Wir halten an der Ecke, wo der Laurel Canyon auf den Mullholland Drive trifft.
Nina stellt mir Nicky als »beste Freundin« vor. Nicky vertritt Schauspieler, Medienstars, schreibende Politiker und Künstler auf ihrem Weg nach oben. Sie hat sich eine Macht erarbeitet, Medien zu manipulieren. Nicky ist gefährlich professionell und durchtrieben. Sie hat wie Nina schöne, weiße, aufgehellte Zähne und ein Lächeln, bei dem es einem im ersten Moment warm wird. Heimlich raucht sie mit Nina Kokain vom Blech. Niemand soll davon erfahren.
Nina ist beeindruckt von Nickys Verwandlungskünsten. Sie glaubt, eine Seelenverwandte gefunden zu haben. Doch Nicky treibt eine Gier nach Erfolg an, die Nina völlig abgeht. Und Nicky fehlt die unschuldige Coolness von Nina, die Leichtigkeit,

mit der Nina ihre Leidenschaften präsentiert, die Art, wie sie eine Zigarette zwischen den Fingern hält.
Nicky und Nina liegen irgendwann in der Morgendämmerung glücklich auf einer Poolliege, driften gemeinsam im Rausch weg.
Nina saugt sich an Nicky fest, und Nicky saugt sich an Nina fest. Und gleichzeitig ist klar, wer hier den Abgrund vertritt und wer die Freiheit. Ich lasse es geschehen. Wir hängen einfach am Pool über West-Hollywood ab und schauen Nicky zu, wie sie morgens um 07:30 Uhr, Pacific Standard Time, mit Paris oder New York die glamouröse Welt verhandelt und entscheidet, wer da reingehört und wer nicht. Sie zieht sich weißen Staub aus Ninas Lippenstift durch die Nase und schiebt dabei ein Headset über die Ohren, um mit dem Direktor des Guggenheim-Museums in New York zu sprechen.
Nina drückt ihr die nächste Ladung aus dem Lippenstiftbestäuber in die Nase. Darauf hat Nicky gewartet. Sie bekommt beim Einatmen richtige Riesenkulleraugen, die nervös den Raum absuchen. Sie verzieht jetzt schmerzverzerrt ihr Gesicht, weißer Staub klebt an ihren Nasenlöchern, sie hält sich an Nina fest. Aus Nicky sprudeln plötzlich irgendwelche wahnsinnig wichtigen Weisheiten über Sex, Sperma, blutige Schlägereien mit ihrem Geliebten heraus, und Nina redet irgendwas von einer Phiole, in der sie für immer mein Blut aufbewahren und um ihren Hals tragen wird, wie ein Vampir. Bis an ihr Lebensende.
Ich schaue Nina endlose Sekunden an und hoffe, dass irgendetwas die Situation zum Guten wenden möge, dass ein Gott vom Himmel über den Hollywood Hills herniedersteigt und dieses verdammte Problem mit Ninas Drogenkonsum endlich löst.

Nina starrt mich an, sie versucht sogar zu lächeln. Kein Problem, Tom. Vertraue mir. Ich liebe das Leben. Nichts kann uns zerrütten.
Ich bemerke, dass ich unsere Zweisamkeit seit meiner Ankunft in L. A. wie durch eine Außenkamera betrachte.
Nina gibt mir ein Zeichen. Sie will mich in Nickys Schlafzimmer treffen. Also lassen wir Nicky alleine zurück, sie hat sich wieder das Headset über die Ohren gestülpt und redet erneut mit Thomas Krens in New York.

Nina und ich setzen uns auf Nickys Bett. Nina schiebt sich hin und her, um eine bequeme Stellung zu finden. Es sieht so aus, als ob sie mir ein für alle Mal erklären will, dass ich mir keine Sorgen machen soll.
Mach dir keine Sorgen, Tom! Bitte bleib hier. Ich weiß, du willst gehen und findest Nicky schrecklich. Aber bitte bleib doch noch.
Sie öffnet jetzt ihre Beine, zieht ihren Rock hoch, legt sich zurück, so als ob sie sich wünscht, dass ich mich über sie hermache. Aber ich habe nur den dringenden Wunsch, ihr klar zu machen, dass es so nicht weitergeht. Weil mich die Situation quält. Und weil meine Augen womöglich vor Zorn funkeln, zieht sie sich den Rock wieder runter. Sie versucht mich jetzt zu beruhigen, weil sie natürlich erkennt, dass sie es auf die Spitze getrieben hat und mich verlieren könnte.
Aber das ist es nicht, Nina. Du verlierst mich nicht.
Ich will einfach gehen, Nina. Das ist alles.
Sie starrt mich an, sie rückt hin und her. Sie starrt ihre Zigarette an, als sei sie eine übernatürliche Erscheinung. Und als sie die Asche im Aschenbecher abklopft, fragt sie mich ernsthaft und

total überanalytisch, ob sie die Asche stattdessen hätte abstreifen sollen.
Ich schüttele nur den Kopf.
Ihre Augen füllen sich langsam mit Tränen. Sie scheint zu fühlen, dass wir nicht auf derselben Welle reiten.

Und als ich zum Telefonhörer auf dem Nachttisch greife, um ein Taxi zu rufen, höre ich plötzlich einen lauten Schrei, und aus meinen Augenwinkeln sehe ich Nina auf mich zurasen, die Faust erhoben, darin etwas, das einer Pistole gleicht. Ich ducke mich instinktiv, schlage Nina gleichzeitig das Plastikding aus der Hand. Es rutscht über den Fliesenboden ins Badezimmer, unter das Waschbecken. Nina streckt die Hand aus und zerrt meinen Kopf nach hinten und knallt mit ihrem ganzen Körper so hart gegen mich, dass ich gegen die geflieste Wand falle und zu Boden rutsche.
Für einen Augenblick liege ich einfach da, als ob ich mich nicht mehr wehren kann.
Nina stolpert hustend ins Badezimmer, greift sich die Pistole vom Boden, streckt dann den Arm aus und packt mich am Kinn. Sie hält mir den Lauf ins Gesicht und schreit: Ich bringe dich um!
Ich schaue hoch, zuerst auf die Pistole, die Nina in der Hand hält, dann auf ihr Gesicht.
Fick dich!, sage ich völlig ruhig. Ich weiß längst, dass es sich um die harmlose Fake-Version einer Glock-Pistole handelt, Ninas Armaturenbrett-Verzierung im Cadillac. Sie packt mich jetzt noch wütender am Kragen und versucht unbeholfen, meinen Kopf in den Schwitzkasten zu zwingen.
Du – bist – tot, sagt Nina jetzt, ihre Stimme ist leise und heiser.

Ich ducke mich, als ihre Faust hervorschießt, sie schreit dazu wie eine Besessene, ihr Gesicht ist verzerrt, und sie schlägt wie verrückt auf mich ein, völlig außer Kontrolle. Ich muss würgen, aber Ninas Hand schließt sich nur noch enger um meine Kehle. Ich schiebe meine Hand unter ihr Kinn, versuche, es wegzudrücken. Mit einer Hand quetscht sie weiter meinen Hals und mit der anderen hält sie den Lauf der Pistole auf mein Gesicht gerichtet.

Ich grinse Nina an. Sie lächelt.

Sie drückt ab.

Ich schließe die Augen.

Nichts.

Sie drückt nochmal ab.

Nichts.

Zehn Sekunden lang sind wir beide still.

Dann legt sie die Pistole an ihre eigene Schläfe: Pufffff … pufffff …

Nina springt auf, die Pistole in der Hand.

Sie rennt zur Toilette. Ich höre Geräusche, die klingen, als ob sie sich mal wieder übergibt. Immer und immer wieder.

Ich greife mir das Telefon und bestelle ein Taxi.

Bevor ich das Haus verlasse, rennt Nina von hinten auf mich zu, sie springt auf meinen Rücken und sagt, sie liebe mich. Sie sei in einer Stunde zu Hause. Versprochen. Sie lächelt jetzt völlig entspannt, als ob sie sich von einer schweren seelischen Last befreit hätte. Ich bitte sie nochmals, mitzukommen und den Cadillac stehen zu lassen. Aber da ist Nina längst weg.

Draußen am Pool labert Nicky immer noch in ihr Headset, während sich die Morgensonne bereits golden in den verglasten Hochhäusern von Century City spiegelt.

30

Kansas im September. Kalte Luft naht aus Sibirien. Ein Meteorologe des Fernsehsenders KABC-TV nennt es den »Sibirien-Express«, andere US-Reporter sprechen vom »Kalten Krieg«. Riesige Kaltluftmassen ziehen als Jet-Streams von Russland über die kanadische Pazifikküste Richtung Rocky Mountains und prallen auf feuchtheiße Luft aus dem Golf von Mexiko. Dem Mittleren Westen droht ein Zyklon.

Wir haben uns in einem Motel nahe Wichita eingebunkert. Schon letzte Nacht heulten die Sirenen. Heute Morgen bilden sich über Kansas Supercells, bis zu zwanzigtausend Meter hohe Cumulonimbuswolken, die sich wie riesige Atompilze in die Stratosphäre türmen, an der Spitze zerfasern und sich ambossartig ausbreiten.

Wir jagen Tornados. Nina wird fotografieren. Nina ist wie verwandelt. Wie auf Mission. Wir stehen unter der Dusche. Im Badezimmer-Fernseher erscheint der lokale Wetterreporter von KABC und erklärt: Hält die Kaltfront den feuchtwarmen Luftmassen aus dem Golf von Mexiko stand, dann hängt Dynamit in der Luft …

Nina hält meinen Schwanz. Das Wasser aus dem massiven Chromduschkopf prasselt auf uns herab. Mein Schwanz steht im spitzen Winkel hoch. Nina seift mich ein, rauf und runter.

Sie duscht mich ab und steckt meinen Schwanz in ihren Mund. Er ist jetzt so steif, dass ich das Blut in ihm pulsieren fühle. Dann wird er noch steifer, der Schaft immer dicker und Nina zieht ihn aus ihrem Mund. Sie betrachtet ihn, drückt ihn, und beginnt mit der Zunge über die Eichel zu fahren.
Ein Reporter, der Gary England heißt, brüllt es jetzt durch unser Badezimmer und in die große, weite, flache Leere von Kansas: Leute, die Atmosphäre ist mal wieder bereit zum Showdown, Folks get ready …
Ich lege meinen Kopf in den Nacken. Ich lasse das Wasser über meine Brust strömen. Als ich hinabschaue, schaut Nina hoch und grinst. Ihr Haar klebt an der Stirn. Dann nimmt sie meinen Schwanz so tief in den Mund, wie sie kann. Ich falle auf die Knie und lehne Nina gegen die Duschkabinenwand.
Pause.
Ich habe meine Kondome in Los Angeles vergessen. Marke: Durex – Love Sex Durex. Unsere Marke. Immer liegen sie irgendwo herum. Sie gehören zu unseren Toilettenartikeln wie die unterschiedlich farbigen Zahnbürsten. Zum ersten Mal seit Nina ihre Pille abgesetzt und versprochen hat, mit den harten Drogen aufzuhören, stehen keine Kondome zur Verfügung. Ausgerechnet in Kansas, Tornadogasse, am Arsch der Welt. Kein Alkohol und keine Kondome zwischen 20:00 Uhr und 06:00 Uhr. Keine Kohinoor Condoms – Ignite the passion. Keine Moods – Your time, your place, your moods.
Nina ist es egal. Mir auch. Nina zerrt mich aus der Dusche ins Schlafzimmer. Wir stehen neben dem riesigen Bett. Nina stößt mich aufs Bett. Sie kniet sich mit gespreizten Beinen über meinen Schwanz. Ich zögere, als ob mich eine letzte Vernunft zwingt, nochmal alles zu überdenken. Irgendwo im Zimmer

geht ein Beeper los. Es muss München sein, die Bildredaktion. Ich ignoriere es. Mein Schwanz dringt mühelos in Nina ein, sie hält inne, als ob sie um die Bedeutung dieses Moments weiß. Bis ich nicht mehr kann und mir ihre festen, kleinen Arschbacken greife, sie auseinanderreiße und meinen Schwanz in ihr Inneres gleiten lasse, rein und raus, bis Nina zu schreien beginnt, wie ich sie noch nie schreien gehört habe. Schreien beim Sex ist wirklich nicht ihr Ding. Aber in diesem Moment ist alles anders. Ninas Gesicht ist knallrot. Die Intensität ist kaum zu ertragen, ich zucke unkontrolliert. Nina zerrt an meinen Schultern. Ich umklammere ihren Oberkörper, als ob ich von ihr absorbiert werden möchte, während es aus meinem Schwanz tief in ihr Innerstes spritzt. Nina fickt einfach weiter, abgehoben, weggetreten, als wolle sie sicherstellen, dass mein Samen in ihre tiefsten Abgründe fließen kann.

Dann geht der verdammte Beeper wieder los. Unsere Bewegungen werden langsamer, wir bleiben aufeinander liegen, lösen uns nicht voneinander. Wetterfrosch Gary England ruft: Irgendwo dort draußen wütet der Finger Gottes!

Es ist 06.05 Uhr in Wichita-Kansas.

Als wir eine halbe Stunde später über der Interstate 40 Richtung Norden gleiten, denke ich noch einmal an diesen Moment im Motel.

Sie sitzt neben mir, die geladenen Kameras zwischen den Füßen, reibt sich mit einer Hautcreme ein. Vor uns breitet sich die gelbgefärbte Prärie aus, an deren Horizont sich eine schwarze Wand aufbaut. Die Atmosphäre ist bereit zum Showdown. Irgendwo dort draußen wütet ein Tornado. Vor uns wird es immer dunkler. Der Sonnenaufgang inmitten schwarzer Sturmwolken ist einer der schönsten, den wir je gesehen haben. Heute Morgen ist alles anders.

Als goldenes Licht über den Rand des Horizonts von Kansas steigt, feuert die Sonne auf einmal Juwelen in alle Richtungen und lässt rote Brillanten in der Luft leuchten. Die Cumulonimbuswolken verdichten sich. Von ferne erscheinen sie uns wie aus Marmor gehauen. Über uns haben sich Mammutwolken gebildet, dunkelgraue Rieseneier am Firmament schicken eine Botschaft. Bedrohlicher haben wir die Welt noch nie gesehen.

An diesem Morgen in Kansas entsteht ein Kind namens Henry.

Vor uns tanzen die Telefonleitungen. Wir sind unter das Sturmauge gelangt. In der Ferne sehen wir eine kleine Farm. Die tiefhängenden Wolken scheinen sie zu erdrücken. Das AM-Radio sendet Störzeichen. Erst jetzt erblicke ich einen Finger, der sich aus einem hellgrauen Wolkenwirbel herausgeschoben hat. Zuerst bedeutet mir der Finger nichts. Aber Nina hat es längst erkannt. Sie hält ihre Kamera gegen die Windschutzscheibe und drückt ab. Ich habe so ein Ding noch nie gesehen. Wir fahren einfach weiter. Ist das etwa der Finger Gottes? Aus den Wolken über Kansas zeigt jetzt ganz deutlich ein Finger auf die Erde. Er schiebt sich immer weiter aus der Wolkenwand hervor. Zeigt auf uns.

Unser Fahrzeug wird von einem abstürzenden Vogel, von Stacheldraht und alten Bierdosen getroffen. Hinter uns hat sich die schwarze Wolkenwand geschlossen. Ein Personenwagen liegt in der seitlichen Böschung. Menschen sind keine zu erkennen.

Der noch junge Tornado senkt sich unter die Decke und färbt sich dunkler und dunkler. Das Ohrensausen nimmt im gleichen Maß zu wie der Luftdruck. In der Ferne sehen wir Sträucher durch die Luft fliegen, Bäume reißt es aus dem Boden, Schutt und Stacheldraht schießen in die Höhe. Ich nehme das Fernglas. Keine Siedlung weit und breit. Aus einem Teich werden kleine Objekte in die Luft gewirbelt. Es müssen Frösche oder Fische sein, die der Saugtrichter aus dem Wasser reißt. Umgeknicktes Getreide sieht wie Schnee aus. Ich sehe Gesichter am Himmel statt Wolken. Aufgeschreckte Kühe versuchen vergeblich einen Zaun zu durchbrechen. Ich will nur noch weg.

Nina will näher ran. Im AM-Radio ertönt plötzlich ein schwaches Signal: »Folks, dieser Tornado tötet …« Schutt fällt vom Himmel: Dreck, Holz, Steine, eine Radkappe und das verbeulte Werbeschild eines Hamburgerladens. Der Tornado wirbelt jetzt im Rückspiegel. Über uns kreist Mutter Zyklon, die ihrem Kind nun endlich die Energie austreibt. Der schwächer werdende Tornado entfaltet in diesem Moment seine schönste Gestalt. Aus dem breiten, dunkelgrauen, um eine vertikale Achse rotierenden Trichter ist eine sich windende Schlange geworden, schwarz. Was will uns die Schlange sagen?, fragt Nina. Der Saugtrichter zieht sich langsam in den Himmel zurück. Wieso verlässt uns der Tornado in dem Augenblick, als wir ihn zu mögen beginnen?

Plötzlich überwältigt uns eine Euphorie. Wir fühlen uns wie zwei Überlebende und wagen uns aus dem Auto. Ich nehme Nina in die Arme. Wir stehen unter einer riesigen Decke bedrohlicher Wolkeneier. Nina sucht den Horizont ab. Sie ist süchtig geworden. Als sei das Wetter eine bewusstseinserweiternde Droge. Wo ist der Finger Gottes? Ich habe plötzlich die Orientierung verloren, als ob uns mitten in der Prärie von Kansas der Plan für das weitere Leben abhandengekommen ist. Langsam legt sich Dunkelheit über die zertrümmerte Landschaft.

31

Wochen vergehen, in denen Nina ständig von Tornados spricht. Sie schaut im Fernsehen The Weather Channel und verfolgt die Arbeit der »Stormchaser«. Sie scheint süchtig nach schwerem Wetter, nach einem Zeichen des Bösen im Himmel, nach Transzendenz in der Wildnis. Aber der Himmel über Los Angeles bleibt wolkenlos.

Also fahren wir an den Wochenenden nach Borrego Springs, in ein kleines Nest in der Sonora-Wüste mit einem verlassenen Motel namens »Hacienda del Sol«. Vier Stunden südöstlich von Los Angeles liegt unsere neue, unsere »zweite Heimat«. Eine Landschaft an der Grenze zu Arizona und Mexiko, gespickt mit Kakteen, Saguaros, Ocotillos und Blue-Fan-Palmen, bewohnt von geheimnisvollen Tieren wie der roten Diamant-Klapperschlange, Leguanen, Tarantulas und Kojoten.

Es wird Nacht in der Wüste, nahe Salton City, Highway S22. Nina liegt verdreht auf ihrem Sitz, ein Bein angezogen, während das andere quer über dem Sitz liegt. Der Rock ist über ihre Schenkel gerutscht, so dass ich die Ränder der zerrissenen Nylonstrümpfe, die Strapse und die Haut dazwischen sehe. Ihr Kopf liegt auf der Armlehne, ihr Mund ist geöffnet. Sie macht komische Geräusche. In ihrem Bauch sitzt jetzt ein etwa fünfzig Millimeter

großer Fötus. Gewicht: fünfzehn Gramm. Letzte Woche haben wir es im Ultraschall erstmals deutlich sehen können.
Also haben wir uns in wenigen Tagen das Rauchen abgewöhnt. Von harten Drogen lässt Nina vorerst die Finger. Sie raucht manchmal eine winzige Menge Marihuana in einer kleinen Wasserpfeife. Mehr nicht. Ihren täglichen Ernährungsplan bezieht sie von einer Website, die Madonna empfohlen hat. Nina macht Yoga. Sie hat in drei Monaten einen obsessiv gesunden Lebensstil entwickelt, den sie nun zum Mittelpunkt ihres Lebens erklärt.

Ich halte mich am Lenkrad fest, starre auf den Asphalt des Highway S22. Die Wüstenfarbe scheint von so feiner Pigmentierung, dass sie ein verschleiertes Spektralbild der Landschaft erzeugt, einen Fata-Morgana-Effekt, eine Totalillusion. Wir fahren in die Endlosigkeit östlich von Los Angeles.
Nina liegt wie bewusstlos neben mir. Sie starrt in den Sonnenuntergang über den Badlands. Sobald wir in die Wüstenlandschaft vordringen, verwandelt sie sich. Ihre Gedanken dringen tiefer vor. Sie sagt, dass sie jetzt öfter über unsere Liebe nachdenke.
Und kommt zum Schluss, dass wir Menschen nur eine kurze Lebensspanne vor uns hätten, dass wir ohne unseren Willen geboren worden wären und gegen unseren Willen sterben würden. Wir seien allein, abgesondert und den Kräften der Natur und der Gesellschaft hilflos ausgeliefert. Das mache die Existenz zu einem Gefängnis und wir würden dem Wahnsinn verfallen, wenn wir nicht unsere Hand nach einem anderen Menschen ausstrecken und uns auf diese Weise mit der äußeren Welt vereinigen würden.

Es waren verdammt tiefe Fragen, die Nina aufwarf, als wir die San Bernardino-County-Grenze überquerten und von den Windmühlen und Bewässerungsanlagen von Palm Springs empfangen wurden. Es waren gute Fragen.

Ich fahre jetzt schneller. Der starke Wüstenwind wirft unseren Wagen hin und her. Nichts ist schöner als Wüstenlicht in der Dämmerung. Das Licht ist in der Luft zerstäubt, es verleiht allem diesen Pastellton. Nina sagt, sie wünsche sich, dass ihre Asche hier verstreut werde. Das hat sie mir schon beim ersten Besuch in der Sonora-Wüste klargemacht. Die Badlands von Borrego Springs gehören zu den unbekanntesten unter den amerikanischen Wüsten. Touristen ziehen nach Las Vegas, nach Utah oder ins Death Valley. Kalifornier sehen hier nur Hitze und sinnlose Leere und jagen in monströsen Sand-Buggies durch eingezirkelte Spaßzonen, überziehen die Landschaft mit einer gewaltigen Dunstglocke: Transzendenz auf Mad-Max-Art.
Dorthin, wo wir uns zurückziehen, schwebt über allem ein fossiler Schleier. Eine mineralische Weichheit der Luft. Vor uns breitet sich eine seit achtzig Millionen Jahren unveränderte Landschaft aus und damit das Rätsel unserer Existenz.
Ich schalte die Scheinwerfer an und drossle die Geschwindigkeit. Ich weiß nicht, wie lange ich einfach so geradeaus gefahren bin. Das Licht durchlöchert die schwarze Finsternis. Ninas Kopf ist auf meinen Schoß gefallen. Ich streichle ihren Hinterkopf. Am rechten Straßenrand mache ich plötzlich Bewegungen aus, ein Knäuel aus Körpern. Wie eine Fata Morgana im Lichtkegel. Es ist ein Rudel Kojoten. Sie rennen parallel zur Straße. So was habe ich noch nie gesehen. Was treibt die sonst so scheuen Tiere an?

Als ich auf gleicher Höhe bin, schert einer der Kojoten nach links aus, direkt vor meinen Wagen. Ich setze den Fuß auf die Bremse und umklammere das Lenkrad. Der Kojote schlägt mit einem metallischen Geräusch gegen den rechten Scheinwerfer. Ein lauter Knall. Ich glaube, die Lampe ist zerschmettert.
Ich stoppe den Wagen.
Stille.

Was ist passiert?, fragt Nina erschrocken und setzt sich schwerfällig, mit großen Augen auf. Wie lange habe ich geschlafen?
Als ich nicht antworte, dreht Nina den Rückspiegel in ihre Richtung und untersucht ihr Gesicht. Dann schaut sie mich einen Augenblick lang an, steigt aus, stellt sich in das Scheinwerferlicht, beugt sich vor und untersucht den eingedellten Kotflügel. Sie starrt in die zerschmetterte Lampe. Dann läuft sie zu dem bewegungslosen Tier. Dem Kojoten fehlt der Kopf, so viel kann ich erkennen. Nina beugt sich über den zerfetzten Körper. Sie studiert Blut- und Schleimspuren. Dann streichelt sie das Fell des Kojoten, als ob sie nach Wärme sucht.
Nina glaubt nicht an Gott, obwohl ihr Vater schwer katholisch ist. Nicht weil sie nicht will, sondern weil sie nicht kann.
Ich glaube genauso wenig. An gar nichts.
Nina glaubt an Träume. Sie lässt sich von Träumen führen. Sie füttert ihre inneren Bedürfnisse mit Träumen, Albträumen. Sie halten Nina wie eine Marionette an den Fäden.
Noch immer beugt sie sich über den leblosen Fleischhaufen. Dann nimmt sie eine Scherbe von dem zersplitterten Scheinwerfer in die Hand und scheint sich etwas zu überlegen: eine aufregende symbolische Geste – ein melodramatisches Ritual. Sie hat das schon in Barcelona praktiziert. Sie zieht ihren

Hemdsärmel hoch und ritzt sich ein Kreuz auf den Unterarm, während die Tränen über ihr Gesicht laufen. Dann lächelt sie, wie sie es immer getan hat, wenn sie bei einer Boshaftigkeit erwischt wurde. Sie setzt sich zurück in den Wagen und studiert wieder ihr Gesicht im Rückspiegel.
Aber nach was hat sie gesucht? Als Nina den Kadaver studierte, schien es mir, als ob sie hinter den Schrecken blicken wollte. Eine höhere Existenzebene suchte, um sich nicht mit einem schlechten Gewissen zu quälen.
Ich kann mit einem schlechten Gewissen leben. Das unterscheidet uns.

In jener Nacht lassen wir uns wie immer im Hacienda del Sol nieder. Außer dem Verwalterpaar Mike und Cathy sind hier zwischen Mai und Dezember kaum Menschen anzutreffen. Es herrscht totale Stille. Achtundzwanzig Grad um Mitternacht. Irgendwo in der Ferne heulen Kojoten. Die Erde taucht in eine vollkommene stille Finsternis. Im Zimmer schalte ich die Klimaanlage ein. Sie macht einen höllischen Lärm. Nina versorgt ihre Haut, inspiziert mit aufgesetzter Brille und entsetzter Miene die roten Stellen an ihrem Oberschenkel.
Ich habe ein seltsames Gefühl, seitdem ich den Kojoten überfahren habe. Irgendetwas ist anders geworden, leichter.

Als ich morgens viel zu früh erwache, setze ich mich an den kleinen Schreibtisch und schreibe einen Dialog mit Charles Bronson. Ich habe inzwischen eine neue Strategie entwickelt. Ich werfe beliebige Sachbücher in die Luft und lasse mich dann von der zufällig aufgeschlagenen Seite zu Dialogen mit Hollywood-Stars inspirieren. Bei Bronson war es ein Fachbuch über

die Aufzucht von Orchideen und Lilien. Die aufgeschlagene Seite durchkämme ich dann nach passenden Wörtern und Sätzen und mische sie mit Gedanken ab, die zum Beispiel »Charles Bronson« als mythische Filmfigur bei mir auslöst. Dieses Zufallsverfahren hat für mich etwas Befriedigendes.
Ich kann mich vor Anfragen nach Star-Interviews nicht mehr retten. Und die Wüste ist ein perfekter Ort, um Stars neu zu erfinden.
Das sind meine Lieblingsblumen, sagt Bronson.
Ich schalte die Klimaanlage aus. Nina fragt, wieso ich schon wach sei. Sie fragt nach einer Vicodin. Aber wir haben keine mehr. Ich setze mich an den Bettrand, streichle ihre Stirn. Bald schläft sie wieder ein, wie ein Kind, die Hände zu Fäusten geballt, den V-Ausschnitt ihres T-Shirts im Mund, wie einen Schnuller.
Ich setze mich zurück zu Bronson.
Ich spreche mit meinen Pflanzen, sagt er. Nicht laut. In Gedanken …
Pause. Mehr fällt mir nicht ein. Das Pflanzenbuch habe ich in Los Angeles vergessen. Ich muss aus meiner Erinnerung arbeiten. Was könnte die nächste Frage sein?
Nina bewegt sich. Plötzlich ruft sie meinen Namen. Sie ruft meinen Namen mit einer Sanftheit, wie ich sie noch nie gehört habe. Es klingt kränklich und sehnsüchtig. Mich überflutet eine noch nie empfundene Welle der Zärtlichkeit. Ich stehe sofort auf, stelle mich an das Bett, sie streckt ihre Arme aus, ich lege mich zu ihr, berühre sie, gleite mit meiner Hand zwischen ihre Beine, spüre ihre Feuchtigkeit.
Wir sind in eine neue Phase eingetreten. Irgendetwas ist anders. Nina klammert sich an mich. Sie will mich nicht loslassen.

Ich will dich spüren.
So was hat sie noch nie gesagt. Das klingt nicht wie Nina. Romantisch sehnsüchtige Offenbarungen sind wirklich nicht ihr Ding. Aber jetzt. Kann unsere Liebe tatsächlich zu einem Feuer werden, an dem man sich nicht verbrennt? Es fühlt sich für mich an wie unsere Wiedergeburt. Das denke ich, als Nina sich von mir losreißt, auf die Toilette rennt und kotzt.

Ich kehre zurück zu Bronson.
Wie soll es weitergehen? Der schwerkranke Bronson und seine Liebe zu Pflanzen. Brutal und sanft. Gnadenlos und feinsinnig.
Es kam der Tag, als ich einen Versuch mit einer Hakenlilie unternahm, schreibe ich jetzt als Charles Bronson.
Was ist das für eine Lilie?, frage ich zurück.
Eine eigenartige Zierpflanze, mit der ich mich nie richtig anfreunden konnte. Irgendwann überlegte ich mir ein Experiment, für das ich sie missbrauchen wollte.
Pflanzen missbrauchen?
Ja, eine der Blüten, die ich markierte, schrie ich jeden Morgen an, immer während meiner Yoga-Übungen mit meinem Personal Trainer.
Sie beschimpften ihre Lilien?
Sie sollte kaputtgehen. Sie sei hässlich, brüllte ich. Ihr Schwesterchen dagegen lobte ich: Du bist die Schönste, ich brauche dich, dein Gelb glänzt schöner als Gold …
Nina kommt aus dem Badezimmer zurück. Sie fragt mich, ob ich mit ihr ein paar Runden im Pool drehe. Ich kann nicht. Bin mit Bronson beschäftigt. Geh du schon vor.
Wurden Sie von Ihren Pflanzen verstanden?, frage ich Bronson.

Schon nach zehn Tagen war ein Unterschied zu erkennen. Die Lilie, die ich beschimpft hatte, zeigte Schwächen. Sie vertrocknete und ließ die Blätter hängen. Dem Lilienschwesterchen ging es dagegen prächtig.
Bekamen sie da nicht Mitleid?
Ja, bekam ich, ich kümmerte mich einige Tage ganz besonders um sie. Nach gutem, liebevollem Zureden war der Unterschied bald nicht mehr vorhanden.
Ich beuge mich vom Computer weg. Mit der nächsten Frage warte ich noch ab. Sie könnte lauten: Mister Bronson, glauben Sie denn, die Sprache der Pflanzen zu verstehen?
Bronson könnte dann einfach antworten: Ja.
Stille.
Ich laufe zum Pool. Es ist Morgen in Borrego Springs.

32

22:30 Uhr

10 – 9 – 8 – 7 – 6 – Jordan … Michael Jordan, a drive! Hangs, fires, SCORES!! He scores! Oh my goodness!

Reporter Neil Funk schnappt nach Luft. Michael Jordan wirft fünf Sekunden vor Ende des Spiels gegen die Utah Jazz einen Zwei-Punkte-Korb und besiegelt damit seine letzte NBA-Meisterschaft für die Chicago Bulls.

Ich starre auf den Fernseher und lenke mich ab. Seit zwei Stunden sitze ich in einer Kreißsaal-Suite mit Kühlschrank, Großbildschirm und Ledersofa. Wie haben wir diesen Luxus verdient? Ein Systemfehler? Unser Versicherungsplan kann es nicht gewesen sein. Oder war es Nina, die mal wieder alles richtig gemacht hat?

Meine Augen wandern vom Fernseher weg, über ein Labyrinth aus medizinischen Geräten und Komfortzonen. In der hintersten Ecke steht ein spezielles Entbindungsbett, ein moderner »Geburtshocker«, der ein Gefühl der Schwerelosigkeit vermitteln soll. Ich sehe Geräte zur Entspannung, wie Wärmekissen, Seile, Sitzbälle, Sprossenwand. Technik zur Überwachung von Mutter und Kind, zur Herzton- und Wehenkontrolle. Versorgungsgeräte für das Baby, riesiges Badezimmer. Eine Hebamme schaut regelmäßig vorbei.

Auf dem Bildschirm gibt Michael Jordan jetzt ein Interview, ich halte einen Drink in der Hand, proste Michael zu, bin gut drauf. Jedenfalls spiele ich mir das vor.

Schreie aus dem Badezimmer. Ich stehe auf, laufe zum Entbindungs-Jacuzzi und greife nach Ninas Hand. Sie liegt im lauwarmen Wasser, den Kopf schräg auf der Schulter, wie bewusstlos. Sie versucht hochkonzentriert zu atmen. Wie man es ihr eingetrichtert hat. Aber es funktioniert nicht. Nina wedelt jetzt mit ihrer linken Hand. Was so viel bedeutet wie: Weg! Weg! Verschwinde! Sie will mich nicht mehr sehen. Ein kolumbianischer Arzt schaut vorbei. Legt seine Hand auf meine Schulter. Alles okay, Mister Kummer?

So geht das jetzt schon seit zwei Stunden. Ein Hin und Her.

Also kann es schon mal passieren, dass ich auf Ninas Schreie nicht mehr reagiere. Ich bleibe einfach im Ledersofa sitzen, trinke Mezcal aus einem Flachmann, meine Vergangenheit rauscht an mir vorbei, und ich denke: Dies ist der Tag, an dem alles zusammenstürzt. Alles aus der Balance gerät. Die Magie unserer Beziehung ist von einem fremden Wesen bedroht, das in den nächsten Stunden aus Nina herausrutschen wird.

Dann schreit Nina: Toooooooom! Ich sterbe!

Als ich wieder neben ihr stehe, hat sie die Augen weit geöffnet. Doch Nina starrt nicht nach außen, sondern in sich hinein. Ich lasse meine Hand ins Wasser gleiten und berühre ihren Bauch. Ich spüre Bewegung. Ich stelle mir das Alien im Bauch von Sigourney Weaver vor. Ich schaue in Ninas Augen und rufe ihren Namen. Aber sie hört mich nicht. Ich schiebe mich an sie heran, reibe meine Wange an ihrer. Ihre Wange ist heiß. Ich streiche ihr über das Haar und küsse sie aufs Ohr. Sie bleibt bewegungslos. Als ob sie aufgegeben hätte. Als ob alles sinnlos sei.

Bring mich um, Tom! Mach Schluss mit mir!
Ich schaue in ihre Augen, sehe mein Gesicht darin gespiegelt. Tief in ihren Augen, in ihrer bodenlosen Tiefe, erkenne ich die Quelle unserer Lebensfreude, unserer Stärken. Ich flüstere ihr ins Ohr: Niemand kann einstecken wie du. Du bist die Einsteckerin. Halt durch, Baby …
Sie nickt. Sie lächelt. Aber nur kurz.

Ich bin bedrückt, frage mich, wie ich es nur fertiggebracht habe, Ninas Quellen versiegen zu lassen. Nina hatte Ambitionen und einen unerschöpflichen Schatz an Kreativität. Aber ich habe es nicht geschafft, diesen Schatz zu heben. Ich bin gescheitert.
Der Fünf-Sterne-Kreißsaal verwandelt sich plötzlich in das Jüngste Gericht. Ich fühle mich schuldig. Ich habe Nina in eine Mutter verwandelt, ein Wesen, das nicht zum Mutterdasein geschaffen ist. Davon bin ich überzeugt. Sie wird unser Kind auf den Boden werfen, liegen lassen und vergessen. Das wird meine Bestrafung sein. Dieses Kind wird sich zu einem kranken Wesen entwickeln, das sich mit einer Waffe den Weg aus unserem Leben freischießt. Ein Kind, das man aus den Nachrichten kennt, weil es seine Schule mit einem Rucksack voller Waffen terrorisiert.
Es sind makabere Gedanken, die mir jetzt durch den Kopf gehen. Ich blicke dabei weiterhin in Ninas Augen und bemerke, wie sie sich auf ihre Atmung konzentriert, meine Anwesenheit kaum wahrnimmt. Und während ich ihren Namen rufe, ziehen mich diese Augen in eine bodenlose Tiefe. Und ich sehe das Licht eines unschuldigen, echten, reinen Lebens. Nina lächelt mich an. Das Licht eines guten Lebens, denke ich. Es ist eingeschaltet. Eines Tages wird es erlöschen.

Ich habe Bilder im Kopf, die aus »Love Story« stammen könnten, als hätte ich dieses Buch verinnerlicht.
Nina stemmt sich jetzt in der Badewanne hoch. Sie wird von Wehen geschüttelt. Sie ist wieder voll da. Sie sieht mich, und sagt: Bitte verschwinde! Ich taste mich rückwärts.
Starr mich nicht so an! Lass mich allein. Alllleeeeinnnn!

22:45 Uhr
Es gibt Geschichten von unglaublich harten, zähen Frauen, die sich irgendwo auf einem Feld hinhocken und ihre Kinder gebären, dabei am besten noch die Nabelschnur mit den Zähnen durchbeißen. So eine Frau ist Nina nicht. Aber sie kommt nahe dran. Lamaze-Geburtsvorbereitungskurse haben wir beide besucht, aufmerksam gelauscht und dabei erfahren, dass Nina unser Kind auch einfach aus ihrem Unterleib herausatmen könnte. Also übten wir Hecheln und Keuchen und fanden uns mutig und stark genug, Gruppendynamik zu ertragen und mit anderen zukünftigen Eltern sogar ein bisschen persönlich zu werden. An die Wunder der Atemtechnik hat Nina trotzdem nicht geglaubt. Eine Geburt sei brutal, blutig und schmerzhaft, und nichts konnte sie vom Gegenteil überzeugen.
Jetzt, da sie in der Badewanne schimpft und aus Wut den Namen ihres Lamaze-Betreuers brüllt, stehe ich wieder auf, laufe ins Badezimmer, halte ihre Hand, beobachte ihr gemartertes Gesicht, ihren sich krümmenden Körper und die geballte Faust. Ich streichle sie, massiere sie. Manchmal schlägt sie um sich, trifft mich am Kinn. Sie sagt dann mit wütendem Gesicht: Scheiß auf die ganze scheiß Atemtechnik … ich bin hier am Sterben, du Arsch. Ein verzweifeltes Grinsen taucht dann in Ninas Gesicht auf. Aber zum Witze machen ist sie nicht aufgelegt.

Wie konnten wir nur in diesen Wahnsinn geraten? Ein Kind. Ich glaube, Nina war selbst beeindruckt davon, wie wir uns mit Nonchalance auf das Leben als Eltern vorbereiteten. Wir verhielten uns zivilisiert. Handgreiflichkeiten blieben aus. Wir wollten die Konsequenzen eines magischen, biologischen Gesetzes tragen, von dem wir nicht angenommen hatten, dass es so schnell in Kraft tritt – nur weil ich in der endlosen Ebene von Kansas meine Durex-Kondome nicht zur Hand hatte.

Ninas Schwangerschaft sendete deutliche Signale. Ich schloss beim Sex immer öfter meine Augen und dachte an das rote Blut, das durch ihre Adern floss.
Und Nina hatte seltsame Anwandlungen nach einem Orgasmus und fragte immerzu: Bist du sicher, dass wir das Richtige tun?
Ja, sagte ich trocken.
Aber ich mag nicht mehr. Bis zu welchem Monat kann man abtreiben?
Keine Ahnung.
Ich schaffe es nicht. Ich hasse mich. Wenn wir uns nie begegnet wären, dann hättest du in Frieden leben können, findest du nicht auch? Du hättest vielleicht eine viel bessere Frau gefunden, nicht so einen Loser wie mich.
Nina begann zu weinen. Schwangerschaftsdepressionen verwüsteten ihr Denken. Und ich nahm sie in meine Arme, streichelte ihr Gesicht und überlegte mir, ob sie vielleicht recht hatte. Hätte meine Karriere ohne Nina eine andere Wendung genommen? Und Nina? Hätte sie nicht viel bessere Chancen ohne mich gehabt?

Monatelang wird ihr sonst stabiles Selbstvertrauen von Zweifeln erschüttert. Sie weint, sie schreit, sie wütet. Dabei zerschlägt Nina Geschirr. Wirft Bücher aus dem Fenster.
Glaubst du nicht, wir hätten glücklicher leben können, wenn wir uns nie begegnet wären?, fragt Nina wieder einmal, als sie erschöpft im Bett neben mir liegt.
Mag sein. Aber wir sind uns begegnet und können das nicht mehr rückgängig machen. Du musst nach vorn schauen, Nina, es ist mir gleich, wohin unser Weg führt, ich weiß nur, dass ich ihn mit dir gehen will.

Wir verwandeln unser Schlafzimmer in rührender Kleinarbeit zu einem Babyzimmer. Und leben in einem Zustand ständiger sexueller Erregung. Je runder Ninas Bauch wird, desto wilder wird sie. Und ich liebe ihre körperlichen Veränderungen. Sie entwickelt größere Brüste, Birnenbrüste von der feinsten Sorte, die sich wunderbar in meinen Händen balancieren lassen. Ihr Gesicht wird runder, ihre Lippen schwerer, alles wird schwerer. Ich bin vernarrt in Ninas verwandelte Erscheinung, und jeder noch so geringe Anlass kann plötzlich eine wilde Orgie auslösen.

Daran muss ich jetzt denken, während Nina in der Badewanne kämpft. Nichts wird so bleiben, wie es war. Seit unendlich langer Zeit verspüre ich erstmals das Bedürfnis, meine Mutter anzurufen. Ihr alles mitzuteilen. Wir haben niemandem von der Schwangerschaft erzählt. Unsere Isolation war längst perfektioniert. Anonymität garantiert. Wir fühlten uns frei und unabhängig. Bis zu jenem Augenblick.

Henry Sebastian Kummer wird um 23:15 Uhr geboren. Es ist der 7. Juni 1998. Ich stehe in meinem blauen Kittel neben dem Arzt und beobachte, wie der blutige, nasse hellbraune Kopf meines Sohnes zwischen Ninas Beinen hervorkommt. Nina beißt die Zähne zusammen, sie ballt die Fäuste, sie hebt den Kopf und presst und stöhnt und schreit. Es folgen seine Schultern und sein restlicher Körper. Die Beine sehen auf den ersten Blick verdreht aus. Behindert. Sein kleiner Penis geschwollen. Blut und Flüssigkeit strömen aus Ninas sich schließender Vagina.
Vielleicht ist es mein eigener Schock über die Ereignisse, die ich gerade miterlebt habe. Jedenfalls erkenne ich auf Ninas Gesicht ein Leuchten, einen Ausdruck, der vom ultimativen Weg ins Nirgendwo erzählt. Nina ist ihn für uns gegangen.

Vor mir liegt ein seltsames kleines Geschöpf mit dünnen roten Gliedern und goldigem Flaum auf dem Kopf. Ich durchtrenne die Nabelschnur. Das ist die Realität. Henry Sebastian ist jetzt allein. Ich denke weiterhin abstraktes Zeug, während Mutter und Kind versorgt werden.
Nina ist jetzt Wärme, Nina ist Nahrung, Nina ist der euphorische Zustand von Befriedigung und Sicherheit. Und ich muss neue Verantwortung schultern. Für einen kurzen Moment zweifle ich nicht daran, dass Nina ihrer neuen Rolle gewachsen ist. Schon in den späteren Monaten der Schwangerschaft hatte Nina eine Lässigkeit und Souveränität an den Tag gelegt, die ich so nicht erwartet hätte.
Aber ich?

33

Wir sterben alle. Ich kann es am Himmel über Los Angeles erkennen, an unseren Fußböden, am Staub auf Henrys Bücherregal. Diese unaufhörliche Umschichtung und Verlagerung von Natur und Materie beschwört das Bild des Zerfalls. Wir sterben alle. Los Angeles stirbt täglich. So habe ich Nina irgendwann mal Mut zugesprochen, als sie ihr Sterben zum ersten Mal bewusst akzeptiert hat. Gut ein Jahr ist seither vergangen.

Ich stehe jetzt öfter am Fenster und schaue über die Häuserlandschaft. Nina liegt auf ihrem Bett und schaut ins Leere. Wir wissen nicht, was sie sieht. Ihre Augen sind halb geschlossen. Empfindet sie das Sterben lediglich als leeren Blick? Ich gehe ganz nahe an ihre blauen Augen heran. Ich kann durch sie hindurchsehen – sie sind wie Sehnsuchts-Fenster in ein gelobtes Land. Ich denke an das Jüngste Gericht. Ich stelle mir Nina in makabren Bildern vor, sehe aus ihrem Mund unser Herzblut sickern. Ich möchte es auflecken. Sehe in ihrem Gesicht eine Totenmaske. Möchte sie küssen.

Während ich so eine Art Wache bei Nina halte, sitzt Henry wenige Meter von mir entfernt an seinem Schreibtisch, studiert in einem Schulbuch und blickt nebenbei auf sein iPhone. Jack ist

noch nicht zu Hause, er spielt um diese Zeit Fußball mit seiner Mannschaft in Culver City. Henry hört Love. Ich kann die Stimme von Arthur Lee durch die Kopfhörer hören. Immer wieder Love. Wieso hört mein sechzehnjähriger Sohn ausschließlich Psychedelic Rock? Ich vermute, er kifft heimlich Marihuana. Anders kann ich mir das nicht erklären. Manchmal dreht er sich auf seinem Stuhl um und blickt auf seine Mutter. Ich sitze auf dem Bettrand.
Wird Nina noch einmal die Kraft finden, dieses Bett zu verlassen? Unser Bett, Symbol für Liebe und Ruhe, für Chaos und Perversion, für Gute-Nacht-Geschichten und stille Angst. Es hat aufgehört, einfach Bett zu sein. Das große Schafzimmer, in dem wir zwei Kinder aufgezogen haben, erscheint mir jetzt in einem Zustand zwischen Sterbezimmer und Glückstempel.
Voller Lebensfreude. Und mittendrin: der Tod.

Nina atmet ruckartig, schnappt nach Luft. Sie merkt nichts davon. Sie ist vollgedröhnt mit Morphium. Daran bin ich schuld. Morphium hat sich zur letzten Form der Kommunikation mit Nina entwickelt. Das Ritual ist schon seit Wochen eingespielt. Nimmt der Schmerz zu, spreche ich mit Nina und frage sie ganz langsam und deutlich, ob sie einen, zwei oder drei Tropfen auf die Zunge geträufelt haben möchte. Entweder sie nickt oder bleibt bewegungslos. Mit Drogen hat unsere Liebe begonnen und sie wird womöglich mit Drogen enden. In diesem Zimmer hat Nina vor achtzehn Jahren entschieden, mit dem Rauchen und dem harten Drogenkonsum aufzuhören. Sie schaffte das innerhalb weniger Tage, gerade pünktlich zu ihrer ersten Schwangerschaft. Sie war immer härter zu sich selbst, als ich es jemals sein konnte. Und sie war überzeugt davon, dass spontane Ideen die besten sind.

Eine dieser spontanen Ideen hatte sie im Herbst 1998. Vor Henrys Geburt wollte Nina plötzlich heiraten. Sie wollte als Mutter meinen Namen tragen. Ich fragte nicht, warum. Bürokratische Hindernisse in Bezug auf das Sorgerecht hätten sich mit der Heirat auch erledigt. Daran dachte ich. Alles andere war mir egal. In einem waren wir uns aber sofort einig: Es muss eine Trauung in einer Drive-In-Kirche in Las Vegas sein. So billig wie möglich.
Ich hatte damals den Auftrag bekommen, eine Story über die Folgen der Atomtests in den Frenchman Flats, nahe Las Vegas, zu recherchieren. Alles passte. Wir heirateten in einem Drive-In und wurden zwar nicht von Elvis, dafür von einem tätowierten Latino-Priester getraut, der uns aus seinem Fenster heraus etwas von der Ewigkeit erzählte und einen Song von Roy Orbison abspielte. Ninas Tränen flossen langsam über ihre Wangen, als der Priester sie an die ehelichen Pflichten erinnerte.
Wir sind dann in die Frenchman Flats gefahren, um ein Hochzeitsbild zu schießen. Ich trug einen Cowboyhut, Nina einen Kranz mit künstlichen weißen Rosen. Auf dem Bild, das wir später an die Familie verschickten, stehen wir an einem Zaun, hinter dem sich eine Wüste aus Vulkangestein ausbreitet. Aus der Wüste erheben sich Felsengebilde, die an Kulissen aus Western von John Ford erinnern. Doch die Landschaft ist malträtiert von hundertsechsundzwanzig nuklearen Explosionen. Eine einsame Militärstraße, die in die Unendlichkeit führt, flankiert von steinernem Schweigen. Gab es noch irgendeinen Zweifel daran, dass wir für die Ewigkeit geschaffen waren?

In Ninas Reichweite habe ich Fotos und Erinnerungsstücke aufgestellt, die sie vielleicht gerne anschaut oder in die Hand nimmt, wenn sie wach ist. Eine Sandrose, eine ausgetrocknete Eidechse, ein Stück Schwemmholz. Ich lege jetzt den Kranz mit den weißen künstlichen Rosen, den sie auf unserem Hochzeitsbild trug, neben das Kopfkissen. Ich weiß nicht, ob Nina etwas davon mitbekommt. Vielleicht versuche ich eine magische Stimmung zu erzeugen. Vielleicht versuche ich eine Angst zu bändigen. Davor, dass etwas Elementares für mein Leben, das ich nur durch Ninas Sterben erfahren kann, in diesen Tagen verloren geht. Vernichtet, durch mein ständiges Inszenieren, als sei ich ein Situationist, der immer an der Wirklichkeit drehen muss – bis sie in das Bild passt, das ich mir von unserem Leben gemacht habe.

Henry sagt, er gehe schnell raus, um sich bei Jamba Juice einen Erdbeer-Smoothie zu holen. Ob er mir was mitbringen solle? Ja, bitte einen Boba Vanilla Latte Frappuccino mit extra viel Schlagsahne.

Neben Ninas Hand liegt ein sehr schönes Porträt, das ein französischer Dokumentarfilmer namens Michel am Salton Sea geschossen hatte. Nina hat irgendwann zugegeben, dass der Franzose in sie verliebt gewesen sei. Sie verbrachten vier Tage in der Sonora-Wüste. Nina suchte damals mit ihrer Kamera nach dem Ausdruck von Heimat im Niemandsland. Traum und Traumata von Randexistenzen in Amerika. Eremiten, die ihre unkonventionelle Auffassung von Heimat zelebrieren. Sie suchte die Fata Morgana. Ich hatte Nina immer wieder gesagt, das sei ihr bestes Werk. Sie hat es nie vollendet. Über ihre Beziehung zu Michel habe ich nie Näheres in Erfahrung bringen können.
In den ersten gemeinsamen Jahren mit Nina in Barcelona und Berlin dachte ich viel über die Sinnlosigkeit nach. Sinnlosigkeit schien für Nina von allen Signalen im Leben das auffälligste zu

sein. So erscheint es im Nachhinein logisch, dass Nina in der Wüste ihre zweite Heimat fand. Sie wollte ins Niemandsland, um ihren Sinn zu finden und ihre Sinne zu regenerieren.

Als Henry mit Smoothie und Boba Vanilla Latte Frap ins Schlafzimmer stürmt, schrecke ich auf. Ich bemerke gerade noch, wie Nina ihren Arm leicht bewegt und ihren Kopf in Zeitlupe Richtung Henry wendet. Ihre rechte Hand bewegt sich unter der Decke hervor. Etwa zwei Zentimeter. Ihre Finger tasten über die Matratze. Die Bewegung der Hand kostet viel Kraft. Gelbe Flüssigkeit läuft ihr aus den Mundwinkeln. Ich wische sie sauber. Dann sehe ich, was ihre Hand berühren möchte. Es ist ein kleiner Kojoten-Knochen, ein Stück Wirbel oder Ähnliches. Ninas Finger schließen sich jetzt sanft darum. Sie hatte den Knochen in einer besonderen Nacht gefunden. Ich werde es nie vergessen.

Ich nehme Henry in die Arme. Er hält noch immer einen Becher von Jamba Juice in der Hand. Ich lege meinen Kopf auf seine Schulter. Ich weine. Wir blicken auf Nina. Wir erkennen keine Veränderung. Henry ist sechzehn Jahre alt und kann den Anblick seiner sterbenden Mutter verkraften. Hat er zumindest gesagt.

34

Als ich den Anruf bekomme, sind wir zum ersten Mal gemeinsam mit Baby Henry in der Hacienda del Sol in Borrego Springs. Der Mann auf der anderen Seite der Leitung fordert Tonbänder zu einem Interview mit der Schauspielerin Christina Ricci. Es ist ein kurzes, nüchternes Gespräch. Nach mehr als zwanzig Interviews, die ich geliefert hatte, werden plötzlich Tonbandmitschnitte der Gespräche gefordert.

Kannst du das verstehen, Nina? Was soll das? Wieso ist denen diese Frage plötzlich wichtig: was wahr ist, und was nicht? Sie müssen doch wissen, dass die Interviews nicht wirklich stattgefunden haben. Sie müssen doch gewusst haben, was sie in ihren Magazinen drucken. Nina schüttelt den Kopf.

Ich habe dich gewarnt, Tom. Jetzt machen sie dich fertig.

Sie dreht sich auf dem Motelbett in Embryonalhaltung, wie immer, wenn sie die Welt vergessen will, Baby Henry fest an ihre Brust gedrückt. Sie will damit nichts zu tun haben. Nach Henrys Geburt erlangte Nina die Fähigkeit, die kleinen Dinge des Lebens so wahrzunehmen, wie sie sind. Sie wurde ruhiger, entspannter, vernünftiger. Als ob sie ein Tool gefunden hätte, das sie vor ihren Systemfehlern schützt.

Aber so leicht sind die aufziehenden dunklen Wolken nicht zu verscheuchen. Ich kann in jener Nacht nicht mehr schlafen.

Am nächsten Tag beginnt ein familiäres Ritual. Wir durchqueren endlose Canyons und simulieren das Leben auf dem Planeten Mars. Nachts fahren wir in unserem Jeep durch die Wüstenlandschaft. Es herrscht ein perfektes Verhältnis zwischen Scheinwerfer- und Dämmerlicht, das die Landschaft wie eine unheilvolle Kulisse erscheinen lässt, die man nur zur Seite schieben muss, um in ein magisches Zwischenreich zu gelangen.

Wir entdecken in einer verlassenen Talebene verrostete und ausgebrannte Autos, nackte Felgen und geschwärzte Metallringe, die in einem fetsen, grauen Brei aus geschmolzenem Gummi stecken. Dazwischen Mineralwasserflaschen, Plastikkanister, Kerzenstummel, zerrissene und von Blutspuren gezeichnete T-Shirts. Es sind Spuren illegaler Einwanderer, die die tote Welt durchschritten haben, um einer Sehnsucht zu folgen. Sie sind wie wir, denke ich.

Eine Woche später kündigt die *Süddeutsche Zeitung* ihre Zusammenarbeit mit mir. In Abstimmung mit dem Magazin des *Tages-Anzeigers* in Zürich, der sich ebenfalls von mir trennt.

Jetzt bist du erledigt, sagt Nina. Mehr nicht. Sie will nicht darüber nachdenken, auch nicht davon sprechen. Lass mich in Ruhe mit der Scheiße.

Wir bleiben in der Wüste und fahren einfach weiter, tiefer ins Niemandsland. Wir zockeln ziellos als Familie über eine Ebene, wo sich Windmühlen drehen. Fernab bellen Hunde. Berge ragen auf gegen das Mondlicht, ein halbes Dutzend Truthahngeier kreisen wie ein träges Papierkarussell am südlichen Himmel über Mexiko. Vor uns glitzert der Asphalt des Highway 78. Es ist Mitternacht. Drei grüne Ford Explorer der Grenzpatrouille blockieren einen Fahrstreifen. Uniformierte mit Maschinenpistolen kommandieren Autos auf den Seitenstreifen. Junge US-Grenzwächter halten Fahrzeuge an und lassen sich Papiere zeigen. Wir fahren langsam in das Scheinwerferlicht: Ein Grenzwächter trägt ein in Tücher gewickeltes Baby in den Armen, ein Baby wie Henry, das schreit. Beamte bewachen die Mutter und den Vater, die am Boden liegen, mit gezogenen Pistolen. Ich fühle eine brutale Hitze im Kopf, mir wird übel, während wir langsam in Richtung Horizont gleiten und von der Unendlichkeit verschluckt werden.

Zurück in der Hacienda del Sol höre ich meinen Anrufbeantworter in Los Angeles ab. Der Medienredakteur der *New York Times* meldet sich. Er müsse mir Fragen stellen zu Vorwürfen, die gerade in Deutschland für Schlagzeilen sorgen. Was für Schlagzeilen? Ich weiß nicht, wovon der Mann spricht, der mich später in einem Artikel auf Seite drei der *New York Times* als »Bad Guy of German Journalism« bezeichnet. Die *Los Angeles Times* hat sich bei Hauswart Mango nach mir erkundigt. Vor dem Haus seien Fernsehwagen von KABC und KCBS vorgefahren.

Am nächsten Morgen stehe ich mit Henry und Nina auf einem steilen Bergsattel und beobachte wilde Pferde. Irgendwann schwebt ein Falke über unseren Köpfen, sein Schatten huscht rasch über das Gras. Der Falke dreht ab, gleitet mit dem Wind davon und verschwindet hinter einem Bergvorsprung. Dann passiert lange nichts. Wir legen uns auf eine große Felsplatte neben einen Riesenkaktus. Wir sind müde. Es wird bald Nacht. Wir schauen in den Himmel. Wir sehen Schwärme von Zug-

vögeln, die Richtung Süden schweben, und lauschen ihrem gedämpften Kreischen in mehreren Kilometern Höhe. Henry rudert mit seinen Ärmchen Richtung Himmel, Nina wünscht den Vögeln eine gute Reise. Dann sind sie fort. Vielleicht hören wir nie wieder welche, sagt Nina.
Sie redet kaum noch mit mir. Sie verweigert das Gespräch über die Dinge, die sich in Los Angeles auf meinem Anrufbeantworter abspielen. Ich sehe im Süden Rauchschwaden aufsteigen. Ich stelle mich vor einen toten Kaktus und überlege, wie unsere Zukunft aussehen könnte.
Dann denke ich an gar nichts mehr.

Wir laufen weiter. Wie Flüchtlinge. Ich trage Henry auf dem Rücken. Unsere Traumwüste ist jetzt zerfurcht, erodiert und öde. In einer Auswaschung liegen Tierknochen verstreut. Totale Stille. Auf einem Felsen entdecke ich einen vom Wind getrockneten und dunkel verfärbten Blutfleck.
Die Wüste ist gnadenlos, sagt Nina plötzlich.
Sie spricht wieder mit mir.
Was einem nicht alles für Sachen durch den Kopf gehen, wenn man durch die Wüste wandert, sage ich.
Was für Sachen?, fragt Nina.
Bleibst du bei mir, Nina?
Stille.
Nina rührt sich nicht.
Ich mag jetzt nicht darüber nachdenken, sagt Nina. Dann weint sie. Sie nimmt Henry von meinem Rücken und hält ihn in ihren Armen. So läuft sie davon. Immer einige Schritte vor mir.
Ich trotte hinter ihr her.

Zurück in Los Angeles starre ich auf den leeren Esstisch. Den Tisch der Träume. Hier sind seit 1993 etwa fünfunddreißig Interviews, noch mal so viele Reportagen, Essays und vier Bücher entstanden. Es ist ein Secondhand-Tisch aus der Zeit der Streamline-Ästhetik. Auf diesem Möbel wurde wahrscheinlich unser zweiter Sohn, Jack Vincent Kummer, gezeugt.
Nina läuft im Wohnzimmer auf und ab. Sie denkt nach. Vielleicht denkt sie gerade daran, wie alt wir sind. Sechsunddreißig und neununddreißig.
Die Nächte verbringen wir still und berührungslos. Erschöpft von den Emotionen der letzten Tage. Oft liegen wir wach und rätseln in den verbleibenden Stunden bis zum Morgengrauen über das, was uns die Zukunft bringt.
Sie hat gerade begonnen.
Ich muss mir einen neuen Job suchen.

35

Zweiunddreißig Grad in Los Angeles. KCRW-Radio meldet: Im Norden breiten sich Waldbrände aus. Mit rasantem Tempo fressen sich die Flammen durch Canyons und zerstören Häuser. In den Hügeln über dem Meer kämpfen vom Feuer eingekreiste Löschmannschaften. Irgendwo am Horizont, wo Malibu liegen muss, steigen jetzt Rauchfahnen hoch. Gelbe Ebenen unter einem weißglühenden Himmel. Der Rauch treibt über die Santa Monica Mountains hinweg Richtung Los Angeles.

Feuerwehrwagen sausen durch Koreatown. Alles wird still in unserer Wohnung. Einfach leer werden. Den Rhythmus erkennen. Schweben. Irgendwo ist immer ein Herzschlag. Daran muss ich denken, als ich mich neben Nina lege, meinen Finger sanft auf ihre Stirn drücke und Kreise ziehe. Ich weiß nicht, was ich mir vom Kreisen auf ihrer mit Eukalyptus-Tropfen behandelten Stirn erhoffe. Ich habe das nirgendwo nachgelesen. Es ist eine Erfindung von mir. Mein Finger versucht etwas durch rhythmisches Kreisen auf der Stirn in Ninas Hirn auszulösen. Es ist reine Verzweiflung. Ich habe seit Tagen nichts mehr von Nina gehört. Die letzten Worte, die sie sagte, gingen so:
Henry, wo gehst du hin?
Jack, wann kommst du wieder zurück?

Sie hat diese Worte ganz leise über die Lippen gebracht. Zwischendurch hat sie Sätze auf Zettel geschrieben.
Mehr Wasser.
Trockene Haut.
Schmerz in Vagina.
Feuer im Bauch.
Seit drei Tagen ist nichts mehr von ihr gekommen. Auf ihrem Gesicht sind Züge des Leidens erkennbar.
Ich will wieder Kontakt zu Nina.
Ich will sie umarmen und eine Reaktion spüren.
Ich will sie aufrütteln, erschüttern, anstacheln, kitzeln, abklatschen.
Vielleicht will ich sogar mehr: Sex!
Hörst du mich? Nina? Du hast doch nichts dagegen! Wake up, ich will dich! Ein letztes Mal. Wie oft habe ich Jungs damit prahlen gehört. In allen Sprachen: Hey Alter, letzte Nacht habe ich die Tante echt zu Tode gefickt. Das wäre jetzt unsere Chance, Nina!
Auf Ninas Nachttisch steht ein altmodischer digitaler Wecker mit riesigen Leuchtziffern. Ich habe diesen Wecker schon immer gehasst. Nina hat ihn Mitte der neunziger Jahre aus einem Motel 6 in Houston, Texas geklaut. Weil sie sich vom Motel-Manager schlecht behandelt fühlte. Er hatte Nina Extra-Handtücher verweigert. Und er schloss den Swimmingpool eine Stunde zu früh ab. Für Nina waren solche Dinge unverzeihlich.
Die scheiß Leuchtziffern sind brutal, sie blasen uns einen unerbittlichen Marsch in den Tod. So kommt es mir jetzt vor, während ich langsam mit meinem Zeigefinger über jeden von Ninas Fingernägeln fahre. Sie trägt keine Ringe mehr, außer

den silbernen Ehering, den uns Ninas Vater geschenkt hat. Ihre Finger sind zart, blass, zerbrechlich. Wie ihre Beine, ihre Arme. Sie ist ein Hauch von Mensch in einem zu großen Bett, umgeben von symbolischem Kram, der ihr irgendwann viel bedeutet hat.
Nina spuckt Blut. Ihre Temperatur ist gestiegen. Ich sehe Schweißperlen an ihrem Hals. Das ist doch ein gutes Zeichen, oder? Der Körper ist noch warm. Ein gutes Zeichen. Oder ist es die Nässe von Tränen?
Ich deponiere einen Tennisball mit der Aufschrift »Jonathan Beach Club« neben Nina. Sie bleibt bewegungslos. Sie scheint in eine Schockstarre gefallen zu sein. Ihre Augen sind glasig, blicken in die Leere. Mit ihrer Zunge tastet sie in ihrem Mund herum.
Niiiiinaaaaa!!!!

Ich taste ihre Brüste ab. Sie sind runzelig, ein Nichts. Wie ich es geliebt habe, wenn sie nackt in einem Sessel saß und Henry an ihrer Brustwarze klebte. Jack saugte später auch an diesen wunderschönen Brüsten, aber anders als Henry biss er Nina immer wieder in die Warze, und sie wurde wütend. So wunderbar wütend, dass sie ihm androhte, ihn nie mehr zu stillen. Nina drohte einem zwei Monate alten Baby mit Entzug. Da hatte sie ihre Prinzipien. Wer sich mit ihrem Körper anlegte, musste mit einem Gegenangriff rechnen.
Auf Ninas Lippen erscheinen immerzu gelbe und rote Tropfen. Ist Nina noch am Leben? Ich taste ihren Puls am Hals ab. Ich wische ihren Mund sauber. Ich küsse ihre aufgerissenen Lippen. Ich spüre ein Zittern in mir. Ich kämpfe gegen die Tränen. Ich möchte sie umarmen. Lieben.

KAPITEL 36

Ich bin kein Journalist mehr. Vielleicht war ich nie einer. Genauer habe ich mich nie mit meiner Rolle befasst, jener öffentliche Persona namens »Tom Kummer«, die in den Medien kreiert worden ist: Der Fälscher. Die Skandalfigur. Viele nennen es jetzt Betrug, was ich geschrieben habe. Ich sehe das anders. Das nehmen mir viele Leute übel. Nina nicht. Sie steht zu mir. Wir fragen uns, was soll die Aufregung: Meine Arbeit hat vielleicht wie Journalismus ausgesehen. Aber es war etwas anderes. Ein Missverständnis.

2004 wird Jack geboren. In der gleichen Kreißsaal-Suite wie Henry sechs Jahre zuvor. Aber vieles ist trotzdem anders im *Kaiser Permanente-Krankenhaus* am Sunset Boulevard. Undramatisch. Entspannt. Ich lese diesmal ein Buch von Richard Ford statt in den Fernseher zu glotzen, während Nina kämpft. Irgendwann durchschneide ich die Nabelschnur, und wir sind eine vierköpfige Familie. Jack hat braune Augen, blonde Locken. Er ist lauter als Henry und beißt Nina beim Stillen öfter mal in die Brustwarzen. Jack hat Biss. Er ist wilder als Henry. Er kann nicht ohne den einäugigen Teddybär des Künstlers Mike Kelley einschlafen. Bald entsteht ein meditativer Rhythmus. Alltag. Elterndasein.

Die Jahre vergehen. Ich werde süchtig nach dem kleinen Ballspiel namens Paddle Tennis. Täglich schlage ich mit einem zwanzig Zentimeter langen Tennisgerät etwa sechstausend drucklose Tennisbälle über einen verkleinerten Tennisplatz in einem Privatclub am Strand. Es wirkt wie Tennis auf Methamphetamin. Kein anderes Spiel auf der Welt kann mir dieses Gefühl geben, das im Bauch beginnt und über die Nervenbahnen langsam nach oben wandert, bis zu den Schläfen. In jenen Jahren entsteht die Illusion, dass man erst in der geistigen Entleerung sowas wie Glück empfinden kann.
Wenn ich nach der Arbeit nach Hause komme, wartet Nina schon auf mich. Sie ist froh, dass es mit dem Journalismus vorbei ist. Ich mixe mir einen Drink, und wir gehen nach draußen an den Pool. Nina hat einen kleinen Garten angelegt, mit Kieswegen, einer Laube aus Kletterpflanzen und Beeten, die von Basilikum und Korbblütlern eingefasst sind. Ich schaue zu, wie Nina, die Kopfhörer ihres Walkman auf den Ohren, mit einem Gartenschlauch die Erde bewässert. Daneben liegt der kleine Jack in einem Schaukelbett. Henry plantscht im Wasser. Wir haben die Idylle immer gehasst. Aber dieses Bild ist idyllisch. Geradezu unsinnig idyllisch.
Danach koche ich das Abendessen. Wir essen immer gemeinsam. Es ist unser Ritual. Manchmal ist Nina schlecht gelaunt, manchmal werde ich wütend. Henry erzählt von einem neuen Tag in der Schule. Wir streiten über Themen, die auf CNN dominieren. Henry mischt sich schlichtend ein.
Ich erfreue mich an den kleinen Dingen.

Henry und Jack haben gute Eigenschaften: essen pünktlich, schlafen genug, spielen ohne Regeln, bekommen Liebe, fühlen

sich ernst genommen, fällen selbstständig Entscheidungen. Die Glücksforschung käme zum Schluss: Glückliche Erwachsene, glückliche Kinder.
Das Elterndasein wirkt auf mich wie die Existenz in einem Themenpark. Wie Disneyland. Der Rhythmus des ganz gewöhnlichen Alltags erzeugt einen Schwebezustand. Monotonie entspannt. Wir sehen die Welt durch völlig neue Augen. Es ist bunt dort draußen auf Spielplätzen, auf sonnigen Schulhöfen, mit motivierten amerikanischen Lehrerinnen. Unsere Vergangenheit verschwindet im Nebel ewiger Gegenwart. Wir sind längst nicht mehr hin und her gerissen zwischen Lifestyle und dem wahren Leben. Wir brauchen uns und unseren Kindern nichts zu beweisen. Die Dinge entwickeln sich halt so, wie sie sich entwickeln müssen.

KAPITEL 37

Wir nehmen morgens einen einfachen arabischen Drink aus Zitrone und Wasser und fahren an den Strand, nachdem wir unsere Kinder in ihren Schulen abgeladen haben. Der Morgennebel hängt wie Watte über dem Pazifik. Wir rennen die Wellen entlang, die mit monotoner Regelmäßigkeit aufschlagen. Immer wieder hebt Nina Muscheln, Krebse und Steine auf und wiegt sie wie unsere eigenen Kinder im Wind. Manchmal steckt sie eine Muschel in die Hosentasche.

Später, wenn ich im Jonathan Club gelbe Bälle schlage, breitet Nina ihre Muschelsammlung in Jacks Schulklasse aus. Sie ist eine leidenschaftliche Volontärin. Mit Enthusiasmus lässt sie sich auf den Kuhhandel zwischen öffentlichen Schulen und Eltern ein: entweder großzügig spenden oder freiwillig arbeiten. Nina macht einige Jahre mit. Bis sie den Wahnsinn durchschaut hat. Die amerikanische Form der Freundlichkeit ist nie ihre Sache gewesen.

Lieber treibt sie durch die Stadt, von Ramschladen zu Secondhandladen, hier ein Atelierbesuch bei einem angesagten Künstler, dort eine fotografische Exkursion. Dann kümmert sie sich um die Hausaufgaben unserer Kids, irgendwo in einem verlassenen Coffeehouse, weil sie nicht mehr nach Hause fahren will. Es geht danach weiter von Klavierstunde zur Judoklasse für Jack.

Von Fußball- zum Tennistraining für Henry. Nina verbringt selten weniger als vier Stunden pro Tag im Auto. Das Gleiten auf den Straßen von Los Angeles hat sie längst zur Meditation erklärt. Nie höre ich sie klagen. Bis zum 12. Mai 2012.

Nina kommt mit Schmerzen von einer Trainingseinheit in Los Feliz nach Hause. Sie habe am Stairmaster-Tritbrett eine Stunde trainiert. Jetzt spüre sie einen tiefsitzenden Schmerz in der Magengegend.
Ich sage, dass sei Muskelkater. Du trainierst zu viel, Baby.
Nenn mich nicht Baby, sagt Nina.
Sie geht nackt vor den Spiegel, drückt ihre Brust heraus, höhlt das Kreuz, langt mit der Linken tief über die Schulter den Rücken runter, berührt mit den Fingerspitzen die Haut am Kreuz, am Bauch, zwischen den Beinen.
Da sitzt der verdammt Schmerz!
Sie fordert mich auf, meinen Finger in ihre Magengrube zu drücken.
Ich drücke.
Dort sitzt der Schmerz. Dort ist was nicht in Ordnung.
Ich vermute, es ist Muskelkater.
Nein, Muskelkater ist das nicht, Tom.
Was denn sonst? Du trainierst zu hart.
Es ist etwas anderes. Es sitzt tiefer.

Zwei Wochen später fahren wir schweigend vom *Kaiser Permanente Hospital* in Pasadena über ein Gewirr von Autobahnen zurück nach Los Angeles. Nina starrt während der einstündigen Fahrt geradeaus. Unten in der Talebene des San Fernando Valley gleiten wir an trockener, flacher Erde vorbei: aufgebrochen, aus-

gebeutet, ausgebrannt. Lastwagen rollen auf sechs Spuren der Sonne entgegen. Der Schrecken, den wir empfinden, erhebt sich über die Wirklichkeit. Nichts ist mehr wie zuvor.
Nina hat vor zwei Stunden von einer freundlichen jungen Röntgenärztin die Untersuchungsergebnisse bekommen.
Diagnose: Darmkrebs im fortgeschrittenen Stadium.

Nina liegt jetzt auf dem Bett und heult. Sie heult mehrere Stunden lang. Sie will nicht, dass ich ihr zu nahe komme. Sie hängt zusammengesackt neben dem Bett, ihr Mund steht offen und die Augen sind geschlossen. Ihre Lippen haben sich blau verfärbt. Ihr Gesicht ist kreideweiß.
Irgendwann knie ich mich neben Nina und ergreife ihr Handgelenk. Sie stößt mich weg, als ich meinen Arm über ihre Schultern lege. Sie sagt, ich soll abhauen. Ich sei schuld an allem.
Wieso, Nina?
Weil du nicht dafür gesorgt hast, dass ich mich jedes Jahr testen lasse.
Ich weiß nicht, was ich sagen soll.
Stille.
Ich lasse sie weiter heulen. Ich sitze in Jacks Spielecke, drehe am Kopf der Actionfigur Jesse Pinkman – Henry und Jacks Lieblingsfigur aus »Breaking Bad«.
Ninas Arzt gab ihr letztes Jahr zu verstehen, sie müsse erst in zwei Jahren wieder zur Vorsorge kommen. Sie hat ihm geglaubt. Wir haben ihm geglaubt. Mehr gibt es dazu nicht zu sagen. Nina ist zu diesem Zeitpunkt siebenundvierzig Jahre alt.
Ich nähere mich Nina wieder. Ich schiebe meinen Arm wie ein Polster unter ihren Kopf und beobachte ihre Augen. Sie schließt die Augen. Ich ziehe sie langsam hoch.

Nina schaut mich forschend an.
Verpiss dich, Tom!
Ich packe sie unter den Armen und versuche sie auf das Bett zu schleifen. Aber sie wehrt sich. Mit einer ruckartigen Bewegung schlägt sie mir ins Gesicht. Ich spüre ihre Fingernägel auf meiner Wange. Ich lasse Nina fallen. Sie schlägt mit dem Kopf auf den Teppichboden. Dann höre ich sie stöhnen. Ein glitzernder Speichelfaden läuft ihr aus dem Mund über das Kinn.

Am nächsten Tag beginnt Ninas Wandlung. Ein Automatismus setzt ein. Vierundzwanzig Stunden nach der Diagnose »Darmkrebs im fortgeschrittenen Stadium« starrt Nina pausenlos in den Computer.
Information heißt Kontrolle.
Nina sucht nach Auswegen. Kein Selbstmitleid. Keine Klagen. Keine schlechte Laune. Nach ein paar Wochen kennt sie alle Formen von Krebs. Sie kennt die Spätfolgen der Krebstherapie. Sie wird Expertin. Sie will nicht, dass wir ihre Krankheit nach außen tragen. Kein Wort zu meinen Eltern. Alles muss geheim bleiben.
Sie will leben.
Überleben.
Vielleicht kann sie ihren Tod hinauszögern.
Vielleicht.
Sie weint jetzt öfter. Manchmal stundenlang.
Sie spricht mit einer Freundin in Biel. Stundenlang.
Mit mir spricht sie immer weniger.
Von mir erwartet sie keine Heilung.
Schau du zu den Kindern.
Schau zu dir selbst.

38

21. September 2014, 19:15 Uhr

Henry und Jack stehen neben mir. Wir betrachten Nina unter der Decke. Ihr Atmen ist schneller geworden. Heftige Geräusche dringen aus ihrer Kehle.

Ist das ein Röcheln?, fragt Henry.

Ich weiß es nicht.

Solltest du nicht das Krankenhaus anrufen?

Nein.

Und dann sage ich etwas, das ich den Jungs noch nie gesagt habe: Wir müssen dankbar sein, wenn Ninas Leiden bald ein Ende haben wird.

Ich muss dann daran denken, dass es Nina wichtig war, in unserem Kummer-Bett zu sterben, und wie sie mir das Vertrauen schenkte, sie zu pflegen und alle Entscheidungen für sie zu treffen. Dass wir uns über das Sterben nie gestritten haben und uns über den Weg einig waren, den Weg, den Nina gewählt hat.

Leidet Mama jetzt, in diesem Moment?

Ich glaube nicht. Ich kann es nicht mit Gewissheit sagen, aber wenn ich mir ihre geschlossenen Augen anschaue, dann sehe ich kein Leiden.

Wieso zittert ihr Gesicht, als ob sie einen Kampf austrägt?, fragt Henry.

Sieht aus, als ob sie einen ganz schlimmen Traum hat, sagt Jack.
Er rückt näher an Ninas geschlossene Augen.
Was sollen wir jetzt tun?
Mama kämpft, sage ich.
Ich taste ihren Puls ab.
Wir schalten das Licht aus.

21:45 Uhr
Nacht über Los Angeles. Jack und Henry tauchen hinter ihren iPhones unter. Sie liegen in einem Doppelbett schräg gegenüber von unserem Bett, am anderen Ende des Schlafzimmers.
Jack lacht sich gerade krumm.
Ich spüre nochmals Ninas Puls.
Ihr rasender Atem gleicht einem Röcheln.
Ich schalte die Nachttischlampe an.
Ich gebe Nina Morphium.
Dazu berühre ich ihre Lippen, drücke sie auseinander und träufle drei Tropfen aus einem bronzefarbenen Fläschchen auf ihre Zunge.
Ihre Gesichtshaut schimmert blassrosa wie eine zarte Meeresmuschel.
Ich spüre Ninas Puls am Hals.
Dann lege ich mich an ihre Seite.
Schließe meine Augen.
Ich tauche in ihr Röcheln ein.
Ich lege mich ganz nahe an ihren Kopf.
Ninas letzter Lebensrhythmus trägt mich fort.
Eine gespenstische Ruhe breitet sich in mir aus, eine Entspannung, die einer Aushöhlung gleichkommt. Was genau ist eigentlich möglich zwischen zwei Menschen?

00:15 Uhr: Ich schlafe ein.

02:17 Uhr: Erwachen.

03:23 Uhr: Einschlafen.

04:25 Uhr: Erwachen.
Ich erkenne neben mir auf dem Kissen einen weichen Schädel, überzogen von grauem Filz, die rechte Gesichtshälfte hängt tiefer als die linke und beult sich aus wie das tote, kalte, blutunterlaufene Auge eines Tiefseefisches.
Ein Albtraum.
Ich schlafe wieder ein.

05:15 Uhr
Ich wache auf, lausche Ninas Röcheln.
Rücke noch enger an sie heran. Spüre ihren Körper. Alles fließt plötzlich zusammen zu einem Bild von beweglichem Fleisch. Fleisch wie aus Gummi. Ninas Körperteile strecken sich mir entgegen, ihre Brüste schwellen an und bewegen sich meinem Mund entgegen. Wie eine Tulpe öffnet sich Nina. Als zögen meine Hände an ihr, Hände, die versuchen, ihren Körper zu zerreißen, um an ihr Innerstes zu gelangen.
Ich schlafe ein.
Wache auf.

07:05 Uhr
Die Sonnenstrahlen wecken mich auf.
Ninas Kopf liegt schräg auf meinem Kissen.
Das Röcheln ist noch schneller geworden. Rasend schnell.

07:15 Uhr
Ich bereite Frühstück für Jack und Henry zu. Cornflakes mit Milch.
Ich trinke Kaffee. Wir blättern wie immer in der *Los Angeles Times*. Jack schaut sich die Comicseite an, Henry liest im Sportteil, ich studiere eine Filmkritik zu »The Imitation Game«.
Die Sonne strahlt golden in unsere Räume.
Die Jungs putzen sich die Zähne.
Nina liegt noch immer in der gleichen Position. Das Röcheln ist noch intensiver geworden. Ihr Gesicht zeigt kämpferische Züge, aber kein Leiden. Ich gebe ihr nochmals einen Tropfen Morphium, bevor ich Jack und Henry in die Schule fahre.
Die Jungs sind bereit. Sie wollen los. Sie stehen am Eingang und starren auf ihre iPhones.
Bitte gebt Mama einen Kuss, sage ich.
Es wird ihr letzter Kuss.
Jack will zuerst nicht.
Henry läuft ins Schlafzimmer. Er beugt sich über Ninas Gesicht. Er küsst sie auf die Wange. Jack folgt ihm. Er küsst Mama aufs Ohr. Er küsst ihre Wange.
Dann laufen sie weg. Zur Tür.
Ich öffne die Lamellen an der Jalousie.
Die Sonnenstrahlen treffen jetzt Ninas Bett.

Ich fahre die Jungs in die Schule. Die Fahrt dauert an diesem Tag nur fünfzehn Minuten.
Auf der Fahrt zurück nach Koreatown stelle ich mir Fragen, die man sich stellt, wenn etwas zu Ende geht. Haben wir unser Leben selbst gesteuert? Oder wurden wir gesteuert, von einer äußeren Kraft? Waren wir Opfer? Täter? Oder vielleicht doch En-

gel? Wie kann man lieben und dem anderen Schaden zufügen und trotzdem mit ihm bis ans Lebensende zusammenbleiben? Wie lange lebt Nina noch?

08:30 Uhr
Ich kehre in die Wohnung zurück. Im Schlafzimmer ist es still. Die Sonne leuchtet die Räume golden aus. Es herrscht gespenstische Ruhe. Ich schaue auf Ninas Gesicht, das jetzt einer Maske gleicht. Sie atmet nicht mehr. Ich merke es sofort. Sie ist tot.

08:32 Uhr
Ich küsse Ninas Gesicht. Ich laufe durch die Wohnung. Tränen laufen über mein Gesicht. Es ist wie eine Erleichterung. Ein Schluchzen beginnt, wie ich es noch nie erlebt habe.

08:40 Uhr
Ich rufe die Krankenschwester im *Kaiser Permanente Hospital* an. Sie muss Ninas Tod bestätigen. Ich lege mich neben Nina und warte.

09:30 Uhr
Der Tod wird bestätigt.

09:45 Uhr
Ich rufe das älteste Bestattungsinstitut von Los Angeles an. Sie fragen mich, wann die Leiche abgeholt werden soll. In zwei Stunden? Oder vier Stunden?
Ich überlege.
Zwei Stunden sind okay.

Ich laufe zwei Stunden durch die Wohnung. Hin und her. Ich taste Ninas Körper ab. Ihre Füße sind kalt. Ihre Beine auch. Sie trägt ein seidenes Nachthemd. Ich schaue mir ihre Nase genauer an. Ihre Augen sind geschlossen, der Kopf zur Seite gekippt.

11:45 Uhr
Zwei Männer mit einem schwarzen Sack betreten unsere Wohnung. Es sind Latinos, Bestatter mit schwarzen Haaren und Schnurrbart. Sie tragen beide Anzug, weißes Hemd, Krawatte, die Uniformierung der fünfziger Jahre. Auf ihren Revers steht »Amstrong Family Malloy Mitten since 1903«.
Nina hätten diese beiden Männer gefallen. Sie könnten einem David-Lynch-Film entstammen. Die Herrichtung eines Verstorbenen für seinen letzten Weg gehört zu ihrem Job. Für sie ist der Tod so normal wie das Leben. Sie laufen jetzt ins Schlafzimmer. Sie breiten ein weißes Tuch aus. Gleich wird Nina darin verschwinden.
Seit etwa vier Stunden ist Nina tot.
Ihr Oberkörper ist noch warm und weich. Ihre Beine und Füße sind kalt.
Sie liegt jetzt nackt vor den fremden Männern, sie trägt einen Schlüpfer mit Pampers. Nina ist eine schöne Leiche. Sie riecht gut, sie glänzt, ich habe ihr Gesicht mit Feuchttüchern abgewischt. Gesicht und Hände habe ich eingecremt, damit ihre Haut nicht austrocknet. Ihr Ehering bleibt vorerst am Finger. Wird mir später zurückgegeben.
Alles, was ich jetzt sehe und denke ist wie weichgespült. Als ob eine große Last von mir gewichen ist. Nina wird jetzt in das weiße Laken eingeschlagen.
Das Laken trägt das gleiche Weiß wie die Hemden der Bestat-

ter. Man sieht den Hemden und Laken förmlich an, wie das heiße Bügeleisen auf die Baumwolle gepresst wurde. Ich rieche den Dampf und das Bleichmittel, als Nina unter dem Laken verschwindet. Es ist das letzte Mal, das ich ihr Gesicht sehe.
Während die beiden Männer Nina vom Bett tragen und in eine schwarze Plastikfolie legen, denke ich an Geschichten, die von der Nacht des Menschen erzählen. Erwachsene Geschichten mit erwachsenen Helden, die weiße Taschentücher haben und einen Revolver.
Als Nina in der langen, schwarzen Plastiktasche verschwindet, fühle ich nur noch ein Zittern, eine Erschütterung. Meine Augen gleiten über die schwarzen Anzüge der Bestatter. »Schwarz ist wie Weiß, bloß schwärzer«, sagte mal der Regisseur John Huston, der mit »Der Malteser Falke« den ersten Film noir drehte.
Die beiden Männer in den schwarzen Anzügen tragen Nina jetzt aus dem Schlafzimmer. Ich starre zu Boden, als ob ich von dort Antworten erwarte. Die Wohnungstür öffnet sich. Nina wird hinausgetragen. Ich trotte hinterher. Die Männer tragen Nina über den Flur in der sechsten Etage. Das grüne »EXIT«-Zeichen leuchtet am Ende des Ganges. Wie oft sind wir durch diesen Gang gelaufen? Glücklich und wütend. Verletzend und liebend. Was haben wir für eine Ehe geführt? Vielleicht war alles ein dunkler Zauber aus Liebe und Schmerz. Eine Anziehung, die alles rechtfertigte.

Die Männer tragen Nina weg. Sie verschwindet im Lift. Die Tür schließt sich. Einer der Männer wirft mir zum Abschied ein merkwürdiges Lächeln zu. Wohin bringen sie Nina? Wo endet ihr Körper? Auf einem Vertrag habe ich ein Kreuz hinter »Feuerbestattung« gemacht.

In zwei Wochen erhalte ich die Überreste in einer Bestattungsurne.
Wir verstreuen Ninas Asche am 15. Oktober 2014 in der Sonora-Wüste. Nahe Borrego Springs. Das ist alles.

So endet unsere Liebesgeschichte.
Mein persönlicher Bericht auf Ninas Kosten.
Sie wird mich umbringen, wenn sie jemals davon erfährt.

FSC
www.fsc.org
MIX
Papier aus verantwortungsvollen Quellen
FSC® C083411

ISBN 978-3-351-05035-1

Blumenbar ist eine Marke
der Aufbau Verlag GmbH & Co. KG

1. Auflage 2017

Gestaltung des Einbands und
Vor- und Nachsatz bei Studio Grau, Berlin
unter Verwendung eines Fotos von Tom Kummer
Gesetzt aus der Minion Pro bei Greiner & Reichel, Köln
Druck und Binden CPI books GmbH, Leck, Germany
Printed in Germany

www.aufbau-verlag.de
www.blumenbar.de

Blumenbar
Willkommen im Club